KB098832

형사의 분노

《KEIJI NO IKARI》

© Gaku YAKUMARU 2018
All rights reserved.
Original Japanese edition published by KODANSHA LTD.
Korean translation rights arranged with KODANSHA LTD.
through JM Contents Agency Co.

야쿠마루 가쿠

남소현 옮김

형사의 분노

BOOK PLAZA

목차

황혼

황혼

나츠메 노부히토는 아다치 료코와 함께 카페에서 나와 경찰서로 향했다.

"상처가 아직 많이 아파 보이던데요."

료코의 말에 나츠메는 고개를 끄덕였다.

아오키의 얼굴에 생긴 멍은 사흘 전에 비하면 많이 빠진 상태였지만 걷어차인 가슴이 욱신대는지 커피를 내리는 내내 고통스러운 표정을 짓고 있었다.

카페를 운영하는 아오키는 사흘 전 밤길에 2인조 강도의 습격을 받아 지갑을 빼앗겼다. 나츠메와 료코는 오늘 오전에 범인을 체포해 조사를 마친 후 아오키에게 그 소식을 전하러 온 것이었다. 범인은 둘 다 스물한 살짜리 백수였다.

범인을 잡았다는 소식에 기뻐하면서도 범인과 비슷한 나이의 아들을 둔 아오키로서는 마음이 복잡한 듯했다.

"이제 나츠메 형사님도 홀가분하게 떠나실 수 있겠네요."

료코가 밝은 목소리로 말하자 나츠메가 애매한 미소를 지었다.

며칠 전, 히가시이케부쿠로 경찰서에서 긴시 경찰서로 인사이동 발령이 났다.

단골 카페였기에 인사이동 전에 범인을 잡은 것은 다행이었지만 이것 말고도 아직 해결하지 못한 사건이 산더미였다.

"글쎄요, 그리 홀가분한 것 같지는 않은데요."

나츠메가 대답했다.

"저랑 헤어지는 게 그렇게 싫으세요?"

"네."

료코의 농담에 나츠메가 장단을 맞추었다.

"식당 예약도 마쳤으니 내일 저녁 8시부터는 시간 비워 두세요."

"네?"

송별회를 열어 준다기에 그럴 필요 없다고 사양한 터였다.

"워낙 일정이 임박해서 참석 가능한 사람이 많지는 않지만 키쿠치 계장님과 후쿠모리 형사님은 참석 예정이고, 청소년계 후쿠치 형사님도 온다고 하셨어요. 엘 라가르라고 하는 스페인 레스토랑인데 예약이 꽉 차 있어서 잡느라 엄청 고생했어요."

주머니에서 진동이 울렸다. 나츠메는 스마트폰을 꺼내 들었다. 키쿠치 계장에게서 걸려온 전화였다.

"이제 나츠메 형사님이 떠나실 때까지 큰 사건이 일어나지 않기만을…."

"잠깐만요."

나츠메는 료코의 말을 중간에 끊고 서둘러 전화를 받았다.

"네, 나츠메입니다."

"조시가야에서 사건이 발생했다. 지금 당장 2-27번지 코포 요시다라는 빌라로 가도록 해."

키쿠치의 지시에 나츠메는 눈썹을 찌푸리며 료코를 돌아보았다.

료코도 무슨 상황인지 바로 알아차린 듯 나츠메를 마주 보며 크게 한숨을 내쉬었다.

빌라 앞에 사람들이 모여 있는 것을 보고 나츠메와 료코는 그쪽으로 다가갔다.

근처 주민들이 호기심 어린 눈빛으로 빌라 앞에 세워둔 경찰차를 쳐다보며 수군거리고 있었다.

경찰차 뒷좌석에는 양쪽에 형사가 한 명씩 앉고, 가운데에 중년 여성이 앉아 있었다. 나이는 40대 후반 정도. 여자는 입을 꾹 다문 채 고개를 숙이고 있었다.

경찰차가 떠나고 나츠메는 빌라 쪽으로 시선을 돌렸다. 한 층에 다섯 집이 사는 2층짜리 건물이었다. 2층 오른쪽 끝 집에 설치된 폴리스라인 앞에 후쿠모리 형사가 서 있었다.

계단을 올라가자 후쿠모리가 이쪽을 쳐다보았다.

"아직 감식이 안 끝났나요?"

나츠메가 묻자 후쿠모리가 한숨을 쉬며 고개를 끄덕였다.

"하필 이럴 때…"

"부패한 시체가 발견되었다고 들었습니다만."

키쿠치에게 들은 정보는 이것뿐이었다.

"맞아. 여행용 캐리어에 들어 있었대."

"신원은요?"

"죽은 사람은 코다 후미에라는 80대 할머니인 것 같고, 아까 경찰차에 타고 있던 사람은 딸인 하나코야."

때마침 나온 감식반 직원의 안내에 따라 나츠메와 료코는 흰 장갑을 끼고 집 안으로 들어갔다.

현관을 들어서자마자 오른쪽에 자그마한 부엌이 있고, 왼쪽은 화장실이었다. 안쪽 방에는 TV, 탁자, 서랍장 등과 함께 벽 쪽으로 커다란 환자용 침대가 놓여 있었다. 침대 위에 놓인 캐리어 안에 몸을 말고 있는 시신이 보였다.

"시체는 비닐에 싸인 상태로 캐리어에 들어 있었습니다. 냄새가 밖으로 새지 않도록 하기 위해서였던 것 같습니다."

감식반 직원의 설명을 들으며 나츠메는 눈을 감고 두 손을 모아 짧게 묵념했다.

죽은 후에 캐리어에 담겼다는 건가.

이미 죽었다고는 하지만 이렇게 좁은 곳에 갇혀서 고통스럽지 않았을까.

나츠메는 눈을 뜨고 후쿠모리에게 물었다.

"발견하게 된 경위는요?"

"3시간쯤 전에 딸이 경찰에 전화를 걸어왔어. 시체를 집 안에 숨겨두고 있다고 말이야."

자수인가.

"캐리어는 어디 있었나요?"

"지금 상태 그대로 침대 위에 놓여 있었어."

후쿠모리의 대답을 듣고 나츠메는 옷장 문을 열어 보았다. 아래쪽에는 이불이 쌓여 있고, 행거에는 옷들이 걸려 있었다. 이불을 밖으로 꺼내면 캐리어를 넣을 공간은 충분해 보였다.

"왜 옷장 안에 넣어두지 않았을까요?"

나츠메와 같은 생각을 했는지 료코가 혼잣말처럼 중얼

거렸다.

"글쎄. 만약 계속 침대 위에 둔 거라면 그 딸은 자기 엄마 시체가 든 가방을 보면서 매일 밥을 먹고 잠을 잤다는 말이잖아? 정상은 아니라는 거지."

후쿠모리의 말이 맞았다.

탁자 위에 다 먹은 편의점 도시락 용기와 빈 페트병이 놓여 있었다.

"시체가 눈에 들어와도 아무렇지 않을 정도로 감각이 마비되었던 걸까요?"

료코가 분노가 묻어나는 목소리로 말했다.

"그건 이제부터 조사하면서 알아내야지. 두 사람은 탐문 수사를 부탁해."

"알겠습니다."

나츠메와 료코의 대답을 듣고 후쿠모리는 방에서 나갔다.

"방 안을 조금만 더 살펴볼까요?"

나츠메의 제안에 료코는 한시라도 빨리 시체가 있는 방에서 나가고 싶었는지 잠시 주저하는 기색을 보였지만 이내 "그러시죠"라고 동의했다.

나츠메는 료코와 구역을 나누어 방 안 구석구석을 살피며 어머니와 딸이 어떤 사람이었을지 머릿속에 그려 보았다.

서랍장에서 후미에와 하나코 명의로 된 통장이 나왔다.

하나코의 통장은 지금으로부터 약 5년 전인 2012년 4월에 개설한 것이었다. 매월 15일에 '라피트'라는 곳에서 20만 엔 정도 되는 금액이 입금되었다. 아마도 급여인 듯했다.

후미에의 통장에는 두 달에 한 번씩 30만 엔 정도 되는 연금이 들어왔다. 2012년 4월 이후로는 기장이 되어 있지 않았는데 마지막으로 찍힌 잔고는 1만 엔이 채 되지 않았다.

《하이쿠* 입문》이라는 책 아래에서 작은 앨범을 발견했다. 표지를 넘기자 여자 둘이 함께 찍은 사진이 나왔다. 한 명은 아까 경찰차에 타고 있던 하나코였다. 옆에 있는 노부인은 후미에인 듯했다. 외국의 해변에서 찍은 사진이었다.

나츠메는 앨범 안 사진을 몇 장 뽑아 주머니에 넣고 침대를 돌아보았다.

캐리어에 든 시신을 바라보며 사진 속 두 사람의 환한 미소를 머릿속에 떠올렸다.

101호 인터폰을 누르자 "네" 하고 여자가 대답했다.

"히가시이케부쿠로 경찰서에서 나왔습니다. 잠깐 시간 좀 내 주시겠습니까?"

나츠메가 용건을 밝히고 잠시 기다리자 이윽고 현관문이 열리고 젊은 여자가 얼굴을 내밀었다.

---

* 하이쿠는 일본 정형시의 일종이다.

"경찰이라고요? 무슨 일이 있었나요?"

여자가 긴장한 듯 물었다.

"실은 이 건물 201호에서 시체가 발견되었습니다."

나츠메의 말에 여자가 깜짝 놀라며 뒤로 물러섰다.

나츠메는 주머니에서 사진을 꺼내 여자에게 내밀었다.

"이 두 사람을 본 적이 있으신가요?"

"네, 처음 이사 왔을 때 저희 집에도 인사하러 오셨었어요."

"그게 언제쯤이었나요?"

"글쎄요, 제가 대학에 갓 입학했을 때였으니까 5년쯤 전이겠네요. 저도 이사 온 지 얼마 안 되었다고 대답했던 기억이 나요. 이번에 발견된 시체라는 게 이 두 분인가요?"

"아직 정확히 밝혀지지는 않았습니다만 시체는 후미에 씨, 그러니까 사진 속 인물 중 나이가 위인 쪽일 가능성이 있어서 주변 분들께 확인하는 중입니다."

"정말요?"

여자가 얼굴을 찌푸렸다.

"후미에 씨와는 그 후에도 만난 적이 있으신가요?"

"이사 오고 한동안은 곧잘 마주쳤어요. 빌라 앞이라든지 근처 마트 같은 데서요. PC방에서 뵌 적도 있고요."

"PC방에서요?"

옆에 있던 료코가 재차 확인했다.

"네, 계산대 앞에서 우연히 마주쳤는데 할머니가 자리 하나를 달라고 하시더라고요. 그 연세에 컴퓨터를 잘 다루는 사람은 많지 않으니까 신기하다고 생각했죠."

"후미에 씨가 안 보이기 시작한 건 언제부터였나요?"

"이사 오고 1년쯤 지나서부터? 계단에서 구르셨는지 구급차에 실려 가신 적이 있었는데 그 후로는 잘 안 보이시더라고요."

다른 주민들도 다들 같은 말을 했다. 그때부터 후미에를 보지 못했다고.

"감사합니다. 또 찾아뵐 일이 있을지도 모르겠습니다만 아무쪼록 잘 부탁드립니다."

나츠메는 료코와 함께 여자에게 고개 숙여 인사하고 빌라에서 나왔다.

"사고로 거동이 불편해지신 걸까요?"

료코가 나츠메에게 말했다.

"그럴지도 모르겠네요."

아까 방에서 발견한 연금통장에 따르면 후미에의 나이는 올해 여든여덟이었다. 구급차에 실려간 것은 여든네 살 때였다.

후미에는 언제, 어떻게 죽은 걸까.

형사과에 들어가자 후쿠모리가 키쿠치에게 조사 결과를 보고하고 있었다.

"고생했어."

두 사람이 나츠메와 료코를 보고 인사를 건넸다.

"그쪽은 어땠어?"

후쿠모리가 물었다.

"같은 건물에 사는 주민들은 4년 전부터 후미에 씨를 보지 못했다고 합니다. 그즈음에 후미에 씨는 빌라 계단에서 발을 헛디뎌 두 다리와 갈비뼈에 골절상을 입었고요. 병원 측에 확인해 보니 3개월 후에 퇴원했다고 하는데 그 후로는 외출이 어려워진 게 아닌가 싶습니다."

나츠메의 보고를 들으며 후쿠모리가 고개를 끄덕였다.

"피의자 진술 내용과도 일치하네. 그 사고 이후 거동을 못 하게 되었다더라고. 그래서 피의자는 일을 그만두고 하루 종일 피해자 옆에 붙어 간병을 하게 되었고."

"피의자가 사망한 건 언제라던가요?"

료코가 물었다.

"약 3년 전. 정확한 날짜는 기억이 안 나지만 장 보고 집에 돌아오니 이미 죽어 있더래. 조금 전에 사체유기 혐의로 체포 영장을 신청한 참이야."

"왜 경찰에 신고하지 않았다던가요?"

나츠메가 물었다.

"그 부분은 정확히 말을 안 하더라고. 연금을 계속 받기 위해서 사망 사실을 숨겼던 것 아니냐고 추궁하니까 긍정도 부정도 하지 않았어."

최근 고령자의 소재불명이 문제가 되고 있다.

호적이나 주민등록표 등 데이터상으로는 존재하지만 실제로는 생사 여부나 실거주지가 확인되지 않는 고령자가 적지 않은데 개중에는 호적상 나이가 200살인 사람도 있었다고 한다.

"하지만 연금 부정수급이 목적이었다고 보기에는 뭔가 석연치 않은 구석이 있는데요."

나츠메의 말에 후쿠모리와 키쿠치가 이쪽을 쳐다보았다.

나츠메는 가방에서 서류를 꺼내 키쿠치의 책상에 내려놓았다. 은행에서 받아온 후미에의 계좌 입출금 내역 사본이었다. 키쿠치가 서류를 집어 들자 후쿠모리가 옆에서 같이 들여다보았다.

두 달에 한 번씩 들어오는 후미에의 연금은 2012년 4월부터 한 번도 인출되지 않았고, 그 결과 2013년 4월 당시 통장 잔고는 180만 엔 정도였다. 5월 이후 조금씩 돈이 빠져나가 도합 250만 엔 정도가 인출되기는 했지만 2014년

6월부터 다시 쌓이기 시작해 최종적으로는 600만 엔 정도가 남아 있었다.

"그러게."

키쿠치가 서류에서 시선을 들었다.

"피해자가 거동이 불편해진 후 사망하기까지의 1년 동안은 통장에서 돈이 빠져나갔지만 그 이후에는 아무도 건드리지 않았다는 말이군."

"피의자가 진술한 대로 3년 전에 죽은 게 사실이라면 당시 통장에는 100만 엔 정도가 남아 있었을 테니 장례식을 치르지 못할 이유는 없어 보이는데…."

고개를 갸웃거리는 후쿠모리에게 나츠메가 물었다.

"하나코는 어떤 사람인가요?"

"올해 마흔아홉이야. 열두 살 때 부모님이 이혼한 후 쭉 어머니와 둘이 살았고, 대학 졸업 후 1년 정도 회사를 다니다가 결혼했는데 스물여덟 살 때 이혼하고 다시 어머니와 함께 살기 시작했어. 당시 이혼으로 마음고생을 심하게 해서 우울증에 걸렸고, 그 상태로 일을 하기는 어려워서 어머니가 받는 연금을 가지고 먹고살았대."

"얹혀살았다는 거네요."

료코가 짧게 지적했다.

"본인도 평생 그렇게 살 수는 없다고 생각해서 5년 전부터 일을 시작한 것 같기는 한데…"

후쿠모리가 한숨을 내쉬었다.

"자수한 이유는 뭐라던가요?"

나츠메가 묻자 후쿠모리가 이쪽을 돌아보며 대답했다.

"숨기는 것도 이제 지쳤다, 라더군."

빌라 관리 회사의 쿠메라는 직원이 서류를 가지고 돌아왔다.

"이게 대체 무슨 날벼락인지…"

쿠메가 나츠메와 료코 맞은편에 앉았다.

"오해는 마세요. 딱히 형사님들께 뭐라고 하는 건 아닙니다. 시체가 나온 건물은 임대가 어려워지거든요."

나츠메는 충분히 이해한다며 고개를 끄덕였다.

"사람은 괜찮아 보였는데 설마 이런 일을 저지를 줄이야…"

"쿠메 씨가 직접 계약을 담당하셨었나요?"

나츠메가 묻자 쿠메가 그렇다고 했다.

"그 집을 계약한 건 언제였나요?"

"2012년 4월입니다."

쿠메가 앞에 놓인 서류를 보며 대답했다.

"계약자는 하나코 씨고요?"

"네, 어머님은 그때 이미 여든이 넘으셨으니까요."

"보증인은 누구로 되어 있나요?"

"보증회사를 이용했습니다. 부탁할 사람이 없다면서요."

"이사 오기 전에는 어디 살았는지 아시나요?"

"가나가와현 아츠기라고 되어 있네요."

쿠메가 서류를 이쪽으로 내밀었다. 계약서의 현주소를 적는 칸에 가나가와현 아츠기시 아사히초 1번지라고 적혀 있었다.

이케부쿠로에서는 꽤 멀리 떨어진 곳이었다.

옆에 앉아 있던 료코가 주소를 수첩에 옮겨 적었다.

"왜 이케부쿠로에 집을 구한다고 하던가요?"

나츠메의 질문에 쿠메가 천장을 올려다보며 기억을 더듬는 듯하더니 이내 생각이 났는지 자세를 고쳐 앉았다.

"따님이 이케부쿠로에서 일하게 되었다고 했어요. 아츠기에서도 출퇴근을 못할 건 없지만 아무래도 힘드니까요."

나츠메가 고개를 끄덕였다.

"계약할 때 어머니인 후미에 씨도 함께 오셨나요?"

"네, 따님이랑 같이 조건에 맞는 집을 몇 군데 둘러보셨어요. 이사를 그다지 반기는 눈치는 아니셨지만요."

"이사를 반기지 않으셨다고요?"

"그 연세에 모르는 동네로 이사를 한다는 게 쉬운 일은 아니니까요. 월세가 비싸다는 둥 계단을 오르내리는 게 힘들다는 둥 이것저것 트집을 잡으시더라고요. 따님이 열심히 설득해서 겨우 그 빌라로 결정하게 됐죠."

"어떻게 설득을 하던가요?"

"딸이 자립해 보려고 노력하고 있으니 엄마도 협조해 달라, 이런 식으로 말했던 것 같아요. 따님이 다시 일하게 된 건 이십몇 년 만이라고 하더라고요."

하나코는 후미에의 연금에 기대어 사는 생활에서 벗어나고자 했던 걸까.

"월세를 밀리지 않을지 걱정이 좀 되긴 했지만 어머님 연금이 있으니까 괜찮을 거라고 생각했죠. 그런데 설마 이런 일이 터질 줄이야…."

쿠메가 땅이 꺼져라 한숨을 내쉬었다.

에스컬레이터를 타고 5층에서 내려 조금 걷다 보니 료코가 "저기 있네요"라며 한쪽 구석을 가리켰다.

료코가 가리키는 쪽으로 고개를 돌리니 '라피트'라는 간판이 눈에 들어왔다.

백화점이나 쇼핑몰에 입점해 있는 프랜차이즈 마사지숍이었다.

가까이 다가가니 청결해 보이는 흰색 유니폼을 입은 여

성이 접수대에 서 있었다.

"조금 전에 전화 드린 나츠메라고 합니다. 미나가와 점장님 계신가요?"

나츠메가 신분을 밝히자 여자의 표정이 어두워지더니 "접니다" 하고 대답했다.

전화로는 코다 하나코에 관해 물어보고 싶은 것이 있다는 말밖에 하지 않았지만 이미 뉴스를 보고 사건에 대해 어느 정도 알고 있는 듯했다.

"잠깐 시간 괜찮으신가요?"

"좀 좁긴 하지만 이쪽으로 들어오세요."

미나가와가 앞장서서 가게 안쪽으로 향했다. 해외 리조트 호텔을 연상케 하는 차분한 분위기의 인테리어였다. 문을 열자 미나가와와 똑같은 유니폼을 입은 남자가 의자에 앉아 신문을 보고 있었다.

"스즈키 씨, 미안하지만 자리 좀 비켜 줄래요?"

미나가와가 양해를 구하자 남자가 고개를 꾸벅 끄덕이고는 밖으로 나갔다.

나츠메와 료코는 미나가와의 안내에 따라 방 안에 놓여 있는 의자에 나란히 앉았다.

"차는 뭘로 하시겠어요?"

"괜찮습니다."

미나가와가 접이식 의자를 가져와 맞은편에 앉았다.

"하나코 씨 사건은 알고 계신가요?"

나츠메의 질문에 미나가와의 표정이 심각해졌다.

"뉴스에서 보긴 했지만 도저히 믿기지가 않아서… 사실인가요?"

나츠메가 고개를 끄덕였다.

"그렇군요…."

미나가와가 힘없이 중얼거렸다.

"하나코 씨는 어떤 직원이었나요?"

"성실한 직원이었습니다. 지각이나 무단결근을 한 적도 없고, 항상 열심히 해서 지명도 많이 받았고요."

"하나코 씨는 5년 전, 그러니까 2012년부터 여기서 근무했다고 하던데요."

"네. 1년 정도 일하고 어머니 간병을 해야 한다면서 한번 그만뒀었어요. 그리고 1년쯤 지나서 다시 일하기 시작했습니다."

3년 전이면 후미에가 죽었을 때다.

"간병할 필요가 없어져서 다시 일하게 된 걸까요? 복직하면서 어머니에 대해서는 뭐라고 하던가요?"

"간병인을 쓰기로 했다고요. 어머니 연금만 가지고는 생활하기가 어려우니 자기가 벌어야 한다고…."

"그만두기 전과 비교해서 뭔가 달라진 점은 없었나요?"

료코가 물었다.

"당시에는 눈치채지 못했는데 이번 일이 있고 나서 생각해 보니 어머니 얘기를 안 하게 되었던 것 같아요."

"그 전에는 어머니 얘기를 자주 했었나요?"

"네, 지금의 자기를 있게 해준 건 엄마니까 엄마한테 효도해야 한다고요. 사실 저보다도 나이가 많은 사람을 두고 할 말은 아니지만…."

미나가와가 뭔가를 말하려다가 말끝을 흐렸다.

"뭐죠?"

나츠메가 미나가와가 다시 입을 열었다.

"그 나이가 되도록 부모에게서 정신적으로 독립하지 못했구나 싶더라고요. 하지만 한편으로는 어머니를 숍에 모시고 와서 마사지를 해 드린다든지 살아 계신 동안 여행을 시켜드리고 싶다면서 돈을 모아 하와이에 다녀오는 걸 보고 본받아야겠다는 생각도 했어요. 저는 부모님께 그렇게까지 해 드리지 못했으니까요."

미나가와가 거기까지 말한 후 긴 한숨을 내쉬었다.

"그래서 죽은 어머니 시신을 숨겨두었다는 게 정말이지 믿기지가 않네요."

실제로 하나코의 행동에는 설명하기 어려운 점이 많았다.

"이 마사지숍은 전국 여기저기에 지점이 있지요?"

나츠메가 몸을 앞으로 내밀며 물었다.

갑자기 화제가 바뀌어서 어리둥절했는지 미나가와가 고개를 갸웃거렸다.

"네, 전국에 있는 지점을 다 합치면 100개쯤 될 거예요."

"하나코 씨는 본사에서 채용된 다음 이 매장으로 배치된 건가요?"

"아니요, 저희 매장으로 직접 연락해 왔어요. 직원을 채용할 때는 가게 밖에 포스터를 붙이고 무가지에 구인 광고도 내거든요."

"하나코 씨의 지원 동기를 기억하시나요? 원래부터 이런 일에 관심이 많았다고 하던가요?"

나츠메의 질문에 미나가와는 잠시 생각에 잠겼다가 천천히 입을 열었다.

"그런 말은 안 했던 것 같아요. 그냥 자기가 할 수 있을지 모르겠다면서 많이 망설이더라고요. 마사지사로 일해본 적이 없는 건 물론이고 일을 하는 것 자체가 너무 오랜만이라 불안해하는 것 같았어요. 저희는 연수 프로그램이 잘 갖추어져 있어서 경험이 없더라도 본인의 의지만 있으면 얼마든지 할 수 있는 일이라고 했더니 그렇다면 여기서 일하고 싶다고 하더라고요."

미나가와의 대답을 듣고 나츠메의 머릿속은 한층 더 복잡해졌다.

책상에 놓여 있던 개인 물품들을 택배 상자에 담아 테이프로 봉하고 송장을 붙였다.

나츠메는 책상에 앉아 형사과 전체를 빙 둘러보았다. 다들 바쁘게 움직이고 있었다. 이 방에 처음 발을 들인 순간부터 3년이라는 세월이 흘렀다. 언제 그렇게 시간이 지났는지 모르겠다는 감상에 젖어 이곳에서 보낸 날들을 떠올려 보았다.

주변에 있던 강력계 동료들이 나츠메의 심정을 이해한다는 듯 미소를 지어 보였다.

"이제 정말 얼마 안 남았군. 벌써부터 허전하네."

키쿠치의 말에 후쿠모리와 료코가 고개를 끄덕였다.

"나츠메 형사님, 내일부터 휴가인데 어떻게 보낼 계획이세요?"

료코가 물었다.

"아내랑 이사 갈 집을 좀 알아볼 예정입니다."

"하긴 에코다에서 긴시초까지면 출퇴근이 불가능하지는 않지만 좀 멀긴 하지."

후쿠모리가 말했다.

"네, 그리고 아무래도 집이 가까우면 에미와 함께 있는 시간을 더 많이 확보할 수 있을 테니까요."

"뭐 우리끼리는 송별회 때 다시 보겠지만 송별회에 못 오는 사람들과는 지금 인사해야겠네."

키쿠치가 나츠메에게 마지막 인사를 권했다.

"키쿠치 계장님, 그 전에 부탁이 하나 있습니다만."

"뭔가?"

"코다 하나코 씨와 만나서 이야기를 해 보고 싶습니다."

키쿠치가 잠시 아무 말 없이 나츠메를 쳐다보았다.

"안 될까요?"

"아니, 마지막까지 참 자네답군."

키쿠치가 입가에 엷은 미소를 띠었다.

"그럼 제가 옆에서 조서를 쓸게요."

손 들고 자원해 준 료코와 함께 나츠메는 자리에서 일어났다.

"네, 들어오세요."

나츠메가 대답하자 조사실 문이 열리고 유치장 직원과 함께 하나코가 들어왔다.

"그쪽에 앉으시죠."

포승줄을 풀고 하나코가 지친 얼굴로 맞은편 의자에 앉

는 것을 확인한 후 직원은 방에서 나갔다. 문 옆에 앉은 료코가 펜을 드는 것을 확인한 다음 나츠메는 하나코를 정면에서 마주 보았다.

"나츠메 형사입니다. 지금부터 제가 몇 가지 질문을 할 텐데 솔직하게 대답해 주시기 바랍니다."

하나코가 묵묵히 고개를 끄덕였다.

"우선 어머니가 돌아가셨을 때 상황을 설명해 주시겠습니까?"

"그건 이미 다른 형사님께 말씀드렸는데요…."

"한 번 더 말씀해 주시죠."

하나코가 고개를 숙였다. 잠자코 기다리고 있으려니 하나코가 작게 한숨을 내쉬면서 고개를 들었다.

"그날은 오전부터 볼일이 있어서 나가 있었는데 집에 돌아오니 엄마가 숨을 안 쉬었어요. 아마 오후 4시쯤이었을 거예요."

"무슨 볼일이었나요?"

"글쎄요, 기억이 안 나는데요."

"어머니가 돌아가신 날인데 기억이 안 난다고요?"

하나코가 힘없이 고개를 끄덕였다.

"아마 뭘 사러 나갔던 것 같은데…, 기억이 안 나는 걸 보면 딱히 특별한 볼일은 아니었나 보죠."

"고인의 사망 원인은 뭐라고 생각하시나요?"

"모르겠어요. 제가 집에서 나갈 때만 해도 평소와 다를 게 없었으니까요."

부검 결과, 시신에서 타살을 의심할 만한 외상은 발견되지 않았다.

"어머니가 죽었다는 사실은 왜 숨기셨죠?"

"계속 같은 질문을 하시는데 솔직히 뭐라고 대답해야 할지 모르겠어요. 연금을 부정수급하려고 했던 거 아니냐고 하면 부정은 못 하겠네요."

"당신은 어머니가 돌아가신 후 다시 일하기 시작했습니다. 어머니 연금에 손댄 흔적도 없고요. 당시 통장에 남아 있던 돈으로 장례식 비용 정도는 충분히 충당할 수 있었을 겁니다. 그런데 왜 굳이 범죄자가 될 위험을 무릅쓰면서까지 사망 사실을 숨긴 것인지 그 이유를 묻는 겁니다."

나츠메가 단도직입적으로 물었지만 하나코는 시선을 떨구고 아무 말도 하지 않았다.

질문을 바꾸는 편이 나을 것 같았다.

"아츠기에서 이케부쿠로로 이사하게 된 계기는 뭔가요?"

"이케부쿠로에서 일하게 되어서…."

하나코가 고개를 숙인 채 가느다란 목소리로 대답했다.

"왜 이케부쿠로에 있는 '라피트'에서 일하려고 한 거죠?

'라피트'라면 아츠기에도 지점이 있는데요."

홈페이지에서 확인해 보니 '라피트'는 아츠기에도 지점을 두고 있었다. 그런데 왜 굳이 이사까지 해가면서 이케부쿠로에서 일하고자 한 것인지 하나코의 의도를 파악하기가 어려웠다.

"아츠기에도 있는 줄은 몰랐어요. 이케부쿠로에 갔을 때 우연히 직원 모집 공고를 보고 바로 면접을 보러 갔고, 합격해서 일하게 되었을 뿐이에요."

하나코가 무언가를 숨기고 있는 것은 분명했다. 하지만 그게 무엇인지 알 수가 없었다.

"스스로도 엄마한테 못할 짓을 했다고는 생각해요. 앞서 만난 다른 형사님께서 저 같은 경우는 사체를 숨기고 연금을 부정수급한 것 때문에 아마도 사체유기죄랑 사기죄로 처벌받게 될 거라고 하셨는데 할 수 없죠. 저는 그럴 만한 짓을 했으니까요."

하나코의 마지막 한마디가 나츠메의 귓가에 맴돌았다.

"아까부터 별로 안 드시네요."

료코가 나츠메의 접시에 파에야를 덜어 주며 말했다.

"스페인 요리 별로 안 좋아하세요?"

"아니요, 그런 게 아니라 뭔가 가슴이 뭉클해서…"

나츠메는 음식 대신 잔에 손을 뻗었다.

"감상에 잠기는 건 집에 가서 해도 되잖아요. 여기 진짜 예약 잡기 어려운 곳이니까 먹을 수 있을 때 많이 먹어둬야 한다고요. 그렇지?"

청소년계 소속이지만 과거 나츠메와 함께 일한 적이 있는 히로코가 옆에 앉은 료코에게 동의를 구했다.

"맞아요, 그중에서도 특히 이 오징어 먹물 파에야가 제일 유명하거든요."

"여성분들이 잘 드시네. 다들 먹느라 바빠서 영 송별회 분위기가 안 나는걸."

한탄하듯 내뱉는 후쿠모리를 료코와 히로코가 날카롭게 째려보았다. 후쿠모리는 머쓱한 표정으로 시선을 피하며 맥주를 들이켰다.

"딸아이 병원은 어떻게 할 생각인가?"

"그쪽 병원으로 옮길 예정입니다. 지금 있는 병원에서 소개장을 받았다고 아까 아내한테서 연락이 왔습니다. 평판이 좋은 병원이라네요."

"그것참 다행이군."

한 달 전, 나츠메의 딸 에미는 10년이 넘는 긴 혼수상태에서 깨어났다.

현재 입원 중인 병원에서 재활 치료를 받고는 있지만 아직 말하는 것도, 자기 힘으로 일어서는 것도 불가능했다. 에미 혼자서 일상생활을 할 수 있게 되기까지는 상당한 시간이 걸릴 것이라는 게 의사의 소견이었다.

"이번에 가시는 곳은 사건이 많지 않으면 좋겠네요. 나츠메 형사님은 워커홀릭이라서 사건 많은 곳에 가면 가족과 보내는 시간이 줄어들 게 뻔하니까요."

히로코의 말에 후쿠모리가 "아무렴" 하고 공감을 표했다.

"키쿠치 계장님은 긴시 경찰서에 대해서 뭐 좀 들은 거 없으세요?"

료코가 키쿠치에게 물었다.

"동네 자체는 이케부쿠로가 더 크지만 사건은 그쪽이 더 많을걸."

"그런가요?"

"스카이트리*가 생기면서 관광객들이 많이 찾는 명소가 되긴 했지만 원래 예전부터 치안은 그리 좋지 않았거든. 특히 외국인 불법 체류자도 많고 불법 성매매 업소가 성행한다더군."

나츠메는 키쿠치의 설명을 들으며 그곳에서 어떤 사람들과 만나게 될지 상상해 보았다.

"지금 방식대로 일하려면 외국어 공부도 해야겠네."

---

* 일본 도쿄도 스미다구에 있는 전파탑

후쿠모리가 농담처럼 말했다.

"그러게요. 거기서도 열심히 해 보겠습니다."

"그럼 나츠메 형사가 마지막으로 한마디 하고 슬슬 마무리할까?"

키쿠치의 말에 모두의 시선이 나츠메에게 쏠렸다.

"지금까지 정말 감사했습니다. 여러모로 귀찮게 해드린 적도 많았던 것 같은데 진심으로 고맙고 또 죄송했습니다. 언젠가 기회가 닿는다면 다시 여러분과 함께 일하고 싶습니다. 다들 싫어하시겠지만요."

나츠메를 따뜻한 시선으로 지켜보던 모두가 다시 함께 일하는 것만은 사양하겠다며 웃었다.

"여기 있는 다섯 명이 다시 모이기는 현실적으로 불가능하지 않을까?"

키쿠치가 다소 회의적인 말투로 말하자 후쿠모리가 한 가지 방법이 있다며 눈을 빛냈다.

"나츠메 형사가 경시청 수사1과로 가서 히가시이케부쿠로 경찰서 사건을 맡으면 되잖아요."

"그것만은 사양하고 싶군."

키쿠치와 료코와 히로코가 동시에 고개를 저었다.

"와! 스카이트리가 보여!"

미나요가 탄성을 내지르며 창 쪽으로 다가갔다.

"이 집은 베란다에서 바로 스카이트리를 내다볼 수 있어서 전망은 가히 최고라 할 수 있습니다. 사장님도 이쪽으로 오셔서 같이 확인해 보시죠."

부동산 직원이 의기양양한 표정으로 거실 창을 열고 베란다에 슬리퍼를 내려놓았다.

미나요를 따라 나츠메도 베란다로 나갔다.

파란 하늘 아래 우뚝 선 스카이트리는 그야말로 장관이었다. 하지만 그런 멋진 광경을 눈앞에 두고도 나츠메는 답답한 기분이 가시지 않았다.

"밤에 보면 훨씬 더 예쁘겠지?"

미나요가 미소 띤 얼굴로 나츠메를 돌아보았다.

"그러게."

"예산을 좀 넘기는 하는데…"

미나요가 주저하는 기색을 보였다.

"집 전체가 배리어프리(barrier free)로 되어 있으니 어쩔 수 없지."

에미가 퇴원하고 집에서 생활하게 되면 안전용 손잡이 같은 배리어프리 시설은 반드시 필요했다.

"좀 더 생각해 볼까?"

"여기로 하자. 이보다 더 좋은 물건이 있을 것 같지도 않고."

두 사람은 베란다에서 거실로 돌아와 부동산 직원에게 계약 의사를 밝혔다.

"잘됐네요. 처음에 말씀하신 예산을 조금 넘는 물건이라 어떨까 싶었는데."

"배리어프리인데 월세가 이 정도라면 저렴한 편인 것 같은데요."

나츠메가 대답했다.

"그래서 시세보다 싸게 나오긴 했습니다."

"네? 그게 무슨 뜻이죠?"

미나요가 고개를 갸우뚱했다.

"벽에 손잡이가 설치되어 있으면 미관상 좋지 않고 가구를 배치하기도 어려우니까요. 집주인이 집을 팔 생각은 없고 현상 유지를 조건으로 내놓은 임대 매물이거든요. 나중에 다시 설명드리려고 했는데 거동이 불편한 집주인 어머님께서 여기서 지내다 돌아가셨다고 합니다."

"아, 그래서…."

직원의 말에 미나요의 표정이 살짝 어두워졌다.

"아들 혼자서 어머니를 모시고 살았는데 돌아가신 어머니와의 추억이 깃든 집에서 계속 지내기는 힘들어서 일단 이사를 가기로 했다더라고요. 하지만 언젠가는 다시 돌아오고 싶다고."

"그래서 현상 유지를 조건으로 내건 거군요."

미나요의 말에 직원이 고개를 끄덕였다.

"그럼 사무실로 돌아가서 가계약서를 쓰시죠."

직원의 안내에 따라 집을 나와 엘리베이터로 향하던 미나요가 문득 걸음을 멈췄다.

"죄송하지만 남편하고 좀 상의할 게 있어서요. 먼저 차에 가서 기다려 주시겠어요?"

"네, 알겠습니다."

직원은 혼자서 엘리베이터를 타고 내려갔다.

"상의할 거라니?"

나츠메가 묻자 미나요가 가만히 나츠메의 얼굴을 응시했다. 뭔가 하고 싶은 말이 있는 표정이었다.

"왜?"

"마음이 딴 데 가 있네."

정곡을 찌르는 말이었다.

"그런 거 아냐."

나츠메는 부정하려고 했지만 미나요는 이미 다 알고 있다는 듯 고개를 저었다.

"신경 쓰이는 일이 있는 거지? 여기로 정했으면 계약서 쓰는 건 나 혼자서도 충분하니까 당신은 가 봐도 돼."

"가 보라니 어디를?"

"당신이 갈 곳이 한 군데밖에 더 있어? 나랑 에미가 있
는 곳은 돌아올 장소잖아. 안 그래?"

나츠메는 미나요와 마주 보고 웃으며 고개를 끄덕였다.

형사과에 들어선 나츠메는 곧바로 키쿠치의 자리로 향
했다.

"갑자기 무슨 일인가? 뭐 놓고 간 거라도?"

키쿠치가 나츠메를 보고 깜짝 놀라 물었다.

"비슷합니다. 코다 하나코의 수사를 계속하고 싶은데 괜
찮을까요?"

나츠메의 대답을 들은 키쿠치가 너털웃음을 터뜨렸다.

"휴가 기간에 나와서 일하겠다는 부하의 청을 거절할 이
유는 없겠지."

키쿠치가 눈길을 주자 료코가 자리에서 일어나 이쪽으
로 다가왔다.

"우선 뭐부터 할까요?"

료코가 나츠메에게 물었다.

"아츠기에 가 봐야겠습니다."

두 사람은 서둘러 형사과를 나섰다.

"여기네요."

수첩을 보며 걸어가던 료코가 걸음을 멈추었다. 아사히 하이츠라는 2층짜리 빌라 앞이었다.

"두 사람이 살았던 곳은 102호였지요?"

나츠메가 확인차 묻자 료코가 고개를 끄덕였다.

101호와 103호 벨을 눌렀지만 대답이 없었다. 계단을 올라가 201호부터 차례대로 방문했다. 202호 벨을 눌렀을 때 처음으로 안에서 여자가 대답했다.

"히가시이케부쿠로 경찰서에서 나왔습니다. 잠깐 시간 좀 내 주시겠습니까?"

"잠시만요."

문패에는 '스가야'라고 적혀 있었다.

잠시 후 현관문이 열리더니 백발의 노부인이 얼굴을 내밀었다.

"바쁘신데 죄송합니다. 히가시이케부쿠로 경찰서에서 나온 나츠메 형사입니다."

나츠메가 꺼내 든 경찰 신분증을 노인이 뚫어지게 쳐다보았다.

"진짜 경찰 맞아요?"

"네, 믿기 어려우시면 직접 경찰서에 전화해서 확인해 보셔도 됩니다."

노인이 고개를 들어 나츠메를 보았다.

"미안해요, 나이가 드니 모르는 사람을 보면 날 속이려는 건 아닌가 의심하는 버릇이 생겨서…."

"당연히 그러셔야죠."

"경찰이 무슨 일로?"

"예전에 이 건물 102호에 살았던 코다 씨에 대해 여쭤보고 싶은 것이 있습니다만 혹시 기억하시나요?"

"네, 기억해요. 코다 씨가 왜요?"

노인은 이번 사건에 대해서는 전혀 모르는 눈치였다.

"실은 얼마 전 코다 후미에 씨의 시신이 발견되었습니다."

나츠메의 말을 듣고 노인이 화들짝 놀랐다.

"따님인 하나코 씨가 후미에 씨의 시신을 집 안에 숨겨두고 있었다고 합니다. 그 일과 관련해서 두 사람에 대해 조사하는 중입니다."

"하나코가 후미에 씨의 시신을 숨겨두고 있었다고요?"

노인이 도저히 믿기지 않는다는 듯 재차 확인했다.

"네, 그 모자와는 친한 사이셨나요?"

"그야 후미에 씨랑은 20년 이상 알고 지냈으니까요."

"그렇다면 후미에 씨는 여기서 20년 이상 살았다는 거군요?"

"네, 딸을 결혼시키고 자기 혼자 살 집을 찾아 이리로 이사 왔다고 했어요. 몇 년 있다가 하나코가 이혼하고부터는 여기서 둘이 같이 살았고요."

"20년 이상 여기 살았다면 동네 친구도 많으셨겠네요."

료코가 물었다.

"근처 주민 중에 후미에 씨와 비슷한 나이대는 나 말고는 거의 없었지만요. 그보다는 문화센터에서 알고 지낸 사람들이 많았을 거예요."

"문화센터요?"

료코가 되물었다.

"후미에 씨는 시에서 운영하는 하이쿠 교실에 다녔거든요. 역 앞 건물에서 하는데 한 달에 몇 번인가 거기 모여서 하이쿠를 짓는 것 같았어요. 저는 가 본 적이 없지만요."

나츠메는 후미에의 집 서랍장에 하이쿠와 관련된 책이 들어 있었다는 사실을 기억해 냈다.

"후미에 씨는 5년쯤 전에 이사를 나갔다고 알고 있습니다만, 혹시 그 이유가 뭔지 들은 적이 있으신가요?"

나츠메가 물었다.

"하나코가 취직해서 직장에서 가까운 곳으로 이사 간다고 했어요."

"그것 말고는요? 예를 들어 인간관계에 문제가 생겼다거나 하는 건 없었나요?"

"문제요? 천만에요."

노인이 손을 내저었다.

"후미에 씨는 여기 사람들하고 다 친하게 지냈기 때문에 떠나기 싫은 눈치였어요."

나츠메는 료코와 시선을 교환했다.

역시 이사를 간 이유는 하나코 때문인 듯했다.

"하나코 씨의 인상은 어땠나요?"

"솔직히 잘 몰라요. 거의 본 적이 없어서. 후미에 씨 말에 따르면 하나코는 거의 하루 종일 집에 처박혀 있다고 했어요. 장을 보러 다니거나 하는 것도 다 후미에 씨가 했으니까요."

"딱히 수확은 없었네요."

료코가 실망한 듯 중얼거렸다. 나츠메도 동감이었다.

"그러게요."

여기서 지냈을 당시 하나코의 인간관계와 행동 범위를 알아내지 못하는 한 이케부쿠로로 이사한 이유를 밝혀내는 것은 불가능했다.

"이제 어떡하죠?"

료코가 나츠메에게 물었다.

"후미에 씨가 다녔다는 문화센터에 한번 가 볼까요?"

문화센터 회원들이라면 후미에에게 뭔가 단서가 될 만한 말을 들었을지도 모른다.

역 앞에 도착해서 스마트폰으로 문화센터를 검색해 보았다.

바로 눈앞에 있는 건물이었다.

나츠메와 료코는 건물 안으로 들어가 엘리베이터를 타고 문화센터가 있는 3층에서 내렸다.

안내데스크에 젊은 여성이 앉아 있었다. 안내데스크 옆 교실 문에 달린 창 너머로 나이가 지긋한 수강생들이 보였다.

"바쁘신데 죄송합니다. 이케부쿠로 경찰서에서 나왔습니다."

나츠메가 경찰 신분증을 보여주며 말하자 안내데스크 직원이 긴장한 듯 어깨를 움츠렸다.

"무슨 일이신가요?"

"이곳에서 운영하는 하이쿠 교실과 관련해서 확인할 것이 있습니다만."

"네, 말씀하세요."

"예전에 여기 하이쿠 교실 수강생이었던 코다 후미에 씨라는 분에 대해 여쭤보고 싶은데 혹시 알고 계신가요?"

"아니요, 모르겠는데요. 지금 다니시는 분들은 알지만 저도 들어온 지 얼마 안 되어서요."

"누구 아실 만한 분은 안 계실까요?"

"잠시만 기다려 주세요."

직원은 데스크에 놓인 서류를 뒤적거리더니 어딘가로 전화를 걸었다. 상대방과 몇 마디 나누는가 싶더니 수화기를 든 채로 나츠메 쪽을 돌아보았다.

"여기서 잠깐 기다려 주시면 하이쿠 교실을 담당하는 아마노 강사님이 이리로 오시겠다고 하는데요."

"네, 그럼 기다리겠습니다. 잘 부탁드립니다."

직원이 상대방에게 나츠메의 의사를 전한 후 전화를 끊었다.

"저쪽 로비에서 기다려 주시겠어요?"

나츠메와 료코는 로비에 있는 소파로 가서 앉았다.

잠시 후 한 남자가 로비로 들어왔다. 아마노인가 싶어서 나츠메가 자리에서 일어났지만 남자는 서가에서 신문을 집어 들어 나츠메의 맞은편 자리에 앉았다. 다음 수업 수강생인 듯했다.

30분쯤 더 기다리고 있으려니 나이가 쉰 정도 되어 보이는 남자가 두 사람 쪽으로 다가와 물었다.

"경찰이신가요?"

나츠메와 료코는 자리에서 일어나 남자와 인사를 나누었다.

"아마노라고 합니다."

"바쁘실 텐데 이렇게 와 주셔서 감사합니다. 잠깐 시간

팬찮으신가요?"

아마노는 고개를 끄덕이며 빈 교실로 두 사람을 안내했다. 아마노와 마주 보고 앉은 다음 나츠메가 말을 꺼냈다.

"5년쯤 전에 여기 문화센터에 다녔던 코다 후미에 씨를 기억하시나요?"

"네, 기억합니다."

"실은 얼마 전 조시가야에 있는 자택에서 후미에 씨의 시신이 발견되어 조사 중입니다."

아마노가 깜짝 놀라 눈을 크게 떴다.

"시신이라니…, 타살인가요?"

"타살일 가능성은 낮지만 따님인 하나코 씨가 사체유기 혐의로 체포되었습니다."

"하나코 씨라면…."

"아시나요?"

나츠메가 몸을 앞으로 내밀며 묻자 아마노가 고개를 끄덕였다.

"딱 한 번 만난 적이 있습니다."

"그게 언제죠?"

"3년쯤 전에 하나코 씨 혼자서 여길 찾아왔었습니다."

3년 전이라면 후미에가 사망했을 무렵이다.

"무슨 일로요?"

"하이쿠 교실 수강생인 이토 세이노스케라는 남자분을 만나고 싶다고요."

"그분이 누구시길래…."

"하이쿠 교실에서 후미에 씨와 제일 친하셨던 분입니다. 나이는 후미에 씨와 동갑에 리더십이 있으셔서 반장 같은 느낌이었어요. 연세에 비해 굉장히 젊게 사는 분이셨죠. 호기심도 많고 컴퓨터나 스마트폰 사용법도 저보다 더 잘 아실 정도였으니까요."

"하나코 씨는 무엇 때문에 세이노스케 씨를 만나러 왔다던가요?"

"후미에 씨 병문안을 와 달라고 부탁하러 왔다고 했습니다. 후미에 씨가 이사 간 후로는 두 분이 만날 일이 없었을 테니까요. 그 연세에 이케부쿠로에서 아츠기까지 오기는 안 그래도 쉽지 않은데 후미에 씨는 뼈까지 부러져서 걷기도 힘든 상태이니 세이노스케 씨가 만나러 와 주었으면 했겠죠."

"그래서 세이노스케 씨는 후미에 씨를 만나러 갔나요?"

만약 그렇다면 후미에나 하나코에 대해 무언가 알고 있을 가능성이 높았다.

"아니요, 세이노스케 씨는 하나코 씨가 찾아오기 두 달쯤 전에 아들 내외가 사는 규슈로 이사를 간 상태였습니다. 큰 병에 걸려서 더 이상 혼자 생활하기 어려워졌다고요."

"그랬군요…."

"두 분이 비슷한 시기에 돌아가셨다는 게 신기하네요. 제가 보기에도 정말 잘 어울리는 한 쌍이었기 때문에 가능하면 현세에서 더 깊은 인연으로 맺어지길 바랐습니다만…. 천국에서 다시 만나셨기를 바랄 따름입니다."

나츠메는 아마노가 하는 말의 의미를 이해할 수가 없었다. 옆에 있던 료코도 마찬가지인 듯했다.

"무슨 말씀이신지?"

나츠메가 아마노에게 물었다.

"5일 전에 세이노스케 씨가 돌아가셨다고 아드님께 연락을 받았거든요."

"아니요, 세이노스케 씨가 아니라 후미에 씨 말입니다. 왜 후미에 씨가 최근에 돌아가셨다고 생각하시는 거죠?"

"열흘쯤 전에 후미에 씨가 보낸 엽서를 받았으니까요. 적어도 그때까진 살아 계셨다는 말 아닌가요?"

"엽서라고요?"

"네. 이사 가서 하이쿠 교실은 못 나오게 되었지만, 그 후로도 후미에 씨는 새로 지은 하이쿠를 엽서에 적어서 제게 보내왔습니다. 세이노스케 씨 제안으로 하이쿠 교실 홈페이지를 제작해서 거기에 수강생들의 작품을 올려두고 있거든요."

아마노가 가방에서 태블릿 PC를 꺼내 잠시 조작하더니

나츠메 쪽으로 내밀었다. 아츠기 하이쿠 동호회 홈페이지의 '이달의 하이쿠'라는 게시판에 수많은 하이쿠가 올라와 있었다.

짙은 단풍에 애달픈 이 내 마음 깊어만 가네

- 이토 세이노스케

황혼 무렵에 시작된 이 사랑이 영원하기를

- 코다 후미에

홈페이지 한구석에는 세이노스케의 죽음을 알리는 부고가 실려 있었다.

"예전에 다 함께 타카오산에 오른 적이 있었거든요. 두 분 모두 그때 기억을 소중히 간직하고 계셨던 것 같습니다. 비록 마지막 몇 년 동안 두 분이 직접 만나지는 못했지만 멀리 떨어져서도 이 홈페이지를 통해 끊임없이 연서를 주고받으셨습니다. 마지막으로 남긴 시가 서로의 마음에 무사히 가닿았기를 바랄 뿐입니다."

아마노가 진지한 눈빛으로 나츠메와 료코를 쳐다보며 말했다.

유치장 직원이 나간 후에도 하나코는 고개를 들지 않았다.

"이쪽을 좀 봐 주시겠습니까?"

나츠메가 말을 건넸지만 하나코는 미동도 하지 않았다.

"어제 저희는 규슈에 가서 이토 토시로 씨를 만나고 왔습니다."

하나코가 반사적으로 고개를 번쩍 들었다.

"맞습니다, 이토 세이노스케 씨의 아드님이죠."

하나코는 잠자코 나츠메를 응시했다.

"사실을 말씀해 주실 수 없을까요?"

하나코가 시선을 피했다.

"하나코 씨는 아마도 사체유기 및 사기 혐의로 입건될 겁니다. 하지만 뉴스를 본 사람들이 어떻게 받아들일지는 알 수 없습니다. 어쩌면 하나코 씨가 어머니를 죽인 후 그 사실을 들킬까봐 겁이 나서 시신을 숨겼다고 생각할지도 모릅니다."

"어쩔 수 없죠."

하나코가 담담하게 대답했다.

나츠메는 주머니에서 사진을 꺼내 하나코 앞에 내려놓았다. 허공을 떠돌던 하나코의 시선이 사진을 향하는가 싶더니 그대로 멈췄다.

하나코와 후미에가 여행지에서 함께 찍은 사진이었다.

"어머니가 그런 상황을 반길 거라고 생각하십니까?"

하나코는 입을 꾹 다문 채 사진을 내려다볼 따름이었다.

"하나코 씨는 어머니의 죽음을 세이노스케 씨에게 알리고 싶지 않았던 것 아닌가요?"

하나코의 어깨가 움찔했다. 하지만 아무 말도 하지 않고 이내 시선을 내리깔았다.

"하나코 씨 입으로 사실을 말씀해 주실 수는 없을까요?"

여전히 묵묵부답이었다.

"소중한 어머니의 마지막 순간을 증언하는 것은 남겨진 자식의 의무라고 생각합니다만."

하나코의 눈가에서 한줄기 눈물이 흘러내렸다.

"3년 전 하나코 씨가 문화센터를 방문했을 당시 어머니는 어떤 상태이셨나요?"

나츠메가 질문하자 한참 후 하나코가 나지막한 목소리로 "많이 안 좋으셨어요…" 하고 대답했다.

"1년 전에 넘어져 다친 후로는 전혀 움직이질 못하니 날이 갈수록 상태가 안 좋아지셨어요. 병원에 가도 별다른 이상은 없다고만 하고…. 점점 말수가 줄고 식욕도 잃으셨어요."

아마도 이케부쿠로로 이사 온 후로는 하이쿠 동호회 홈페이지를 통해 세이노스케와 교류하는 것만이 후미에의 유일한 낙이었을 것이다. 그런데 사고로 거동이 불편해지

면서 홈페이지를 확인하러 PC방에 가는 것마저 불가능해
지자 삶의 활력을 잃게 된 것이 아닐까.

"아츠기에 살 때 하나코 씨는 어머니와 세이노스케 씨
사이를 반대했던 거죠?"

나츠메의 질문에 하나코가 고개를 끄덕였다.

"그냥 친하게 지내는 거라면 상관없지만 어느 날 갑자기
함께하고 싶은 사람이 생겼다고 해서 제가 완강하게 반대
했어요."

"어머니 연세에 그런다는 게 부끄러웠나요?"

하나코가 고개를 저었다.

"무서웠어요, 엄마를 빼앗기고 혼자가 된다는 게."

나츠메가 고개를 끄덕이며 공감을 표하자 하나코가 의
외라는 표정으로 쳐다보았다.

"어제 규슈에서 돌아와서 호소카와 유스케 씨를 만났습
니다."

유스케는 하나코의 전남편이었다.

유스케 말에 따르면 두 사람이 이혼하게 된 원인은 하나
코의 지나친 속박 때문이었다. 일하는 중에도 한 시간 간
격으로 어디서 무엇을 하고 있는지 알려 줄 것을 요구했
고, 연락을 빠트린 날은 귀가 후 집요하게 물고 늘어졌다.
유스케가 뭐라고 반박을 하면 심기가 불편해져서 며칠씩

말도 하지 않았다. 그런 관계를 견디다 못해 유스케 쪽에서 먼저 이혼을 요구한 것이었다.

다만 유스케는 하나코가 불쌍하다고도 했다. 하나코의 아버지는 어느 날 갑자기 하나코 앞에서 모습을 감추었다. 하나코에게는 아무런 설명이나 변명도 없이 후미에와 이혼하고, 불륜 상대인 여성과 재혼한 것이다.

유스케는 아마도 하나코가 그때 받은 마음의 상처 때문에 대인관계에서 심한 불안감을 느끼게 된 것 같다고 말했다.

"저한테는 엄마밖에 없었어요. 이혼하고 친정으로 돌아왔을 때 엄마는 더 좋은 사람을 만날 수 있을 거라고 저를 위로했지만 전 그렇게 생각하지 않았어요. 아무리 사랑해서 결혼하더라도 결국엔 남이니까 언제 마음이 바뀌어서 제 곁에서 떠나갈지 모르잖아요. 무슨 일이 있어도 절 배신하지 않는 건 피를 나눈 엄마밖에 없다고 생각했어요."

하나코가 고개를 떨구고 울음을 삼켰다.

"엄마 입장에서는 많이 귀찮았을 거예요. 제가 항상 엄마한테 딱 달라붙어서 집에만 처박혀 있었으니까요. 하이쿠 교실에 다니기 시작한 것도 저한테서 좀 떨어지고 싶어서였는지도 모르겠네요."

"혼자 남겨지는 게 싫어서 이케부쿠로로 이사를 온 건가요?"

하나코가 바닥을 쳐다보며 작게 고개를 끄덕였다.

"엄마한테는 세이노스케 씨를 만나지 말라고 했어요. 그래도 두 분은 저 몰래 계속 만나셨고, 못 만나게 하려면 멀리 떨어지는 수밖에 없겠다 싶었어요."

하나코가 자신의 직장으로 아츠기 지점 대신 이케부쿠로 지점을 선택한 이유는 두 사람을 떨어뜨리기 위해서였을 것이다.

지하철을 타면 이동에 걸리는 시간은 1시간 남짓이지만 몇 번인가 갈아타야 하기 때문에 여든 넘은 노인이 쉽게 오갈 수 있는 거리는 아니었다.

"하지만 엄마 얼굴에서 하루가 다르게 생기가 사라져가는 걸 보고 제가 잘못했다는 걸 깨달았어요."

"그래서 세이노스케 씨를 만나러 갔던 거군요."

"네. 하이쿠 교실의 아마노 선생님이 세이노스케 씨가 이사 간 주소를 알려 주셔서 그 주소로 편지를 보냈어요. 얼마 지나지 않아 답장을 받았고요. 다만 편지에서 세이노스케 씨는 자기도 거동이 여의치 않아서 도쿄까지 오기는 힘들 것 같다고 하셨어요. 저희 엄마 걱정을 많이 하시더라고요. 최근 하이쿠 동호회 홈페이지에 후미에 씨 작품이 올라오지 않는데 잘 지내고 있느냐고…, 자기는 후미에 씨가 쓴 하이쿠를 보는 낙으로 살고 있으니 계속 올려 주면 좋겠다고 전해 달라고."

울음기 섞인 목소리가 이야기를 하면서 조금씩 안정을 찾아갔다.

"당시 후미에 씨는 직접 편지를 쓸 수 없는 상태였나요?"

하나코가 고개를 끄덕였다.

"그 무렵 치매가 진행되고 있었는데 세이노스케 씨가 보낸 편지를 제가 읽어드려도 별다른 반응을 보이지 않으셨어요. 전부 다 제 탓이에요. 제가 엄마에게서 소중한 것들을 다 빼앗아버렸으니까요. 세이노스케 씨뿐만 아니라 엄마 인생의 즐거움을 억지로…."

"어머니가 돌아가신 건 정확히 언제였나요?"

기억나지 않을 리가 없었다.

"2014년 5월 19일이었어요."

"규슈에 다녀온 날이지요?"

하나코가 고개를 들었다. 그걸 어떻게 알았냐는 듯 두 눈을 크게 뜨고 나츠메를 쳐다보더니 이윽고 천천히 고개를 끄덕였다.

세이노스케의 아들인 토시로가 그날 일을 기억하고 있었다.

그날 하나코는 세이노스케를 만나러 규슈까지 찾아왔다. 토시로는 멀리 도쿄에서 찾아온 사람을 그냥 돌려보낼 수도 없어서 일단 하나코를 집으로 들였다. 하나코는 자리에 누워 있는 세이노스케에게 한 가지 부탁을 했다. 자신의 스마트폰으로 후미에에게 보내는 짧은 영상 편지를 남겨 달라는 것이었다.

"내가 바라는 건 딱 하나밖에 없습니다. 후미에 씨 당신이 건강하게 잘 지내는 것, 오직 그것뿐입니다. 부디 오래오래 건강하시기 바랍니다, 대충 이런 내용이었죠?"

나츠메의 말에 하나코가 코를 훌쩍이며 고개를 끄덕였다.

"화면으로나마 세이노스케 씨를 만나면 엄마가 기운을 좀 차리지 않을까 싶었어요. 빨리 엄마에게 보여 주려고 숨을 헐떡이며 돌아왔는데 엄마는 침대 위에서 싸늘하게 식어가고 있더군요. 눈앞이 캄캄해져서 몇 시간을 그 자리에 주저앉아 있었어요."

"경찰에 연락해야겠다는 생각은 안 들던가요?"

"처음에는 그러려고 했는데 세이노스케 씨 생각이 나서… 엄마가 돌아가셨다는 소식을 들으면 충격을 받으실 테니까요. 엄마가 지은 하이쿠를 보는 낙으로 산다고 하셨으니 그게 없어지면 세이노스케 씨도 엄마처럼…"

"아무리 그렇다고 해도… 들키면 감옥에 가게 될 텐데…"

"저는 그때까지 저밖에 생각하지 않았으니까요. 그래서 가장 소중한 사람을 잃었죠. 이제 제게 남은 건 아무것도 없어요. 그러니까 적어도 이 정도는 해야겠다고 생각했어요. 물론 그런다고 해서 과거의 잘못들을 용서받지는 못하겠지만요. 책을 통해 하이쿠 짓는 법을 공부하고, 엄마 공책을 보며 필체를 흉내 내서 편지지에 옮겨 적은 다음 아마노 선생님께 보냈어요."

세이노스케에게 살아갈 희망을 주기 위해 하나코는 후미에를 대신해서 계속 하이쿠를 지어온 것이다.

"그러다가 하이쿠 동호회 홈페이지에 세이노스케 씨의 부고가 올라온 것을 보고 자수하기로 결심한 거군요."

하나코가 고개를 끄덕였다.

"이제 더 이상 숨길 필요가 없어졌으니까요. 빨리 엄마를 제대로 보내드리고 싶었어요."

"그런데 왜 지금까지는 사실대로 말하지 않았던 거죠?"

나츠메가 묻자 하나코가 다시 고개를 숙였다. 긴 침묵이 이어졌다. 이윽고 한숨 소리와 함께 하나코가 얼굴을 들었다.

"저를 벌주기 위해서요."

나츠메가 고개를 갸웃하며 하나코를 쳐다보았다.

"저는 사람들의 동정을 받을 만한 가치가 없어요. 제가 한 일은 어디까지나 자기만족에 지나지 않으니까요. 무엇을 어떻게 포장하더라도 저 때문에 엄마가 홀로 외로이 돌아가셨다는 사실은 변하지 않아요."

"여행용 캐리어를 침대 위에 올려둔 것도 스스로를 벌하기 위해서였던 겁니까?"

나츠메의 물음에 하나코가 쓸쓸한 미소를 지어 보였다.

"이제 엄마가 이 세상에 안 계시다는 게 제게 내려진 가장 큰 벌이니까요. 그 사실을 잊지 않고 하루하루 속죄하는 마음으로 살아가려고 했어요. 그런다고 해서 엄마가 용서해주지는 않겠지만요. 앞으로 평생 혼자서 쓸쓸하게 살아가라고, 천국에 계신 엄마도 그렇게 생각하고 계실 거예요…."

"정말 그럴까요?"

나츠메가 하나코의 말을 중간에 끊었다.

"저는 그렇게 생각하지 않습니다."

"무슨 근거로 그런 말씀을 하시는 거죠?"

하나코가 매달리듯 간절한 눈빛으로 물었다.

"떨어져 있어도 눈부시게 빛나는 은하수 다리."

나츠메가 그 자리에서 시를 한 수 읊자 하나코가 갑자기 무슨 소리냐는 듯 눈썹을 찌푸렸다.

"어머니가 돌아가신 후 하나코 씨가 아마노 선생님께 처음으로 보낸 하이쿠가 이거였죠?"

"네, 그런데요…?"

"이 시를 받고 아마노 선생님은 어딘지 모르게 위화감을 느꼈다고 합니다. 그 전까지 후미에 씨가 즐겨 사용하던 소재나 주제와 너무 달라서요."

"그게 무슨 뜻이죠?"

잘 이해가 가지 않는다는 표정으로 하나코가 물었다.

"이 시를 기점으로 이후 작품들에는 모두 후미에 씨가 세이노스케 씨를 그리워하는 듯한 내용이 담겨 있는데 아마노 선생님 말에 따르면 후미에 씨는 한 번도 그런 시를 지은 적이 없었다고 합니다."

나츠메가 주머니에서 꺼낸 엽서 한 장을 하나코 앞에 내려놓았다.

"후미에 씨가 생전 마지막으로 지은 하이쿠입니다."

하나코가 엽서를 뚫어지게 들여다보았다.

훨훨 날아라 민들레 홀씨 되어 무지개 너머 —

"이 시뿐만이 아닙니다. 아츠기에 있었을 때도, 이케부쿠로로 이사 온 후에도 후미에 씨가 짓는 하이쿠는 꽃을 소재로 한 작품이 많았다고 합니다."

딸의 이름인 하나코(華子)에 빗대어 꽃으로 자신의 마음을 표현한 것이리라.

"후미에 씨는 늘 하나코 씨를 생각하며 딸이 행복하기만을 바랐던 겁니다."

엽서에 적힌 글자가 소리 없이 번져 나갔다.

제물

제물

눈앞에 놓인 유리잔에 쩅한 원색의 액체가 채워졌다.

"자, 드시죠."

나카지마 아키코는 술잔을 향했던 시선을 들어 정면을 보았다. 바텐더 사키가 아키코를 보며 미소 짓고 있었다.

"와, 예뻐라. 무슨 칵테일이에요?"

"오리지널이라 이름은 없어. 무알콜이니까 안심하고 마셔도 돼."

아키코는 잔을 들어 입으로 가져갔다. 상큼한 시트러스 향과 부담스럽지 않은 달콤함이 절묘하게 어우러진 맛이었다.

"맛있어요! 역시 사키 씨!"

"마음에 들었다니 다행이네."

사키가 살짝 미소를 지으며 카운터 안쪽에 놓인 술잔에 술을 따랐다. 사키가 즐겨 마시는 메이커즈 마크라는 술이었다. 도수가 높은 버번 위스키여서 아키코는 마셔 본 적이 없었다.

"그건 제가 살게요."

"신경 쓰지 않아도 돼. 이제부터 돈 들어갈 일이 많을 텐데."

사키가 손을 내저으며 잔을 들어 한 모금 마셨다.

"그러고 보니 아키코 씨 결혼 날짜는 잡았어?"

카운터석 가장자리에 앉아 온더락 잔을 기울이고 있던 엔도 씨가 이쪽을 보며 물었다. 이 가게의 단골로 직업은 변호사라고 했다.

"혼인신고는 6월 7일에 할 예정이에요."

6월 7일은 아키코의 생일이었다.

"결혼식을 할지 말지는 아직 정하지 못했어요. 아이가 태어나면 돈 들어갈 일이 많아질 것 같아서요."

"웨딩드레스를 입은 사진 정도는 찍어두는 게 좋지 않을까?"

"그러게요."

갑자기 문이 벌컥 열리는 바람에 사키가 깜짝 놀라 표정을 굳혔다. 아키코는 입구 쪽을 돌아보았다. 젊은 남자 셋이 왁자지껄 떠들며 가게 안으로 들어왔다.

"오, 바텐더가 여자네. 여기로 하자."

한 명이 낄낄거리며 카운터석에 자리를 잡으려고 했다.

"죄송하지만 단체 손님은 받지 않습니다."

사키의 말에 남자들의 움직임이 멈췄다.

"단체 손님이라니? 우린 달랑 세 명이라고. 자리도 많잖아."

"죄송합니다. 저희 가게는 세 명 이상인 경우에는 이용하실 수 없습니다."

"나 참 재수가 없으려니까. 젠장, 나간다 나가!"

남자들이 거칠게 내뱉으며 발길을 돌렸다. 문이 쾅 하고 닫혔다.

"사키 씨는 변함없이 돈 벌 생각이 없네. 우리야 뭐 덕분에 아지트처럼 이용할 수 있어서 좋긴 하지만."

엔도가 웃으며 말했다.

엔도의 말마따나 사키는 장사로 돈 벌 생각이 없는 듯했다.

아키코가 이 바에 처음 온 것은 2년쯤 전이었다. 사귀던 남자와 헤어지고 돌아가던 길에 난생처음 혼자 술을 마셔보고 싶다는 생각이 들었다. 몇 군데 술집을 돌아다니며 잔뜩 마신 후 마지막으로 들른 곳이 여기였다.

나중에 사키가 알려 준 바에 따르면 당시 아키코는 술에 취해 제정신이 아니었다고 하지만 아키코는 처음 이 가게에 들어왔을 때 받은 인상을 기억하고 있었다. 정확히 말하자면 가게가 아니라 사키에게 받은 인상이었다.

훤칠한 키에 잘 어울리는 흰색 와이셔츠와 검은색 조끼, 올백으로 넘긴 머리. 전통적인 바 인테리어와도 절묘하게 맞아떨어져서 마치 남장을 한 여배우를 보는 듯했다.

사키는 아키코보다 세 살 위라고 했다. 나이보다 훨씬 어른스러운 사키와 이야기를 나누다 보니 고작 남자에게 차였다고 홧술을 마시는 자신이 유치하고 한심하게 느껴졌다.

그날 아키코는 사키가 만들어 준 칵테일 몇 잔을 마신 후 사키가 불러 준 택시를 타고 집에 돌아왔다.

계산을 하지 않았다는 사실을 기억해 내고 다시 가게를 찾아가니 아키코가 마신 술값은 1천 엔이라고 했다. 깜짝 놀라 왜 그렇게 싸냐고 묻자 사키는 "술은 한 방울도 안 들어갔으니까"라며 웃었다.

그때부터 종종 이곳에 들르게 되었다. 좋아하는 사람이 생겼을 때도, 고백할지 말지 망설였을 때도, 사귀기 시작하고 얼마 지나지 않아 크게 싸웠을 때도, 임신 사실을 상대에게 알릴 것인지 고민했을 때도 제일 먼저 상의한 사람은 사키였다.

고향을 떠나 도쿄에서 혼자 사는 아키코에게 사키는 가족보다 더 소중한 존재였다.

아키코는 가방에서 스마트폰을 꺼냈다. 11시 반이 넘은 시간이었다. 켄지에게서 메시지가 도착해 있었다.

[미안. 아직 일이 안 끝나서 오늘은 못 갈 것 같아. 내일 집으로 갈게]

내용을 확인하고 저도 모르게 한숨이 새어 나왔지만 켄지 나름대로 앞으로 태어날 아이를 위해 열심히 일하고 있는 것이라고 스스로를 타이르며 아키코는 고개를 들었다.

"못 온대?"

사키가 대충 짐작이 간다는 듯 물었다.

"네, 야근한대요. 저도 여기까지만 마실게요."

아키코가 계산해 달라고 하자 사키는 계산서 대신 전화기를 집어 들고 택시 회사에 전화부터 걸었다.

"콜이 밀려서 1시간쯤 걸린다네."

"걸어가면 되니까 괜찮아요."

"시간이 많이 늦었으니 택시 타고 가."

"술도 안 마셨고 괜찮다니까요."

"안 돼, 이 주변은 밤이 되면 인적이 끊기잖아. 기다렸다가 택시 타고 가. 서비스로 논알콜 칵테일 한 잔 만들어 줄 테니까."

사키는 걱정이 많았다. 그렇게 걱정해야 할 만큼 어리지 않다고 반박하고 싶을 때도 있었지만 굳이 걱정하게 만들고 싶지도 않았다.

"그럼 역 앞 택시 정류장으로 갈게요. 여기서 기다리는 것보다는 그게 빠르니까."

사키가 알겠다며 수화기를 내려놓았다.

계산을 마친 후 엔도에게 "먼저 들어갑니다"라고 인사를 건네고 가게를 나섰다. 그러고는 역이 아니라 집을 향해 걷기 시작했다.

한참을 걷자 점점 주변이 어두워졌다. 이 일대는 가로등이 적고 지나다니는 사람도 거의 없었지만 그래도 주택가였다. 아직 불이 켜진 집도 있었고, 가방 안에는 켄지가 준 호신용 경보기가 들어 있었다.

전방에 불빛이 깜박거렸다. 가까이 다가가 보니 승합차 옆에 사람이 쪼그리고 앉아 있었다.

무슨 일인지 의아해하며 옆을 지나가려는데 신음 소리가 들렸다.

야구 모자를 눌러쓴 남자가 승합차에 몸을 기댄 채 괴로운 듯 숨을 몰아쉬고 있었다.

"괜찮으세요?"

못 본 척 지나갈 수 없어서 말을 걸자 남자가 고개를 숙인 채 "가슴이…" 하고 간신히 한마디를 내뱉었다.

"가슴이 어떤데요?"

"심장병… 발작… 약을…."

남자가 숨을 거칠게 내쉬며 승합차 뒷좌석 문을 향해 손을 뻗었다.

"차 안에 약이 있나요?"

남자가 고개를 끄덕이며 "파란색… 가방…"이라고 말했다.

창문 너머로 들여다보려 했지만 선팅이 너무 진해서 차 안이 보이지 않았다. 그냥 갈까 하는 생각이 잠시 머리를 스쳤지만 "으… 윽…" 하는 신음 소리에 차마 발걸음이 떨어지지 않았다.

의심하는 것 같아 조금 미안하긴 했지만 가방에서 호신용 경보기를 꺼내 손에 들고 승합차 문을 열었다. 눈앞에 나타난 사람 그림자에 화들짝 놀라 멈칫한 순간, 사방에서 팔이 뻗어 나왔다. 문신을 새긴 팔이 아키코를 붙잡아 차 안으로 잡아당겼다.

호신용 경보기가 손에서 떨어졌다. 앞으로 넘어진 아키코를 뒤에서 누군가가 움직이지 못하게 꽉 눌렀다. 바닥에 얼굴을 부딪혀서 코끝이 아렸다. 눈에 테이프가 감기고 순식간에 시야가 차단되었다.

경보기는 어디 있지?

아키코는 눌린 상태에서 버둥거리며 손을 휘저었다.

"움직이지 마! 죽여버린다!"

남자의 윽박에 몸이 딱딱하게 굳었다. 시동 거는 소리가 들리고 차가 움직이기 시작했다. 곧이어 스피커에서 귀청을 때리는 랩이 흘러나왔다.

"제발 부탁이니 내려 주세요. 배 속에 아이가 있어요."

아키코는 필사적으로 애원했다.

"진짜? 임신한 여자랑 하는 건 또 처음이네."

사내들이 왁자하게 웃어댔다.

어떻게든 도망쳐야 하는데…. 하지만 아무리 힘을 주어도 손가락 하나 까딱할 수가 없었다.

"가위바위보!"

"아싸! 내가 1번이다!"

"쳇, 난 마지막이네."

구역질이 치밀어 오르는 것을 가까스로 참고 있으려니 어느 순간 차가 멈췄다.

몇몇이 아키코의 양손을 붙잡고 몸을 뒤집어 바로 눕게 했다. 누군가의 손이 스커트 안으로 들어온 순간 온몸에 소름이 돋았다. 허벅지에 힘을 주며 저항했지만 속옷이 내려가는 것을 막을 수는 없었다.

"제발… 부탁입니다…, 하지 말아 주세요…."

"카메라 제대로 찍어라."

떠들썩한 웃음소리와 함께 역겨운 감촉이 아키코의 몸과 마음을 관통했다. 머릿속이 새하얘졌다.

이삿짐센터 직원 두 명이 서랍장을 들고 거실로 들어왔다.

"이건 어디 놓을까요?"

나이가 많은 쪽이 나츠메에게 물었다. 나츠메는 에어컨 옆을 가리키며 "저쪽에 놓아주세요"라고 대답했다.

둘이서 나츠메가 가리킨 위치에 서랍장을 내려놓았다.

"이게 마지막입니다. 배치를 바꾸고 싶은 가구가 있으면 말씀해 주세요."

나츠메는 집 안을 둘러보았다. 딱히 문제는 없어 보였다.

"괜찮습니다. 수고 많으셨습니다."

젊은 직원이 벽에 붙인 보양재를 걷어 빈 박스와 함께 가지고 나갔다. 나이가 많은 직원이 이마에 맺힌 땀을 닦으며 허리에 찬 주머니에서 명세서를 꺼냈다.

나츠메는 바닥에 내려놓은 가방에서 지갑과 사람 수만큼의 봉투를 꺼냈다. 우선 이사 비용을 정산한 다음 1천 엔짜리 지폐가 든 봉투들을 건넸다.

"이걸로 마실 거라도 사 드세요."

"감사합니다."

남자는 봉투를 받아들고 현관으로 향했다.

"빈 박스는 나중에 회수할 예정이니 짐 다 푸신 후에 회사 번호로 연락 주시면 됩니다."

"알겠습니다. 오늘 정말 고생하셨습니다."

남자를 보내고 나츠메는 거실로 돌아왔다.

창문을 열고 베란다로 나갔다. 푸른 하늘 아래 우뚝 솟은 스카이트리를 바라보며 이제부터 시작될 새로운 생활을 그려 보았다.

주머니 안에서 진동이 울렸다. 스마트폰을 꺼내 확인하니 미나요가 보낸 메시지가 도착해 있었다.

[병원 옮기기 완료. 306호실이야]

나츠메도 답장을 보냈다.

[이쪽도 이사 다 끝났어. 가스 연결하는 것만 확인하고 병원으로 갈게]

나츠메는 엘리베이터에서 내려 306호실로 향했다.

병실 앞에서 멈춰 서서 벽에 붙은 배치도를 확인했다. 4인실에서 에미의 침대는 창 쪽이었다.

열려 있는 문을 통과해 병실 안으로 들어갔다. 안쪽 침대 옆에 서 있는 미나요와 젊은 여자 간호사가 보였다. 간호사의 두 손이 에미의 목덜미에 놓여 있었다. 마사지 중인 듯했다.

"머리 뒤에 손가락을 가져다 대고 후경부 근육을 중심에서 바깥쪽으로 풀어 줍니다. 이어서 바깥쪽에서 중심을 향해 이런 식으로 주물러 주세요."

간호사의 설명을 들으며 미나요가 진지한 얼굴로 마사지 과정을 지켜보고 있었다.

나츠메는 두 사람에게 말을 걸지 않고 뒤쪽에서 기다렸다.

"다음은 얼굴 마사지입니다."

간호사가 에미의 얼굴 마사지를 시작했다.

"에미는 원래도 미인이지만 더 예쁜 미소를 지을 수 있도록 노력해 보자고요."

웃으며 에미의 마사지를 진행하는 간호사는 싹싹하고 친절해 보였다. 간호사가 인기척을 느꼈는지 이쪽을 돌아보았다. 미나요도 따라서 고개를 돌렸다.

"에미 아빠입니다. 잘 부탁드립니다."

나츠메가 꾸벅 인사하자 간호사도 "야마모토 마유라고 합니다. 저야말로 잘 부탁드립니다" 하고 미소를 지으며 대답했다.

가슴에 찬 명찰에 '간호사 야마모토 마유'라고 적혀 있었다.

"간호사 2년 차라는데 모르는 게 없으신 것 같아."

미나요가 감탄하듯 말하자 마유가 수줍어했다.

"식물인간 상태인 환자들을 많이 담당했던 선배한테 배운 걸 따라 하고 있을 뿐이에요. 선배는 작년에 퇴직하셨고 저는 아직 부족한 게 많지만 조금이라도 도움이 될 수 있도록 최선을 다하겠습니다."

문 쪽에서 소리가 나서 보니 흰색 가운을 입은 의사가 들어오고 있었다. 안경을 쓴 온화한 인상의 남자였다. 나이는 나츠메보다 열 살 정도 많아 보였다.

"나츠메 씨 되시나요?"

남자의 질문에 나츠메가 고개를 끄덕였다.

"에미를 담당하게 된 나가츠루 의사입니다."

"나츠메라고 합니다. 앞으로 잘 부탁드립니다."

"요시모토 선생님께 소문은 많이 들었습니다."

나가츠루가 웃으며 말했다.

요시모토는 이전 병원에서 에미를 담당했던 의사였다. 어쩌면 나가츠루는 나츠메의 직업이 경찰이라는 사실을 이미 알고 있을지도 모르겠다는 생각이 들었다.

"이 동네에 빨리 익숙해지시면 좋겠네요. 주변에 큰 공원이 많아서 에미도 좋아할 겁니다."

"그러게요. 에미와 함께 산책하는 것이 제 꿈입니다."

"꿈이 아닙니다. 하루라도 빨리 그렇게 될 수 있도록 모두 함께 힘을 모아 노력해 봅시다."

나가츠루의 따뜻한 격려에 나츠메도 고개를 끄덕여 보였다.

눈앞에 온더락 잔이 탁 하고 거칠게 놓였다.

아키코는 잔을 들어 단숨에 절반 정도를 들이켰다. 목이 타들어갈 듯 뜨거워지고 기침이 나왔다. 두 모금 만에 잔을 비우고 내려놓았다.

"같은 걸로 한 잔 더."

아키코가 고개를 들어 주문하자 카운터 안쪽에 있는 수염을 기른 바텐더가 눈썹을 찌푸렸다.

"그렇게 마셔도 괜찮겠어요?"

어딘가 사람을 내려다보는 듯한 눈빛이 신경을 건드렸다.

"돈은 있어요."

"그게 아니라 너무 많이 마시는 것 같은데. 아까부터 쉬지도 않고 버본만 벌써 몇 잔째…."

시끄러워.

입 밖으로 말이 튀어나오려는데 옆에서 다른 남자가 끼어들었다.

"그러지 말고 마시고 싶은 만큼 마시게 해 줘요."

아키코는 목소리가 들려온 쪽을 돌아보았다. 카운터석

가장자리에 앉아 있던 검은색 티셔츠 차림의 남자가 술잔과 클러치백을 챙겨 들고 일어나 이쪽으로 다가오더니 아키코 바로 옆자리에 앉았다.

"쇼지, 너 아는 사람이야?"

"아니."

"꼭 이렇게 처음 보는 손님이 나중에 문제를 일으킨다고."

"괜찮다니까. 이 여자가 취해서 쓰러지면 내가 책임질게."

남자가 말하자 바텐더가 한숨을 쉬며 잔에 술을 따랐다.

"이건 내가 살게. 자, 건배!"

남자가 아키코의 손에 잔을 쥐어 주며 자기 잔과 가볍게 부딪쳤다.

아키코는 남자에게서 시선을 거두고 술잔을 기울였다.

위가 따끔거리고 속에서부터 무언가가 치밀어 올라 당장이라도 토할 것만 같은 기분이었지만 시야는 멀쩡했다.

빨리 취하고 싶다는 일념으로 잔에 담긴 술을 털어 넣었다.

"이름이 뭐야?"

"아키코."

남자 쪽은 쳐다보지도 않고 대답했다.

"뭐 안 좋은 일 있었어? 실은 나도 그래. 왜 술이라도 마시지 않으면 도저히 견딜 수 없는 날이 있잖아."

남자의 헛소리를 한 귀로 흘려들으며 술잔을 비웠다.

"한 잔 더?"

아키코가 고개를 끄덕이자 남자가 바텐더에게 주문했다. 술이 채워지자마자 잔을 입으로 가져갔다.

"그거 다 마시면 장소를 옮기지 않을래?"

아키코가 남자를 쳐다보았다.

"나랑 자고 싶어?"

남자가 살짝 당황한 듯 어깨를 움츠렸다.

"직설적이네. 뭐 그런 거지. 네가 너무 매력적이라서."

아키코는 코웃음을 쳤다.

버본 두 잔으로 가질 수 있는 취객이라서 매력적이라는 건가.

아무래도 상관없었다. 어차피 아키코 역시 섹스할 상대를 찾아 돌아다니고 있었으니까.

처음 보는 남자와 섹스하는 것 따위는 아무것도 아니었다. 하지만 매일같이 상대를 바꿔가며 몸을 섞어도 끔찍한 기억은 조금도 지워지지 않았다.

"여기 술값 대신 내 주면 자 줄게."

"정말? 오케이. 마스터, 계산할게요. 이 여자 것도 같이."

남자가 클러치백에서 지갑을 꺼내 계산했다. 거스름돈을 받은 다음 바텐더에게 봉투를 건넸다.

"일전에 말했던 라이브 공연 티켓 구했어요. S석 앞자리."

"오, 땡큐. 얼마 주면 되나?"

"수수료 포함 1만 3천 엔이요."

남자는 바텐더에게 받은 거스름돈을 지갑에 넣고 클러치백을 카운터 위에 내려놓았다.

"잠깐 화장실 좀 다녀올 테니까 여기서 기다려."

남자가 어깨를 긁으며 자리에서 일어났다.

남자의 걷어 올린 소매 아래로 드러난 팔뚝의 문신이 시야에 들어온 순간, 아키코는 온몸에 소름이 돋고 눈앞이 캄캄해졌다.

이쪽을 향해 뻗어 오는 수많은 손들이 떠올라 몸이 덜덜 떨리고 구역질이 났다.

아키코는 손으로 입을 가린 채 자리에서 일어나 비틀거리며 출입구 쪽으로 향했다.

개찰구를 통과해 긴시초역을 빠져나온 나츠메는 하늘을 올려다보았다.

첫 출근일에 잘 어울리는 쾌청한 날씨였다. 1시간 정도 주변을 산책하고 출근할 생각으로 걸음을 내디뎠다.

주위 경관을 둘러보며 큰길을 따라 걸어가는데 멀리서 사이렌이 울리는가 싶더니 소리가 점점 커졌다.

경찰차 두 대가 눈앞을 지나가는 것을 보고 나츠메는 방향을 틀었다. 발걸음이 빨라졌다.

경찰서에 들어서자마자 곧바로 접수데스크로 향했다. 여직원이 나츠메를 보고 다가왔다.

"안녕하십니까, 금일부로 이곳에 부임한 나츠메라고 합니다. 잘 부탁드립니다."

나츠메가 인사하자 직원이 미소로 화답했다.

"네, 알고 있습니다. 많이 일찍 오셨네요."

"첫 출근이라고 흥분했는지 눈이 빨리 떠져서요. 서장님은 아직 안 오셨나요?"

"아니요, 서장님도 일찍 출근하는 편이세요. 서장실은 2층에 있습니다."

"고맙습니다."

나츠메는 직원에게 인사한 후 계단을 올라가 2층 서장실 앞에서 문을 두드렸다.

"들어오세요."

나츠메는 문을 열고 안으로 들어갔다. 책상에 앉아 있던 서장과 눈이 마주쳤다. 코이케 타마요, 여성 서장이었다.

"금일부로 긴시 경찰서에 부임하게 된 나츠메 노부히토 순사부장입니다."

나츠메가 경례했다.

"일찍 오셨네요."

코이케가 벽걸이 시계를 쳐다보았다. 6시 50분이었다.

"원래는 출근 전에 주변을 좀 돌아볼 생각이었습니다만…, 방금 경찰이 출동하는 것 같던데요."

"이시하라 공원에서 사건이 발생했다는 신고가 들어와서 강력계는 전원 출동했습니다."

"저도 그쪽에 합류해도 될까요?"

"부탁합니다."

코이케가 고개를 끄덕였다.

공원 산책로를 따라 한참을 걸었지만 사건 현장 같아 보이는 곳은 나오지 않았다. 정문을 나서자 공원 앞 도로에 경찰차 네 대가 서 있었다.

아까 본 안내 표지판에 따르면 이시하라 공원은 도로를 사이에 두고 남북으로 갈라진 구조였다.

맞은편에 위치한 남쪽 구역 입구에 폴리스라인이 설치되어 있었다. 제복을 입은 경찰들이 지키고 서 있는 모습을 사람들이 호기심 어린 눈빛으로 힐끔거리며 지나갔다.

나츠메는 도로를 가로질러 공원 입구 쪽으로 향했다.

경찰 신분증을 제시하자 입구를 지키고 있던 경찰이 "수고하십니다" 하고 나츠메를 안으로 들여보낸 다음 안내 표지판에 표시된 화장실 중 한 군데를 가리켰다.

"이쪽 화장실입니다."

"감사합니다."

얼마쯤 걸어가다 보니 앞쪽에 사람들이 모여 있는 것이 보였다. 파란색 시트로 입구를 가린 화장실 앞에 편한 복장을 한 남자 두 명과 양복 차림의 남녀가 서 있었다.

기척을 느꼈는지 네 명이 동시에 이쪽을 돌아보았다.

"금일부로 부임한 나츠메 형사입니다."

나츠메가 인사하자 양복을 입은 남자가 "아아" 하고 고개를 끄덕였다.

"나는 칸다 계장이다. 이런 데서 자기소개를 하는 게 좀 그렇긴 하지만 아무튼 이쪽부터 순서대로 세키구치, 오오가키, 혼조."

청바지에 흰 티셔츠를 입은 남자가 세키구치, 나이는 서른 정도 되어 보였다. 베이지색 치노 팬츠에 폴로 셔츠를 입은 남자는 오오가키. 베테랑 같은 분위기를 풍겼다. 긴 머리를 하나로 묶고 안경을 쓴 여자가 혼조. 혼조는 나츠메와 비슷한 연배로 추정되었다.

"잘 부탁드립니다."

나머지 세 명은 가볍게 고개를 숙이며 인사했지만 혼조는 나츠메와 눈을 마주치지 않고 화장실 쪽만 쳐다보았다.

"무슨 사건인가요?"

나츠메가 칸다에게 물었다.

"살인 사건이야."

"남자 화장실 칸 안에서 복부를 찔렸다고 합니다."

세키구치의 추가 설명을 듣고 있는데 파란색 비닐을 들추는 소리가 들렸다.

"감식 끝났습니다. 들어오시죠."

감식반 직원의 안내를 받으며 다 함께 화장실로 들어갔다. 나츠메도 흰 장갑을 받아 끼며 뒤따랐다.

남자 화장실에는 소변기 네 개와 쭈그리고 앉는 형태의 대변기 두 개가 있었다. 입구에서 가까운 칸에 검은색 티셔츠를 어깨까지 걷어올린 청바지 차림의 남자가 쓰러져 있었다. 변기를 감싸듯 바닥에 무릎을 꿇고 상반신을 앞으로 숙여 엎드린 자세였다. 가까이 다가가자 비릿한 피 냄새가 코를 찔렀다. 바닥에는 피가 고여 웅덩이를 이루었고, 벽에도 여기저기 피가 튀어 있었다. 사내의 얼굴은 보이지 않았지만 오른쪽 팔뚝에 새긴 해골 문신이 눈에 띄었다.

칸다가 칸 안으로 들어가 사내 옆에 쪼그리고 앉았다.

"제대로 눕히게 좀 도와줘."

칸다의 지시에 세키구치가 나서서 시체의 하반신을 잡고 둘이서 사내의 몸을 뒤집었다.

시체의 하반신에 눈길이 향했다. 헐렁한 청바지와 속옷

이 허벅지까지 내려가 성기가 적나라하게 드러나 있었다. 주변 피부색에 비해 음경이 약간 희끄무레해 보였다.

옆을 보니 혼조가 눈썹 하나 까딱하지 않고 시체를 내려다보고 있었다.

"볼일 보는 도중에 공격당한 걸까?"

칸다가 혼잣말처럼 중얼거리자 감식반 직원이 가까이 다가왔다.

"화장실 칸 열쇠가 부서진 흔적은 없습니다."

감식반 직원의 말에 칸다가 고개를 들어 천장을 올려다보았다.

"그렇단 말이지…."

천장과 칸막이 사이로 침입했을 가능성에 대해 생각해보고 있는 듯했다. 틈새가 30센티미터 정도밖에 되지 않으니 그럴 가능성은 낮았다.

"발견 당시 문은 닫혀 있었나요?"

나츠메의 질문에 감식반 직원이 "열려 있었습니다"라고 대답했다.

"그건 뭐죠?"

혼조가 감식반 직원이 손에 든 봉투를 가리켰다.

"화장실 칸 안에 떨어져 있던 칼과 클러치백입니다."

나츠메는 혼조가 가리킨 봉투를 다시 한번 쳐다보았다.

한쪽에는 검은색 클러치백이, 다른 한쪽에는 은색 나이프가 들어 있었다. 접이식 칼날을 펼친 상태로, 손잡이 부분에는 검붉은 핏자국이 남아 있었지만 날은 깨끗했다.

자세히 보니 칼날 끝부분이 살짝 붉은색을 띠고 있었다.

"가방 안에는 지갑과 스마트폰과 DVD가 들어 있었습니다."

"DVD라고?"

칸다가 흥미롭다는 듯 되물었다.

"대여점에서 빌린 것입니다. 지갑에 든 회원증을 보면 아마도 피해자가 직접 빌린 것 같습니다."

"소지금은?"

"798엔입니다."

칸다가 자리에서 일어나 화장실 칸 밖으로 나갔다.

"그럼 탐문수사를 부탁해."

칸다의 지시를 듣고 세키구치와 오오가키가 동시에 화장실 밖으로 나갔다. 뒤따라 나가려는 혼조를 칸다가 불러 세웠다.

"오랜만에 파트너가 생겼네."

칸다의 말에 혼조가 나츠메 쪽을 흘깃 쳐다보았다.

"혼자 움직이는 게 편한데요."

"다른 사람들은 다 파트너가 있는데 오늘 부임한 형사한테 혼자 돌아다니라고 할 수는 없잖아."

혼조가 한숨을 쉬며 나가버리자 칸다가 나츠메 쪽으로 몸을 돌렸다.

"자네 소문은 많이 들었어. 혼조는 성격이 좀 까칠하긴 하지만 실력 있는 형사니까 잘 지내 보라고."

"네."

칸다에게 대답한 후 나츠메도 화장실을 나섰다.

[당분간은 집에 못 돌아갈 것 같아]

나츠메는 아내에게 메시지를 보낸 뒤 스마트폰을 주머니에 넣고 수사본부가 위치한 3층 강당으로 향했다.

"나츠메 형사님?"

자신을 부르는 목소리에 나츠메는 걸음을 멈추고 뒤를 돌아보았다. 한 남자가 이쪽으로 다가오고 있었다. 나츠메의 입가에 미소가 떠올랐다.

수사1과 나가미네 와타루였다. 이번 사건은 나가미네가 속한 3팀이 담당하게 된 모양이었다.

"나츠메 형사님이 여긴 웬일이세요?"

"오늘부터 긴시 경찰서에서 일하게 되었습니다."

"오늘부터요? 부임 첫날 수사본부가 설치되다니…. 그건 그렇고 따님 상태는 어떤가요?"

예전에 나가미네와 같은 사건을 담당했을 때, 나츠메의 딸 에미는 긴 혼수상태에서 기적적으로 깨어났다.

"아직 갈 길이 멉니다. 이제부터 아내와 셋이서 열심히 노력해 봐야죠."

"그러시군요. 이번에도 저랑 파트너 하실래요? 저는 럭키 가이니까 같이 움직이면 뭔가 또 좋은 일이 생길지도요."

수사본부가 설치된 경우에는 보통 수사1과와 관할서 형사가 한 명씩 짝을 지어 움직인다.

"그러고 싶은 마음은 굴뚝 같지만 이번에는 같은 긴시 경찰서 소속 형사님과 팀을 이루는 게 좋을 것 같네요. 이 동네는 처음이라 주변 지리도 잘 모르고 별 도움이 되지 않을 겁니다."

"나츠메 형사님이 도움이 되지 않을 리가 없다고 생각하지만 무슨 뜻인지는 알겠습니다. 야부사와 계장님께도 말씀드려 놓겠습니다."

"감사합니다."

나츠메는 나가미네와 함께 강당 쪽으로 걸음을 옮겼다. 나가미네가 물었다.

"이번 사건에서 나츠메 형사님의 파트너는 누구인가요?"

"혼조라는 여자 형사님이십니다."

"아, 그분!"

"아시나요?"

"알다마다요."

나가미네가 고개를 크게 끄덕였다.

"나츠메 형사님과 비슷하게 수사1과에서는 꽤 유명한 분이시거든요. 상당히 개성이 강하시달까. 경찰이 되기 전에 다른 일을 했다는 점도 나츠메 형사님이랑 닮았네요."

"원래 무슨 일을 하셨는데요?"

"스물여덟 살 때까지 법원 사무관을 했다고 들었습니다."

"그렇군요."

남 말 할 처지는 아니지만 그 나이에 경찰로 전직한다는 것은 흔히 있는 일은 아니었다.

강당에 들어서자 이미 대부분 자리에 앉아 회의가 시작되기를 기다리고 있었다. 맨 앞 간부석에 앉은 야부사와와 눈이 마주쳤다. 야부사와가 자리에서 일어나 이쪽으로 다가왔다.

"이것 참 놀라운 우연이군. 이리로 새로 발령이 난 건가?"

야부사와가 웃으며 나츠메에게 말을 건넸다.

"네, 오늘이 부임 첫날이라서 아직 주변 지리를 잘 모르니 이번에는 같은 관할서 형사와 팀을 짜도 될까요?"

"누구 생각해둔 상대라도 있나?"

"혼조 형사님입니다."

나츠메가 대답하자 야부사와가 눈썹을 찌푸리며 고개를 돌려 세 번째 줄에 앉은 혼조를 쳐다보았다. 혼조의 옆자리는 아직 비어 있었다.

"알겠네. 이쪽도 혼조 형사와 파트너를 하겠다는 놈이 없어서 곤란했는데 마침 잘됐군."

의미심장한 한마디였다.

나츠메는 고개를 갸웃거리며 자리로 향했다.

"잘 부탁드립니다."

나츠메가 인사를 건네며 혼조의 옆자리에 앉았지만 혼조는 아무런 대꾸도 하지 않은 채 정면을 응시할 뿐이었다.

나츠메는 책상 위에 놓인 자료를 훑어보았다.

"딱하기도 하시지."

갑자기 혼조가 혼잣말처럼 중얼거렸다. 시선은 여전히 앞을 향하고 있었다.

"무슨 뜻이죠?"

나츠메가 묻자 그제야 혼조가 이쪽을 쳐다보았다.

"서에서도 수사본부에서도 저랑 한 팀이 되었으니까요."

"저는 이 주변을 잘 모르니 한 팀이 되어주시면 감사할 따름이죠."

"아, 네…"

혼조가 시큰둥한 표정으로 시선을 돌렸다. 나츠메도 다

시 정면을 향했다.

이윽고 코이케 서장을 비롯한 간부들이 들어와 차례대로 자리에 앉았다. 빠진 사람이 없는지 확인한 후 수사1과장이 자리에서 일어났다.

"그럼 지금부터 수사 회의를 시작하겠다. 금일 오전 5시 37분, 이시하라 공원 안 화장실에서 피투성이 남자가 쓰러져 있다는 제보를 받고 기동대와 파출소에서 출동해 남자의 사망 사실을 확인했다. 피해 남성은 소지하고 있던 면허증을 통해 마츠모토 쇼지, 27세로 추정되었고, 조금 전 가족이 도착해서 마츠모토 쇼지 본인임을 확인했다. 이하 자세한 내용은 형사과장이 설명하도록 하겠다."

수사1과장이 자리에 앉고, 이번에는 형사과장인 미야지마가 일어섰다.

"우선 부검 결과부터 살펴보면, 피해자는 오른쪽 옆구리를 흉기로 찔렸으며 직접적인 사인은 출혈성 쇼크다. 사망 시각은 오전 1시부터 오전 4시 사이로 추정된다. 또 피해자 성기에 체액 같아 보이는 물질이 묻어 있어 향후 보다 자세한 감정을 실시할 예정이다. 피해자는 사건 현장에서 1킬로미터 정도 떨어진 히가시코마가타 3번지 카에데 빌라 105호에 거주하고 있었다. 시신을 확인하러 온 친형 말에 따르면 피해자는 가족과 함께 센다이에서 살다가 고등학교 2학년 때 학교를 자퇴하고 상경했다고 한다."

그 후 마츠모토는 도쿄에서 아르바이트를 전전하며 지내다가 스물세 살 때 절도 혐의로 경찰에 체포되었다. 당시 재판에서는 집행유예가 나왔지만 그로부터 2년 후 6월에 다시금 상해 사건을 일으켜 이번에는 징역 1년 6개월의 실형 선고를 받았고, 작년 12월까지 마에바시 교도소에서 복역했다.

"가족과는 거의 연을 끊고 살았기 때문에 친형도 부모님도 피해자의 최근 생활상이나 교우 관계에 대해서는 전혀 아는 바가 없다고 한다. 피해자에 관해 알아낸 사실은 이상이다."

옆에서 커다란 한숨 소리가 들렸다. 혼조인 듯했다.

"다음은 감식반."

두 줄 앞에 앉아 있던 남자가 자리에서 일어났다. 오늘 사건 현장에서 나츠메 일행에게 설명을 해 준 감식반 직원이었다.

"흉기 손잡이에서 피해자의 지문이 검출되었고, 피해자 이외의 지문은 나오지 않았습니다. 손잡이의 혈흔이 피해자의 것인지 여부는 유전자 감정 결과가 나오기 전까지는 알 수 없지만 일단 혈액형은 동일합니다. 다만 칼날에 묻어 있던 혈흔과는 혈액형이 상이합니다. 피해자는 A형이고 칼날에 묻은 피는 AB형이었습니다."

장내가 술렁였다. 나츠메는 가만히 턱을 짚었다. 대체 어떻게 된 일일까.

칼날 부분에 피가 거의 묻지 않은 것을 보고 현장에서 발견된 칼이 흉기가 아닐 수도 있겠다는 생각은 하고 있었다. 그런데 손잡이에서 지문이 검출되었다면 그 칼은 마츠모토의 것이었다는 말인가.

누군가에게 공격당해 마츠모토도 자신이 가지고 있던 칼을 꺼내 들었으나 방어에 성공하지 못하고 그대로 찔려 죽은 걸까. 칼날의 혈흔은 그 과정에서 상대방에게 상처를 입혔을 때 묻은 것일까.

"피해자의 클러치백 안 내용물은 지갑, 스마트폰, DVD 대여점에서 빌린 DVD 세 장, 마권 스물세 장입니다. 지갑에는 현금 798엔과 면허증, 은행 현금카드를 비롯한 카드 몇 장이 들어 있었습니다. 모두 피해자 본인 명의입니다. 스마트폰도 본인 소유로, 마지막으로 연락을 주고받은 기록은 어젯밤 11시 32분으로 확인됩니다. '토모링'이라는 사람에게 '지금 스완에서 마시고 있는데 이리로 오지 않을래?'라는 내용의 메시지를 보냈으나 상대방으로부터 답장은 오지 않았습니다. 대여점에서 빌린 DVD는 세 장 모두 19금 성인물이며, 함께 들어 있던 영수증에 찍힌 시각은 금일 오전 3시 17분입니다. 피해자 본인이 직접 빌린 것이라면 사망 추정 시각이 상당 부분 좁혀집니다. 감식반 보고는 이상입니다."

감식반 직원이 착석하고, 수사1과장이 다시 일어났다.

"이상에 따르면 이번 사건은 강도 목적 또는 원한에 의한 살인으로 보인다. 사건 당일 피해자의 동선, 목격자 정보, CCTV 영상, 피해자의 교우 관계 등을 샅샅이 살펴보기 바란다. 지금부터 팀을 나누도록 하겠다."

수사1과장의 말에 모두가 일제히 자리에서 일어났다.

문제의 DVD 대여점은 지하철역 북쪽 출구 앞 번화가를 통과하면 바로 나오는 건물 2층에 있었다. 간판에는 24시간 영업이라고 적혀 있었다.

나츠메와 혼조는 건물로 들어가 계단을 걸어 올라갔다.

"불쌍하네요."

나츠메는 갑자기 무슨 말인가 싶어 옆을 돌아보았다. 혼조는 복사한 영수증을 내려다보고 있었다.

"죽은 후에 남들에게 자신의 성적 취향이 다 까발려지다니."

피해자인 마츠모토가 빌린 DVD에 대해 말하는 듯했다. 마츠모토가 빌린 DVD 세 장은 모두 제목에 '강간', '능욕',

'납치'라는 단어가 들어 있었다.

물론 여성이 보기에 불쾌할 수는 있겠지만 경찰이 조사해야 하는 것은 피해자의 성적 취향이 아니라 누가 어떻게 죽였는가 하는 점이었다.

"저도 조심해야겠네요. 죽은 후에 이상한 비디오가 발견되면 아내가 그 자리에서 기절해버릴지도 모르니까요."

나츠메는 농담처럼 넘기며 가게 안으로 들어가 곧장 직원이 있는 카운터로 향했다.

"긴시 경찰서에서 나왔습니다. 잠깐 시간 괜찮으신가요?"

혼조가 담담한 말투로 말하자 계산대 화면을 보고 있던 남자 직원이 깜짝 놀라 고개를 들었다.

"점장님 계신가요?"

"제가 점장인 아오야마입니다. 경찰이 무슨 일로…."

남자가 당황한 듯 말끝을 흐렸다.

"이 손님에 대해 여쭤보고 싶은데요."

혼조가 복사한 영수증을 아오야마 앞에 내려놓았다.

"이분이 왜요?"

"오늘 새벽 이시하라 공원에서 살인 사건이 발생했습니다. 이 손님, 그러니까 마츠모토 씨가 피해자입니다."

아오야마가 눈이 휘둥그레져서 나츠메와 혼조를 번갈아 쳐다보았다.

"피해자는 사망 직전 이곳에 들른 것으로 추정됩니다. 이 시간에 카운터를 담당한 직원이 누군지 알 수 있을까요?"

"이 시간대라면 저도 가게에 있었습니다."

혼조가 윗주머니에서 사진을 꺼내 아오야마 쪽으로 내밀었다. 마츠모토의 면허증 사진을 확대 복사한 것이었다.

"이게 피해자 본인 사진입니다. 발견 당시에는 검은색 티셔츠에 청바지 차림이었습니다. 머리 모양도 사진과 같았고요."

"음, 잘 모르겠는데요. 요즘은 DVD를 빌릴 때 직원이 직접 응대하지 않거든요. 대부분 셀프 계산대를 이용합니다."

아오야마가 턱을 들어 입구 쪽을 가리켰다.

아오야마의 시선을 따라가자 출입구 옆에 네 대의 셀프 계산대가 놓여 있고, 천장에는 CCTV가 달려 있었다.

"카운터까지 와서 직원을 찾는 사람은 주로 셀프 계산대 사용이 익숙하지 않은 어르신이거나 기한 경과로 회원증을 사용하지 못하게 된 경우, 아니면 직원에게 물어볼 게 있는 경우가 대부분입니다."

"CCTV 영상을 좀 볼 수 있을까요?"

"네, 가능합니다."

나츠메의 요청에 아오야마가 고개를 끄덕였다.

아오야마는 가까이에 있던 여자 직원에게 뒤를 맡기고

카운터 밖으로 나와 매장 안쪽에 위치한 사무실로 두 사람을 안내했다.

두 평 남짓한 공간에 컴퓨터 책상이 놓여 있고, 벽 선반에는 DVD와 CD가 잔뜩 쌓여 있었다. 사등분된 컴퓨터 화면 중 하나에 셀프 계산대가 보였다. 매장 내에는 CCTV가 총 네 대 설치되어 있었다.

아오야마는 접이식 의자 두 개를 가져와 나츠메와 혼조에게 앉으라고 권한 다음 자신이 직접 책상 앞에 앉아 컴퓨터를 조작했다.

복사한 영수증을 보며 열심히 마우스를 움직이던 아오야마가 "이 사람 같은데요"라며 이쪽을 돌아보았다.

나츠메는 몸을 앞으로 내밀어 컴퓨터 화면을 들여다보았다. 셀프 계산대 뒤쪽에서 찍은 영상이었다. 화면 속에는 검은색 티셔츠에 청바지 차림의 남자가 서 있었다. 화면 오른쪽 하단에 날짜와 시간이 표시되었다. 오늘 오전 3시 16분. 남자의 얼굴은 보이지 않았고, 오른쪽 팔뚝에 새겨진 문신도 확인할 방법이 없었다.

"조금만 뒤로 감아서 다시 볼 수 있을까요?"

나츠메의 요청에 아오야마가 마우스를 움직였다.

남자가 사라지고 셀프 계산대에 사람이 한 명도 없어질 때까지 뒤로 감았다가 다시 재생 버튼을 눌렀다. 검은색 클러치팩을 옆구리에 끼고 DVD 몇 장을 손에 든 남자가 나타났다. 옆얼굴과 오른쪽 팔뚝의 해골 문신이 똑똑히 보였다. 마츠모토였다.

마츠모토는 손에 들고 있던 DVD 케이스를 셀프 계산대 위에 내려놓고 클러치백에서 지갑을 꺼내 들었다. 기계에 카드를 꽂은 다음 상품 바코드를 찍었다. 옆 계산대에 머리를 짧게 자른 여자가 와서 섰다. 여자는 어깨에 멘 백에서 지갑을 꺼내 DVD 한 장을 계산하더니 마츠모토보다 먼저 계산대를 빠져나갔다. 마츠모토는 여자 쪽을 슬쩍 살펴보는 듯싶더니 남은 DVD의 바코드를 마저 찍고 계산대에 돈을 넣었다. 영수증이 출력되자 DVD 케이스를 계산대 옆에 대고 문질렀다.

"저건 뭘 하는 거죠?"

나츠메가 묻자 아오야마가 "케이스 잠금장치를 푸는 겁니다"라고 대답했다.

"잠금장치요?"

"저희 매장에서는 도난 방지를 위해 DVD 케이스에 플라스틱 잠금장치를 걸어 놨거든요. 전용 도구가 없으면 잠금장치를 풀 수가 없고, 잠금장치가 걸린 상태에서는 케이스에서 DVD를 꺼내는 것이 불가능합니다."

"그렇군요."

셀프 계산대도 잠금장치도 나츠메로서는 처음 보는 것이었다. 마지막으로 DVD를 빌린 것이 언제였는지 기억도 나지 않았다.

마츠모토가 매장을 나가는 장면에서 영상을 멈췄다.

"도움이 되었나요?"

"네, 감사합니다. 번거로우시겠지만 조금만 더 협조 부탁드립니다."

마츠모토가 매장에 들어왔을 때부터 나갈 때까지 찍힌 영상을 전부 확인할 필요가 있었다.

DVD 대여점에서 나온 나츠메는 이시하라 공원 쪽을 바라보았다.

여기서 사건 현장까지는 400미터 정도 떨어져 있었다. 마츠모토는 오전 3시 18분에 매장을 나와 약 40분 사이에 살해당했다.

마츠모토가 매장에 들어와서 나갈 때까지 찍힌 모든 영상을 확인했지만 딱히 수상한 사람은 없었다.

매장을 나온 뒤 마츠모토에게 대체 무슨 일이 있었던 걸까.

"여기서부터 현장까지 한번 걸어가 보면 어떨까요?"

나츠메가 제안했다.

"괜히 피곤하기만 할 것 같은데 관두죠."

혼조가 귀찮다는 투로 대답했다. 그러고 보니 아까부터 안색이 좋지 않았다.

"몸이 어디 안 좋으신가요?"

"몸은 괜찮습니다. 그냥 시간 낭비인 것 같아서요."

단순히 화장을 안 해서 피곤해 보이는 걸까.

"시간 낭비일까요?"

"여기서부터 공원까지는 길가에 설치된 CCTV도 없고, 새벽 3시 넘어서까지 영업하는 가게도 없습니다. 그런 시간에 돌아다니는 사람과 대낮에 우연히 만날 가능성도 희박하지요."

"듣고 보니 그렇네요. 그럼 이제 어떡할까요?"

마권 장외 발매소나 마츠모토의 스마트폰에 등록된 지인들을 담당하는 팀은 따로 있었다.

"근처에 '블랙 스완'이라는 바가 있어요. 아마도 피해자가 마지막으로 술을 마신 장소는 거기일 겁니다. 다만 아직 오픈 전이니 5시 반에 가게 앞에서 만나기로 하죠."

"그때까지는요?"

"각자 자유행동이요. 나츠메 형사님도 그게 좋지 않겠어요?"

수염을 기른 중년 남성이 문 앞에 멈춰 서는가 싶더니 열쇠로 문을 열고 안으로 들어갔다.

나츠메는 '블랙 스완' 출입구에서 시선을 거두어 손목시계를 들여다보았다. 5시 42분. 혼조는 아직 도착하지 않았다.

전화를 걸어 보려고 스마트폰을 꺼내는데 어디선가 나른한 목소리가 들렸다.

"늦어서 죄송합니다."

고개를 들자 혼조가 이쪽으로 걸어오고 있었다.

아까보다 혈색이 조금 좋아진 듯했다. 본인은 괜찮다고 했지만 역시 몸이 안 좋아서 어디서 쉬다 온 건지도 모르겠다는 생각이 들었다.

"안 그래도 지금 전화를 걸어 볼까 하던 참이었습니다. 방금 직원 같아 보이는 남자가 가게 안으로 들어갔습니다."

"그래요? 오늘은 빨리 왔네요. 6시 오픈이라고 적혀 있긴 하지만 7시 넘어서까지 간판이 나와 있지 않을 때도 많거든요."

"가 본 적이 있으신가요?"

"없습니다. 관할 내에서는 마시지 않는 주의라서요."

말을 마친 혼조가 가게로 향했다. 나츠메도 뒤따라갔다. 가게 앞에 도착한 혼조가 강하게 두 번 노크한 뒤 문을 열었다.

"죄송하지만 아직 준비 중입니다."

카운터 안에 있던 남자가 이쪽을 보며 말했다.

"가게 주인인 요코야마 씨 되시나요?"

혼조가 묻자 남자가 "그렇습니다만…" 하고 의아한 표정을 지었다.

"긴시 경찰서에서 나온 혼조 형사입니다. 여기 손님 중 마츠모토라는 분에 대해 여쭙고자 합니다."

"마츠모토?"

"오른쪽 팔뚝에 해골 문신이 있는 분이요."

"아, 쇼지 말씀이시군요. 그 녀석이 또 무슨 짓을 저질렀나요?"

"살해당했습니다."

혼조가 무뚝뚝하게 대답하자 요코야마의 표정이 얼어붙었다.

"무슨 그런 농담을…."

요코야마는 억지로 웃어넘기려 했지만 입꼬리가 어색하게 떨렸다.

"잘 모르는 가게에 들어와서 농담이나 늘어놓을 정도로 경찰은 한가하지 않습니다. 앉아도 될까요?"

카운터에는 식료품이 담긴 비닐봉지와 행주, 컵 따위가 잡다하게 놓여 있었다. 나츠메와 혼조는 요코야마가 그것들을 한쪽으로 밀어 자리를 만드는 동안 잠시 기다렸다가 나란히 앉았다.

"살해당한 장소는 어디인가요?"

요코야마가 머뭇거리며 물었다.

"이시하라 공원 안 화장실입니다."

혼조가 담담하게 대답했다.

"이시하라 공원이라면 바로 옆이잖아요."

"뉴스에도 나왔을 텐데 모르셨나요?"

"뉴스는 안 봐서. 그러고 보니 돌아가는 길에 사이렌 소리를 들었던 것 같기도 하네요."

"그게 몇 시였죠?"

"새벽 6시쯤이요."

"그 시간까지 가게에 계셨나요?"

"기본적으로 문 닫는 시간은 2시라고 되어 있지만 그날 분위기에 따라서는 손님과 아침까지 마실 때도 있거든요."

"아침까지 손님이랑요?"

나츠메가 묻자 요코야마가 고개를 끄덕였다.

"단골 두 사람과 근처 선술집에서 새벽까지 마셨습니다."

"확인을 해야 하니 어디서 누구와 같이 마셨는지 알려주시겠습니까?"

나츠메가 수첩을 꺼내며 물었다.

"저를 의심하시는 건가요?"

요코야마가 다소 과장된 몸짓으로 놀란 시늉을 했다.

"그런 건 아닙니다. 누구를 만나든 기본적으로 확인하는 사항입니다."

요코야마가 불러 주는 가게 이름과 단골 두 명의 이름을 수첩에 받아 적었다.

"어젯밤에 마츠모토 씨가 여기 왔었지요?"

혼조가 묻자 요코야마가 고개를 끄덕였다.

"몇 시쯤이었나요?"

"아마… 11시쯤이었을 겁니다."

"혼자였나요?"

"네, 보통 혼자 옵니다. 애초에 여자 낚으러 오는 거라."

"예를 들면 토모링 씨라든지?"

"경찰은 정말 모르는 게 없군요."

요코야마가 쓴웃음을 지으며 담배를 입에 물더니 불을 붙이고 연기를 내뿜었다.

"마츠모토 씨와 토모링 씨는 무슨 관계인가요?"

눈앞을 가리는 담배 연기 따위는 아랑곳하지 않고 혼조가 몸을 앞으로 쓱 내밀며 물었다.

"토모링의 본명은 마스다 토모코라고 합니다. 근처 유흥업소에서 일하는 아가씨예요. 저희 바에 손님으로 왔다가 둘이 알게 되었는데 아가씨가 쇼지 마음에 든 거죠. 한동안 그쪽 가게에 뻔질나게 드나들며 선물 공세를 펼친 끝에 겨우 한 번 같이 갔다고 여기 와서 어찌나 자랑을 하던지…."

이야기를 듣던 혼조의 미간에 주름이 잡혔다. 혼조가 한숨을 내쉬며 요코야마에게 물었다.

"저도 담배 좀 피워도 될까요?"

"네, 그러시죠."

요코야마가 혼조 앞에 재떨이를 내려놓았다.

혼조는 입에 문 담배에 불을 붙이고 깊게 들이마신 다음 천천히 연기를 뱉었다.

"하지만 마츠모토도 원래 부자는 아니니까 얼마 지나지 않아 가게에 찾아갈 돈은 다 떨어졌고, 그렇게 되니 토모링 입장에서는 볼일이 없어진 거죠. 이제는 메시지를 보내도 대답이 없다고 어제도 마츠모토가 제게 하소연을 늘어놓더라고요."

"마츠모토 씨 직업은 뭐였나요?"

나츠메가 물었다.

"직업이라고 하긴 뭣하지만 주로 도박 게임으로 먹고산다고 했어요. 형사님들도 이미 다 아시겠지만 전과가 있다 보니 제대로 된 일을 구하기는 어려운 모양이더라고요."

"마츠모토 씨가 돌아간 건 몇 시쯤이었나요?"

혼조의 물음에 요코야마가 기억을 더듬듯 천장을 올려다보았다.

"새벽 2시 조금 전이었을 거예요. 마츠모토가 돌아가고 얼마 지나지 않아 가게 문을 닫았거든요."

"돌아갈 때도 혼자였나요?"

"결과적으로는요."

"그게 무슨 말이죠?"

"토모링한테서 답이 없다고 어제는 마츠모토 혼자 퍼마시고 있었거든요. 그러다 중간에 젊은 여자 손님이 한 명 들어오니까 그때부터는 기분이 좋아져서 옆자리에 앉아 술도 사고 하면서 열심히 꼬시더라고요. 여자 쪽도 싫지 않은 눈치였는데 마츠모토가 술값을 계산하고 화장실 간 사이에 먼저 가버리더군요."

"그 여자 손님은 처음 보는 얼굴이었나요?"

"네, 나이는 20대 중반 정도? 어려 보이는데 노브 크릭 같은 50도가 넘는 위스키를 온더락으로 계속 마셔 댔어요. 마츠모토는 화장실에서 나와 여자가 사라졌다는 사실을 깨닫고 망연자실한 표정이었고요."

"여자의 이름이나 직업 같은 건…."

"마츠모토는 어디까지 들었는지 모르겠지만 전 '아키코'라는 이름밖에 못 들었습니다. 본명이 아니라 가게에서 사용하는 예명일 수도 있고요. 술 마시는 것도 그렇고 말투도 어딘지 모르게 술집 아가씨 같은 느낌이 들었거든요."

"마츠모토 씨도 그 여자 손님이 가고 바로 돌아갔나요?"

"아니요, 다시 앉아서 좀 더 마셨습니다. 홧술 같은 거죠. 30분 정도 앉아서 독한 술을 세 잔쯤 더 마시고 돌아갔습니다."

"그게 새벽 2시 전이었다는 말씀이시죠?"

나츠메가 재차 확인하자 요코야마가 고개를 끄덕였다.

"마츠모토 씨의 모습은 오늘 새벽 3시 20분경 이 근처에서 마지막으로 확인되었습니다. 바에서 나간 후 1시간 정도 시간이 뜨는데 그동안 어디에 있었을지 짐작이 가시나요?"

"성매매 업소겠죠."

나츠메의 질문에 요코야마가 바로 대답했다.

"여자가 먼저 가버린 후 마츠모토 혼자 마시면서 이렇게 부르짖었거든요. '여자랑 하고 싶어!'라고."

"여기서 나갈 당시 마츠모토 씨는 현금을 얼마나 소지하고 있었을까요?"

나츠메가 물었다. 시체가 발견되었을 당시 소지금은 798엔이었다. 만약 피해자가 돈을 많이 가지고 있었다면 강도일 가능성이 높았다.

"글쎄요…, 최소 1만 엔 이상이라는 건 확실합니다. 일전에 부탁했던 라이브 공연 티켓을 어제 가져왔길래 처음에 여자랑 마신 술값 계산할 때 제가 마츠모토에게 티켓 비용으로 1만 3천 엔을 줬거든요. 그 후에 홧술로 마신 세 잔 술값은 3천 엔이 안 넘었고요. 한 번 빼는 데 1만 엔이면 충분하죠."

마츠모토의 성기에 묻어 있던 체액은 업소에서 묻은 것일까.

"한 가지 질문이 있는데요."

혼조가 담배를 쥔 오른손을 가볍게 들었다.

"네?"

"그런 업소에 가면 행위 전과 후에 샤워나 목욕을 하나요?"

요코야마가 대답하기 곤란하다는 듯 나츠메 쪽을 쳐다보았다.

"저는 별로… 없어서…"

나츠메가 말을 얼버무렸다.

"제대로 된 가게라면 그렇게 하겠지만 안 그런 곳도 있지 않을까요? 업소에도 여러 종류가 있으니까요."

현재 수사본부 인원 중 일부는 유흥업소 및 음식점을 조사하고 있었다. 마츠모토가 간 곳이 정식 허가를 받은 업소라면 다행이지만 만약 무허가 업소를 이용했다면 이곳에서 나간 후 마츠모토의 동선을 확인하는 것은 불가능에 가까웠다.

"마츠모토 씨가 무슨 문제에 휘말렸다거나 누군가로부터 원한을 산 적은 없었을까요?"

나츠메가 묻자 요코야마가 끙 하고 앓는 소리를 냈다.

"딱히 없었던 것 같은데요. 무직인 데다가 조금 무책임한 면도 있었지만 기본적으로 성격은 좋은 녀석이었거든요. 누구한테 살해당할 정도로 원한을 살 타입은 아니었는데…"

나츠메가 혼조에게 더 확인할 사항이 남았는지 물었다. 혼조는 고개를 끄덕이며 피우던 담배를 재떨이에 비벼 껐다. 그러고는 자리에서 일어나더니 인사도 없이 가게를 나가버렸다.

"조사에 협조해 주셔서 감사합니다. 다음에 또 부탁드릴 일이 있을지도 모르겠습니다만 아무쪼록 잘 부탁드립니다."

나츠메는 요코야마에게 인사하고 가게를 나왔다.

가게 밖에서 눈이 마주치자 혼조가 냉소를 머금은 채 비아냥거리듯 말했다.

"세상에는 어리석은 남자들이 많네요."

"그럴지도요. 비단 남자들만 그런 것도 아니겠지만요. 회의 시간이 얼마 남지 않았으니 서둘러 돌아가는 편이 좋겠네요."

혼조가 고개를 끄덕이고 걷기 시작했다.

"회의에서 보고하는 건 나츠메 형사님께 부탁드려도 될까요? 가끔 말이 잘 안 나올 때가 있거든요."

나츠메가 혼조의 얼굴을 살펴보았다. 안색이 그다지 좋지 않았다.

"알겠습니다."

모두 모인 것을 확인한 후 부재중인 수사1과장을 대신해 형사과장인 미야지마가 자리에서 일어났다.

"지금부터 수사 회의를 시작하겠다. 우선 첫 번째 회의 이후 새로 확인된 사실이 하나 있다. 피해자의 성기에 묻어 있던 체액은 질 분비액으로 확인되었다. 그럼 혼조 형사와 나츠메 형사가 피해자 동선에 대한 보고부터 시작하도록."

나츠메가 "네" 하고 대답하며 자리에서 일어섰다.

"우선 대여용 DVD는 피해자인 마츠모토 본인이 직접 빌린 것입니다. 영수증에 찍힌 시간에 매장에서 나가는 모습이 확인되었으니 공원까지의 이동 시간을 고려하면 사건은 금일 오전 3시 25분에서 4시 사이에 일어난 것으로 추정됩니다. 매장 내 CCTV 영상 확인 결과 특별히 수상해 보이는 인물은 없었습니다. 마츠모토 씨는 새벽 2시경까지 '블랙 스완'이라는 바에서 술을 마신 것으로 밝혀졌으나 이후 DVD 대여점에 가기 전까지 1시간 정도 어디에서 무엇을 했는지는 확인하지 못했습니다."

이어서 나츠메는 바에서 요코야마에게 들은 이야기를

그대로 전했다.

"피해자 성기에 질 분비액이 묻어 있던 걸 보면 바에서 나와 성매매 업소를 찾았을 가능성이 높다는 건가."

미야지마의 말에 나츠메가 아마도 그런 것 같다고 대답하려는데 갑자기 나가미네가 손을 번쩍 들었다.

"뭔가?"

나가미네가 자리에서 일어나 발언하기 시작했다.

"피해자는 '블랙 스완'에서 나와 마권 장외 발매소 동관 뒤쪽에 있는 '레이디 키스'라는 토킹바에 갔습니다. 점원의 증언에 따르면 피해자는 오전 2시경 가게를 방문해서 1시간 정도 마시다 돌아갔다고 합니다. 방문 당시 이미 술에 잔뜩 취한 상태였기 때문에 이곳에서는 술을 마셨다기보다는 거의 물만 마신 모양입니다. 대형 레스토랑 체인이 운영하는 곳인 만큼 뒤에서 몰래 성적인 서비스를 제공하고 있을 가능성은 희박합니다."

"그렇다면 피해자는 토킹바에서 나와 DVD 대여점에 들렀고, 그러고 나서 집으로 돌아가는 길에 살해당했다는 건가."

혼잣말처럼 중얼거리던 미야지마가 문득 어떤 가능성에 생각이 미친 듯 표정을 굳혔다.

옆을 보니 정면을 향한 혼조의 뺨 언저리가 미세하게 떨리고 있었다. 수사본부 내 유일한 여성인 혼조도 미야지마와 동일한 생각을 하고 있는 듯했다.

"시간적으로는 그렇게 설명할 수 있을 것 같습니다."

나가미네가 짧게 대답하고 착석했다.

복도를 걸어가는 혼조의 뒷모습이 점점 멀어지더니 이윽고 계단 쪽으로 사라졌다.

"나츠메 형사님."

뒤에서 부르는 소리에 나츠메는 걸음을 멈추었다. 나가미네가 이쪽으로 다가왔다.

"댁으로 가시나요?"

나가미네가 물었다.

"아니요, 다른 분들처럼 저도 경찰서 기숙사에서 잘 겁니다."

"그럼 저녁 같이 드시겠습니까?"

"네, 그러시죠. 다만 저도 근처에 어떤 가게가 있는지 아직 잘 몰라서요."

"낮에 오오가키 형사님이 몇 군데 추천해 주셨습니다. 얼핏 무뚝뚝해 보이지만 사실은 엄청 친절한 분이시더라고요."

나츠메도 오늘 아침 오오가키와 인사를 나누었을 때 히가시이케부쿠로 경찰서의 후쿠모리 형사와 분위기가 닮았다고 느꼈다. 앞으로 이곳 동료들과도 좋은 관계를 맺을 수 있다면 좋을 텐데.

"그럼 갈까요?"

감상에 젖기 전에 서둘러 나가미네와 함께 출발했다.

"나츠메 형사님은 지금까지 성범죄 수사를 담당한 적이 있으셨나요?"

나가미네의 물음에 나츠메는 고개를 가로저었다.

성범죄 피해 경험이 있는 여성의 수사를 맡았던 적은 있지만 성범죄 사건 자체를 담당한 적은 없었다.

"우리가 상상하는 그런 일이 아니라면 좋을 텐데요…"

마음이 무거워졌다.

탐문수사 결과, 어제 오전 9시부터 오늘 새벽 DVD 대여점을 나서기까지의 마츠모토의 동선은 대충 파악이 되었다.

마츠모토는 어제 오전 9시부터 오후 5시까지 마권 장외 발매소에서 지인들과 경마 중계를 관람했다. 이후 같은 멤버로 밤 11시까지 술을 마셨고, 이들과 헤어진 후 곧바로 '블랙 스완'으로 향한 듯했다.

즉 어제 아침부터 오늘 새벽까지 마츠모토가 여자와 성교할 시간은 없었다는 말이다.

마권 장외 발매소에 가기 전에 성교를 했을 수도 있지만 지인들과 나눈 대화 내용을 보면 그럴 가능성은 낮았다.

회의 말미에 미야지마로부터 원한 및 강도 목적 범행에

더해 추가로 새로운 가능성이 제시되었다. 공원 화장실에서 여자를 강간한 마츠모토가 상대방에게 찔려 죽었을 가능성이었다.

사건 현장에서 발견된 칼은 원래 마츠모토가 가지고 있던 물건이고, 그 칼로 여자를 위협해 덮치려다가 모종의 이유로 칼을 소지하고 있던 상대방에게 반격당한 것이라면···.

칼날에 묻은 소량의 핏자국이 여자의 것이라면 앞뒤가 딱 맞아떨어졌다.

"아까 회의에서 나츠메 형사님이 말씀하신 '아키코'라는 분께 이야기를 들어보고 싶네요."

그 말을 듣고 나츠메가 나가미네를 쳐다보았다.

"만약 DVD 대여점을 나와 집으로 향하던 피해자가 우연히 '아키코'를 발견했다면?"

"십중팔구 화를 내며 뭔가 행동을 취했겠죠···."

"피해자가 빌린 DVD에서 엿볼 수 있는 성적 취향도 그렇고요."

하지만 아무리 화가 났다고 해도 사람이 그렇게 쉽게 강간을 저지를까.

"지금 단계에서는 뭐라 말하기 어려울 것 같네요. 그건 그렇고 나가미네 형사님께 한 가지 여쭤보고 싶은 것이 있습니다만."

"뭔가요?"

"혼조 형사님 말입니다. 야부사와 계장님은 혼조 형사님을 그다지 좋아하지 않는 것 같던데요."

"1년쯤 전에 여기 수사본부가 세워져서 함께 일한 적이 있는데 아마 그것 때문일 겁니다. 야부사와 계장님 입장에서는 형사로서 자질이 부족하다고 느끼신 것 같더라고요."

"어떤 점에서요?"

"당시 함께 움직였던 동료 형사 말에 따르면 탐문수사 중에 갑자기 멍한 표정으로 입을 다물어버리는가 하면 반대로 히스테리를 부리며 조사 대상에게 시비를 걸기도 했답니다. 혼조 형사를 말리려던 동료 형사는 정강이를 걷어차였다더군요. 검거율이 높아서 강력계에 남아 있기는 하지만 정서가 불안정하기로 유명한 분이죠. 아마 칸다 계장님도 골치깨나 썩고 계실 겁니다."

"그때는 무슨 사건이었나요?"

"성매매 여성 살인 사건이었습니다. 긴시초에 있는 호텔에서 피해자가 고객에게 지독한 짓을 당하고 결국에는 목 졸려 죽은 사건이었죠."

"스톱."

나츠메가 말하자 점장인 아오야마가 마우스를 클릭해서

화면을 멈췄다.

쇼트커트 여성이 셀프 계산대에서 계산을 마치고 마츠모토의 등 뒤를 통과해 지나가는 장면이었다. 마츠모토의 시선이 핫팬츠 아래로 드러난 여성의 허벅지 부근을 재빠르게 훑는 듯 보였다.

"다시 틀어 주세요."

화면이 다시 움직이기 시작했다. 기분 탓일 수도 있겠지만 그때까지 느릿느릿 셀프 계산대를 조작하던 마츠모토의 손놀림이 갑자기 빨라진 것 같은 느낌이 들었다. 마츠모토가 DVD 잠금장치를 풀고 서둘러 매장에서 나가는 모습까지 확인한 후 재생을 멈췄다.

"방금 화면에 비춘 여성의 신원을 확인하고 싶습니다만."

나츠메가 말하자 아오야마가 컴퓨터를 조작했다.

CCTV 영상에서 화면이 바뀌었다. 시간대별로 누가 무엇을 빌렸는지 확인할 수 있는 시스템 같았다.

그중 하나를 클릭하자 고객 정보가 표시되었다. 사쿠라 사키라는 이름과 함께 자택 및 직장 연락처가 적혀 있었다.

주소는 혼조 4번지. 마츠모토의 집에서 그리 멀지 않은 위치였다. DVD 대여점을 나가 곧장 집으로 향했다면 이시하라 공원을 통과했을 가능성도 있었다. 직장은 긴시초 역 근처에 있는 바였다.

연락처 아래에 대출 이력이 떴다.

"단골인가 보네요."

이력에 따르면 여자는 거의 매일 이곳에서 DVD를 빌려 간 것으로 나왔다.

"요즘 자주 오는 것 같더라고요. 영미권 코미디를 좋아하나 본데요? 이날 빌려 간 '우주인 폴'은 진짜 바보 같은 영화예요. 이런 거 안 좋아하게 생겼는데 의외네요."

나츠메는 아오야마가 하는 말을 흘려들으며 화면에 표시된 여자의 연락처를 수첩에 옮겨 적었다.

"여기네요."

나츠메는 건물 앞에 서서 안내판을 살펴보았다.

대부분 클럽과 술집인 듯했고, 3층에 '바 센텐스'라고 적혀 있었다. DVD 대여점 시스템에 등록되어 있는 사키의 직장이었다.

DVD 대여점을 나와 사키의 자택으로 찾아갔지만 부재중이었다. 입주자만 출입이 가능한 고급 아파트였다. 전실원룸 구조라고 하니 아마도 1인 가구인 듯했다.

손목시계를 내려다보았다. 저녁 회의까지 시간이 별로 없었다. 나츠메는 옆에 있는 혼조를 돌아보았다.

"가 볼까요?"

혼조의 말에 둘이 함께 엘리베이터에 올라탔다. 3층에서 내리자 시크한 분위기의 간판이 눈에 들어왔다.

"어서 오세요."

문을 열고 들어가자 여자 목소리가 들렸다.

열 개 남짓한 카운터석만으로 이루어진 작은 가게였다. 손님은 없었다. 이쪽을 보며 인사한 여자는 머리를 올백으로 넘기고 흰색 와이셔츠와 검은색 조끼 차림에 넥타이를 매고 있었다.

단정하고 세련된 분위기가 도저히 CCTV 영상에서 본 핫팬츠 여성과 동일인이라고는 믿기 어려웠다.

"편하신 데 앉으세요."

여자가 엷은 미소를 지으며 말했다.

경찰 신분증을 꺼내려고 주머니에 손을 넣었을 때, 등 뒤에서 문 열리는 소리가 들렸다.

"엔도 씨, 어서 오세요."

나츠메와 혼조가 들어왔을 때와는 표정이 미묘하게 다른 것을 보니 단골인 듯했다.

나츠메는 혼조와 눈짓을 주고받은 후 문에서 가까운 자리에 나란히 앉았다. 뒤따라 들어온 손님은 반대쪽 끝자리로 향했다. 나츠메와 비슷한 연배의, 안경을 쓴 남자였다.

여자가 이쪽으로 다가와 물수건을 건네며 물었다.

"주문하시겠습니까?"

나츠메와 혼조는 둘 다 맥주를 시켰다.

"담배 피우시나요?"

혼조가 고개를 끄덕이자 여자는 혼조 앞에 재떨이를 내려놓고 남자 손님 쪽으로 갔다.

"다시 올백으로 돌아갔네. 부드러운 분위기의 사키 씨도 좋았는데."

남자 손님의 목소리가 들렸다. 역시 이 여자가 사쿠라 사키인 듯했다.

주문한 맥주가 나왔다. 나츠메가 습관적으로 건배를 하려고 했지만 혼조는 잔을 들어 바로 입으로 가져갔다. 사키가 남자 손님과 담소를 나누고 있는 것을 확인하고 다시 혼조에게 시선을 돌렸다.

"혼조 형사님은 법원 사무관을 하셨다고 들었습니다. 경찰로 전직하게 된 계기는 뭐였나요?"

나츠메가 물었다.

술병이 진열된 선반을 쳐다보던 혼조가 주머니에서 담배를 꺼내 불을 붙이더니 천천히 연기를 내뱉으며 이쪽을 보았다.

"지긋지긋해서요."

나츠메는 고개를 갸웃했다.

"법원은 온갖 인간쓰레기들이 모이는 곳이에요. 짐승만도 못한 짓을 해놓고 감형을 위해 입으로만 그럴듯한 반성을 늘어놓는 피고인. 구형보다 판결이 낮게 나오는 것은 검찰의 패배라고 생각해서 처음부터 피고인이 저지른 죄에 합당하지 않은 가벼운 형을 구형하는 검사. 피해자의 아픔을 제대로 보듬어줄 생각은 하지도 않고 그저 과거의 판례만 신경 쓰는 판사. 정말이지 코미디가 따로 없다니까요."

사법이 피해자 및 유족의 마음을 얼마나 배려하고 있는지에 대해서는 나츠메 역시 의문을 갖고 있었다.

하지만 인간의 추악한 부분을 마주한다는 점에서는 경찰도 크게 다르지 않았다. 오히려 더 가깝다고 볼 수도 있었다.

"지치지도 않고 반복해서 범죄를 저지르는 피고인을 보며 늘 속이 뒤집어지는 것 같았어요. 하지만 저는 그 죄를 처벌하는 데 조금도 관여할 수가 없었죠. 그저 옆에서 바라보기만 할 뿐. 답답해서 견딜 수가 없더군요. 이럴 바엔 그냥 직접 쓸어버리는 쪽이 낫겠다 싶어서 청소부가 되기로 한 거예요."

"청소부라니…."

동의하기 어렵다는 뉘앙스로 불쾌한 기색을 내비쳤지만 혼조는 개의치 않는 듯했다.

혼조가 느끼는 증오의 원천은 무엇일까.

범죄에 대한 증오라는 건 확실했다. 어쩌면 나츠메처럼 가족 중에 범죄 피해자가 있는지도 모르겠다는 생각이 들었다.

"슬슬 회식 자리에 가 봐야 하니 계산 부탁해."

안쪽 자리에 앉아 있던 남자 손님이 사키에게 말했다. 나츠메는 그쪽으로 시선을 돌렸다.

남자가 계산을 마치고 가게에서 나간 후 사키는 남자의 잔을 치우고 이쪽으로 다가왔다.

"다음은 뭘로 드릴까요?"

사키가 나츠메와 혼조의 잔을 가리키며 물었다. 둘 다 잔이 비어 있었다.

"아니요, 괜찮습니다. 사실 저희는 이런 사람들입니다."

주머니에서 경찰 신분증을 꺼내 보여 주자 사키가 긴장하는 것이 느껴졌다.

"사쿠라 사키 씨 되시나요?"

사키가 고개를 끄덕였다.

"여쭤보고 싶은 것이 있어 찾아왔는데 손님이 계셔서 기다리고 있었습니다."

"무슨… 일이시죠?"

사키가 불안한 눈동자로 나츠메를 쳐다보았다.

"어제 새벽 이시하라 공원에서 살인 사건이 발생했습니

다만 알고 계십니까?"

"네, 뉴스에서 보고 깜짝 놀랐어요."

"피해자는 마츠모토 쇼지라는 27세 남성입니다. 사건 직전 사키 씨도 피해자와 마주친 것 같아서 확인차…."

사키가 무슨 말인지 모르겠다는 듯 고개를 갸우뚱했다.

"어제 새벽 3시경 DVD 대여점에 들르셨죠?"

"네."

"그곳에 피해자가 있었습니다. 사키 씨가 셀프 계산대에서 계산하고 있을 때 옆에 있던 남자인데 혹시 기억하시나요?"

"글쎄요…."

사키가 애매한 표정으로 고개를 갸웃했다.

"피해자는 DVD 대여점에서 나온 후 공원 안 화장실에서 살해당했습니다. 혹시 근처에서 수상한 사람을 보지 못하셨나요?"

"아아."

사키가 그제야 나츠메가 무엇을 궁금해하는 건지 이해했다는 듯 고개를 끄덕였다.

"솔직히 그렇게까지 주변을 자세히 살피며 걷는 편은 아니라서요. 수상하다고 느낄 만한 일은 딱히 없었던 것 같아요."

"사키 씨 댁은 혼조 4번지라고 알고 있습니다만, DVD를 빌린 후 공원을 통과해서 집으로 돌아가셨나요?"

"공원을 통과하는 게 지름길이라서 보통은 그렇게 다니지만 돌아올 때는 너무 늦은 시간이기도 하고 해서 다른 길로 돌아왔어요."

"그러셨군요."

나츠메는 혼조를 돌아보았다. 혼조는 더 물어볼 게 없는 모양이었다.

"일하시는 데 실례했습니다. 계산 부탁드립니다."

나츠메와 혼조는 계산을 마치고 자리에서 일어났다.

"영화를 많이 좋아하시나 보네요."

나츠메가 미소 띤 얼굴로 말을 건네자 사키가 쓴웃음을 지었다.

"이 나이가 되도록 혼자이다 보니 달리 할 일도 없고, 매일 영화만 보게 되네요."

"밤길은 위험하니 항상 조심하세요."

"신경 써 주셔서 감사합니다."

"그런데 혈액형은 어떻게 되시나요?"

지금껏 한마디도 하지 않던 혼조가 불쑥 물었다.

"네?"

갑작스런 질문에 사키의 눈이 동그래졌다.

"갑자기 질문드려 죄송합니다."

혼조가 사키에게서 눈을 떼지 않은 채 무덤덤한 말투로

덧붙였다.

"AB형인데요."

"마음이 무겁네요…."
한숨 섞인 목소리에 나츠메는 시선을 들었다.
맞은편에 앉은 나가미네가 젓가락으로 계란말이를 집은 채 한숨을 내쉬고 있었다.
아침 식사를 하러 온 다른 형사들은 바쁘게 젓가락을 놀리고 있었지만 나가미네는 아까부터 도통 먹지 못하고 있었다.

"오늘 수사 때문인가요?"
나츠메가 묻자 나가미네가 고개를 끄덕였다.
어젯밤 수사 회의에서 나가미네는 '아키코'의 신원을 알아냈다고 보고했다. 이름은 나카지마 아키코. 유라쿠초에 위치한 여행사에서 일하는 25세 여성이라고 했다.
아키코가 '블랙 스완'에 간 것은 그날이 처음이지만 매일 밤 긴시초 일대 술집을 돌아다니는 여자로 그쪽에서는 꽤 유명한 모양이었다.
나가미네와 오오가키는 아키코의 집을 찾아가 그날 '블랙 스완'에서 나간 뒤 어디에서 무엇을 했는지 확인했다. 아키코가 사는 아파트는 혼조에 있기 때문에 '블랙 스완'

을 나와 집으로 가는 길에 이시하라 공원을 통과했을 가능성은 충분히 있었다.

나가미네의 질문에 아키코는 그날 곧장 집으로 돌아갔다고 대답했다. 돌아가는 길에 마츠모토와 마주치지도 않았고, 공원을 가로지르지도 않았다고. 다만 그 사실을 증명할 방법은 없었다. 아키코는 혼자 살았고, 아파트에는 CCTV가 달려 있지 않았다.

"방 한구석에 남자친구로 보이는 상대와 함께 찍은 사진이 있더라고요. 둘이서 환하게 웃고 있는 사진이었는데 그걸 보니 마음이 착잡해졌달까…."

"아직 범인이라고 확정된 것도 아니니 너무 신경 쓰지 마세요."

나츠메는 그렇게 말하며 생선구이에 젓가락을 가져갔다.

"하지만 아키코 씨는 아마도 과거에 그런 종류의 피해를 입은 적이 있는 것 같다는 느낌을 받았습니다. 사진 속 인물과 동일인이라고는 생각하기 어려울 정도로 공허한 눈을 하고 있었을 뿐만 아니라 대화하는 내내 덜덜 떨었거든요. 옆집 문이 열리고 닫히는 소리에 깜짝깜짝 놀라기도 하고. 단순히 형사를 상대하느라 긴장한 건 아닌 듯했습니다."

"아무튼 우선은 밥부터 잘 챙겨 먹어야 범인도 잡을 수 있지 않겠습니까."

"네, 알고 있습니다."

나가미네가 그제야 들고 있던 계란말이를 입에 넣었다.

그때 경찰서 안내데스크 직원이 식당에 들어오더니 나츠메 쪽으로 다가왔다.

"사쿠라 사키라는 분이 나츠메 형사님을 찾아오셨습니다."

직원의 말에 나츠메는 나가미네와 얼굴을 마주 보았다.

"사쿠라 사키라면 그날 DVD 대여점에 있었던 그 여자 말인가요?"

나츠메가 고개를 끄덕였다.

"알겠습니다. 바로 가겠습니다."

나츠메는 식판을 들고 일어나 반납대에 갖다 놓은 뒤 식당을 나섰다. 1층으로 내려가자 안내데스크 앞에 서 있는 사키가 눈에 들어왔다. 청바지에 흰색 긴팔 와이셔츠를 입고 있었다.

"안녕하세요."

나츠메가 인사를 건네자 사키가 이쪽을 돌아보았다. 고개를 약간 숙이고 있는 데다가 어제 가게에서 봤을 때와는 달리 앞머리를 내리고 있어서 눈이 잘 보이지 않았다.

"무슨 일이시죠?"

나츠메가 부드러운 말투로 용건을 물었지만 사키는 좀처럼 입을 열지 않았다.

자동문 열리는 소리가 들려서 문 쪽을 쳐다보니 혼조가 들어오고 있었다. 나츠메와 눈이 마주쳤지만 혼조는 인사도 없이 그대로 계단으로 향하려다가 옆에 있는 사키를 보고는 의아한 표정으로 방향을 틀어 이쪽으로 다가왔다.

"어떻게 찾아오셨죠?"

혼조의 목소리에 사키가 깜짝 놀라 고개를 들었다. 일단 혼조를 쳐다보았다가 다시 나츠메를 보며 침을 꿀꺽 삼켰다.

"…가 했…."

잘 들리지 않아서 옆에 있던 혼조를 쳐다보았다. 혼조는 눈썹을 잔뜩 찡그린 채 사키를 주시하고 있었다.

"다시 한번 말씀해 주시겠습니까?"

나츠메의 말에 사키가 크게 숨을 내쉬었다. 그러고는 나츠메를 똑바로 쳐다보며 말했다.

"제가 그 남자를 죽였습니다."

혼조와 함께 강당에 들어가 곧장 간부석으로 향했다.

잡담을 나누고 있던 미야지마와 야부사와가 발소리를 듣고 이쪽으로 고개를 돌렸다.

"사쿠라 사키가 찾아왔습니다."

"사쿠라 사키라면… DVD 대여점 셀프 계산대에 있던 여자 말인가?"

야부사와가 나츠메에게 되물었다.

"네, 자기가 마츠모토를 죽였다고 말하고 있습니다."

미야지마와 야부사와가 깜짝 놀라 서로 마주 보았다가 다시 나츠메를 쳐다보았다.

"일단 다른 직원을 붙여두었습니다. 이제부터…."

"바로 조사 시작해야지. 나가미네!"

야부사와가 큰 소리로 외치며 강당 안을 둘러보았다.

"제가 하면 안 될까요?"

혼조가 한 걸음 앞으로 내디디며 말했다. 야부사와는 회의적인 시선으로 혼조를 쳐다보았다.

"사건의 성격상 같은 여자가 담당하는 편이 낫지 않을까 싶습니다만."

혼조가 시선을 피하지 않고 대답했다.

야부사와는 옆에 앉은 미야지마가 고개를 끄덕이는 것을 확인한 후 마지못해 허락했다.

"그럼 그렇게 해. 조서 작성은 나츠메 형사가 하고."

"알겠습니다."

나츠메가 고개를 끄덕였다.

문이 열리고 제복을 입은 경찰과 함께 사키가 들어오더니 고개를 숙인 채 혼조의 맞은편에 앉았다.

경찰이 나가고 문이 닫히자 나츠메는 조서를 쓰기 위해 펜을 쥐었다.

"그럼 지금부터 조사를 시작하겠습니다."

혼조의 건조한 말투에 반응하듯 사키가 작게 고개를 끄덕였다.

"마츠모토 씨를 살해했다고 하셨는데 자세한 경위를 말씀해 주시겠습니까?"

"네…."

사키가 고개를 푹 숙이더니 한동안 아무 말도 하지 않았다.

"왜 그러시죠?"

"죄송합니다…. 당시 일을 다시 떠올리는 게 너무 괴로워서…."

혼조가 오른손을 뻗어 사키의 어깨 위에 올려놓았다.

"남자 형사님은 자리를 피해 달라고 할 수도 있습니다."

"아니요…, 괜찮습니다."

사키가 고개를 들자 혼조는 사키의 어깨를 가볍게 토닥인 후 손을 거두었다.

"그날… 바 영업을 마감하고 DVD를 빌리러 갔습니다. 대여점을 나와서 집으로…, 어제는 공원을 통과하지 않았다고 말씀드렸는데 사실은 통과했어요. 공원을 가로지르면

5분 정도 시간이 단축되기 때문에 항상 그렇게 갑니다. 일 끝나고 피곤한 상태라 빨리 집에 가서 쉬고 싶어서요. 겨우 5분 차이인데…."

사키가 낮게 흐느끼기 시작했다.

"공원 화장실 앞을 지나는데 갑자기 뒤에서 누가 입을 틀어막아서…, 놀라서 밀쳐내려고 하는데 순간적으로 손목에 날카로운 통증이 느껴졌습니다. 알고 보니 칼에 베인 거였어요. '조용히 해. 소리 지르면 죽여버린다' 남자가 제 옆구리에 칼을 들이대면서 귓가에 대고 이렇게 속삭였어요. 그러고는 뒤에서 밀치듯이 저를 화장실 안으로 끌고 들어갔습니다."

"그리고 성폭행을 당하신 거군요."

혼조의 말에 사키가 소매로 눈물을 닦으며 고개를 끄덕였다.

"화장실 칸 안에 들어가서 몸을 앞으로 숙여 벽을 짚으라고 했어요. 칼을 들이대고 있었기 때문에 무서워서 시키는 대로 하니 뒤에서 문을 잠그는 소리가 들렸고요. 그러고는 남자가 제 핫팬츠와 속옷을 끌어내리고… 그리고…"

사키가 더는 말을 잇지 못하고 흐느껴 울기 시작했다.

"구체적인 행위에 대해서는 말하지 않아도 됩니다. 피해자를 찌르게 된 경위를 설명해 주시죠."

"그 남자는 거친 숨을 몰아쉬며 저를 유린했어요. 머릿속이 새하얘져서 아무 생각도 할 수 없었어요. 그러다가 칼이 시야에 들어온 순간 정신이 번쩍 들었습니다. 남자가 제 옆구리에 칼을 들이대고 있던 손으로 벽을 짚고 있었 거든요. 저는 어깨에 메고 있던 가방에서 호신용 나이프를 몰래 꺼내 남자를 찔렀습니다. 죽일 생각은 없었어요. 그냥 이대로 있다가는 죽을지도 모르겠다 싶어서…"

"충분히 이해합니다."

"'윽!' 하는 들린 소리가 들린 순간 온 힘을 다해 남자를 밀쳤습니다. 남자는 그 자리에 그대로 주저앉았는데… 검은색 옷을 입고 있어서 출혈 여부는 알 수 없었지만 나이프를 쥔 제 손에 피가 묻은 걸 보고 놀라서 도망쳤습니다."

말을 마친 사키는 탈진한 듯 의자에 몸을 기댔다.

"나이프는 왜 가지고 있었나요?"

"호신용으로…"

"아무리 그래도 나이프를 항상 소지하고 다니는 건 좀 과하지 않나요? 호신용 스프레이나 전기 충격기라면 몰라도."

"지인이…, 바의 손님이… 한 달쯤 전에 비슷한 일을 당해서…"

"강간을 당했다고요?"

사키가 고개를 끄덕였다.

"집에 가는 길에 승합차로 납치당해서 차에 타고 있던 남자들에게… 죽는 것보다 더 끔찍한 일을 당했다고, 아니 지금도 여전히 죽을 만큼 괴롭다고…. 그 손님은 임신해서 결혼을 앞둔 상태였는데 그 사건 때문에 아이는 유산되고 모든 것이 산산조각 났다고 했어요. 그 얘기를 듣고 너무 무서워져서 그길로 근처 마트에 가서 나이프를 구입했습니다."

"근처 마트라면 '마루미츠야'를 말씀하시는 건가요?"

"네, 맞아요."

"그 손님 이름은 뭔가요?"

혼조가 묻자 사쿠라가 대답하고 싶지 않다는 듯 시선을 피했다.

"그분은 경찰에 신고하지 않았나요?"

사키가 고개를 끄덕였다.

"그 손님이 누구인지 알려주시지 않으면 사키 씨가 방금 한 말이 사실이라는 걸 증명할 수가 없습니다."

"하지만…."

"자신과 마찬가지로 끔찍한 일을 당한 사키 씨가 경찰에 이 이야기를 했다고 해서 그분이 화를 내거나 하지는 않을 거라고 생각합니다만. 물론 저희도 사실 여부를 확인할 때는 최대한 신경 쓰도록 하겠습니다."

사키가 고개를 들었다.

"나카지마 아키코라는 분입니다."

그 이름을 듣고 나츠메는 반사적으로 사키를 쳐다보았다. 사건 발생 전 '블랙 스완'에서 피해자인 마츠모토와 함께 술을 마신 상대의 이름도 나카지마 아키코였다.

"알려 주셔서 감사합니다. 나이프는 현재 어디 있나요?"

"집에 있습니다. 버리기도 겁나서… 가방에 든 상태 그대로 옷장에 넣어두었어요."

"왜 자수를 결심하게 되셨나요?"

"어제 형사님들이 찾아오신 걸 보고 도망치기는 힘들겠다고 판단했습니다. 제 혈액형을 물어보셔서… 손목을 베였을 때 칼날에 내 피가 묻었겠구나, 하고. 게다가 현장에서 도망칠 때는 미처 생각하지 못했는데 화장실 칸 안에는 제 지문도 묻어 있을 테니까요. 잡히는 건 시간 문제라고 생각했습니다."

혼조가 나츠메 쪽을 돌아보았다.

"유치장 직원을 불러 주세요."

나츠메는 조사실에서 나가 유치장으로 가서 직원과 함께 돌아왔다.

"지금부터 당신은 경찰서 유치장에 수용될 겁니다."

혼조가 사키에게 고지한 뒤 나츠메에게 말했다.

"저는 유치장 수용자 신체검사에 입회해야 하니 본부에 보고하는 건 나츠메 형사님이 맡아 주시죠."

유치장에 수용될 때는 알몸 상태에서 면밀한 검사가 이루어진다. 얼마 전 강간을 당한 여성 입장에서는 견디기 힘들 것이다.

혼조와 사키, 유치장 직원이 방에서 나간 후 나츠메도 조서를 챙겨 조사실을 나섰다.

강당으로 돌아가자 앞자리에 다섯 명 정도가 모여 있었다. 수사 회의는 이미 끝났고, 나머지는 모두 수사하러 나간 듯했다.

인기척을 느꼈는지 한자리에 모여서 노트북을 보고 있던 사람들의 시선이 동시에 나츠메에게로 쏠렸다.

"조사는 어땠나?"

야부사와가 물었다.

"범행을 인정하고 있습니다. 무슨 일인가요?"

다 함께 노트북으로 무엇을 보고 있었던 것인지 궁금했다.

"방금 언론 쪽에서 문의가 들어왔어. 유튜브에 올라온 내용이 사실이냐고."

"유튜브요?"

나츠메가 되물었다.

"사쿠라 사키라는 여성이 자기가 사람을 죽였다고 고백하는 동영상을 올린 모양이야. 우리는 사쿠라 사키를 직접 본 적이 없으니 본인이 맞는지는 모르겠지만."

나츠메는 책상으로 다가가 모니터를 들여다보았다. '죄의 고백'이라는 제목이 달린 동영상이었다. 정지 화면에 사키의 얼굴이 떠 있었다.

"사쿠라 사키 본인이 맞습니다."

나츠메가 재생 버튼을 클릭했다.

영상 재생이 시작되었지만 화면 속 사키는 거의 움직이지 않았다. 눈도 깜박이지 않고 똑바로 정면을 응시할 뿐이었다. 방 안에서 촬영했는지 등 뒤로 침대와 커튼이 보였다. 사키는 잠시 망설이듯 시선을 내리깔았다가 다시 고개를 들고 천천히 입을 열었다.

"지금부터 저는 한 가지 고백을 하려고 합니다. 왜 인터넷상에서 이런 고백을 하는지, 제가 하는 말이 사실인지 아닌지 의심하는 분도 계시리라 생각합니다. 하지만 지금부터 제가 하는 말은 모두 사실입니다. 이 영상을 보고 여러분이 어떻게 느끼실지는 모르겠지만 저는… 가능한 한 많은 분들께 제가 어떤 일을 겪었는지, 그리고 그 결과 현재 어떤 마음으로 살아가고 있는지를 알리고 싶어서… 이 영상을 올리게 되었습니다…."

말투는 담담했지만 사키의 표정에서 상당히 감정이 고조된 상태임을 알 수 있었다.

"저는 사람을 죽였습니다. 4월 9일 새벽 3시 반경… 도쿄 스미다구에 있는 이시하라 공원 안 화장실에서 마츠모토 쇼지라는 남자를 나이프로 찔러 죽였습니다. 이 사건은 이미 경찰에서 수사 중이며, 뉴스에서도 보도된 바 있습니다. 마츠모토 씨와는 그 전까지 전혀 모르는 사이였습니다. 그런데 어쩌다 일이 이렇게 되었는지…."

사키는 이어서 마츠모토를 찔러 죽이게 된 경위를 설명했다. 내용 자체는 방금 조사실에서 진술한 것과 거의 동일했지만 강간당했을 때의 상황 및 그때 느낀 절망적인 심정은 영상에서 훨씬 더 자세하고 생생하게 묘사되었다.

터져 나오는 오열을 삼키며, 수치심에 얼굴을 붉히면서도 결코 고개를 숙이지 않고 똑바로 앞을 보며 이야기하는 모습을 보니 가슴이 아팠다.

"저는 살인을 저질렀습니다. 하지만 후회하지 않습니다. 상대는 제 몸을 갈갈이 찢어발겼고, 인간으로서의 존엄을 무참하게 짓밟았으며, 제 마음을 박살내버렸으니까요. 유일하게 한 가지 후회되는 게 있다면 호신용 나이프를 가지고 있었으면서 그것을 사용하기를 주저하는 바람에 저 자신을 지키지 못했다는 겁니다. 다른 사람을 상처 입히거나 죽이면 감옥에 갑니다. 아마 저도 그렇게 되겠지요. 거기서 몇 년이나 지내게 될지는 모르겠습니다. 다만 제가 말할 수 있는 건… 평생 빠져나올 수 없는 마음속 감옥에 갇히는 것보다는 교도소에 가는 편이 훨씬 낫다는 겁니다. 강간당한 여성은 그 정도로 끔찍한 지옥에 떨어지게 됩니다. 지금의 저처럼…."

영상은 거기서 끝났지만 가슴을 후벼 파는 듯한 통증은 멈추지 않았다.

"왜 이런 영상을…."

화면 속 사키를 보며 나츠메가 혼잣말처럼 중얼거렸다.

"경찰 조사에서 부당한 짓을 당하지 않도록 미리 자신의 주장을 공개적으로 밝힌 후에 자수한 거겠지."

야부사와가 말했다.

정말 그런 걸까.

다음 뉴스로 넘어가는 것을 보고 아키코는 리모컨을 들어 채널을 바꿨다.

화면 중앙에 모자이크 처리된 얼굴이 등장했다. 오른쪽 상단에 '유튜브에서 살인 고백 – 강간 피해 여성의 호소'라는 제목이 떠 있었다.

아키코는 화면 속 모자이크 처리된 여자의 얼굴을 뚫어지게 응시했다.

"저는 살인을 저질렀습니다. 하지만 후회하지 않습니다. 상대는 제 몸을 갈갈이 찢어발겼고, 인간으로서의 존엄을 무참하게 짓밟았으며, 제 마음을 박살내버렸으니까요. 유일하게 한 가지 후회되는 게 있다면 호신용 나이프를 가지고 있었으면서 그것을 사용하기를 주저하는 바람에 저 자신을 지키지 못했다는 겁니다. 다른 사람을 상처 입히거나 죽이면 감옥에 갑니다. 아마 저도 그렇게 되겠지요. 거기서 몇 년이나 지내게 될지는 모르겠습니다…."

음성 변조된 목소리 너머로 사키의 고통에 찬 비명이 들리는 듯했다.

아침부터 TV에서는 온통 이 이야기뿐이었다. 처음 뉴스를 봤을 때는 강간이라는 단어가 나오자마자 바로 전원을 껐지만 사키의 문자를 받고 다시 TV를 켰다. 그때부터 계속 뉴스를 보고 있었다.

사키가 보낸 문자에는 동영상 파일이 첨부되어 있었다. 영상에는 성범죄 피해를 당한 사키의 마음속 절규가 담겨 있었다. 사키가 느꼈을 절망을 생각하면 숨이 막혔다. 후회와 쓰라림에 가슴이 찢어질 것만 같았다.

그날 사키의 말을 들었다면, 조금 기다리더라도 택시를 타고 돌아갔다면 이런 일은 일어나지 않았을 텐데.

"다만 제가 말할 수 있는 건… 평생 빠져나올 수 없는 마음속 감옥에 갇히는 것보다는 교도소에 가는 편이 훨씬 낫다는 겁니다. 강간당한 여성은 그 정도로 끔찍한 지옥에 떨어지게 됩니다. 지금의 저처럼…"

사키의 고백이 끝나자 화면이 방송국 스튜디오로 바뀌었다.

"마스오카 선생님, 어떻게 생각하시나요?"

아나운서가 남성 패널에게 의견을 구했다.

"이 여성이 하는 말이 사실인지 아닌지는 모르겠지만 만약 사실이라면 상당히 충격적인 일입니다. 물론 강간을 당했다면 어느 정도 동정의 여지는 있지만 그래도 살인을 긍정하고 있는 셈이니까요. 무슨 생각으로 이런 영상을 공개했는지도 의문입니다. 이 말을 듣고 여성들이 흉기를 소지하게 된다면 큰일 아니겠습니까? 흉기로 자신을 보호할 것이 아니라 평상시에 충분히 주의하고 조심해서 위험한 상황에 빠지지 않도록 하는 것이 중요합니다."

전문가랍시고 떠들어 대는 남성 패널에게 한바탕 욕을 퍼붓고 싶었다.

인터넷에서 헛소리를 늘어놓는 놈들과 다를 것이 없었다. 이 사건은 인터넷에서도 큰 화제였다.

[젊은 여자가 밤에 혼자 돌아다니는 게 문제다]

[도망치려고 했으면 얼마든지 도망칠 수 있었을 텐데]

[일이 그렇게 됐다는 건 여자 쪽도 그럴 마음이 있었다는 거 아닌가?]

[맨살을 드러내고 돌아다니는 걸 보면 흥분할 수밖에]

인터넷상에 넘쳐나는 글들을 읽고 있으면 구역질과 살의가 치밀어 올랐다.

남자들은 정말이지 구제불능이다. 그들은 성범죄의 희생양이 된다는 것이 어떤 의미인지 전혀 이해하지 못하고 있다.

아키코는 사키의 호소에 공명했다. 그때 나이프를 가지고 있었다면, 그리고 자신을 덮치려고 하는 남자들을 주저없이 죽여버렸다면, 감옥에 갔을지는 몰라도 적어도 이런 지옥에 처박히는 일은 없었을 것이다.

"방금 입수된 정보에 따르면 이 영상을 올린 여성이 경찰에 자수했다고 합니다. 현장에 나가 있는 카와카미 기자를 연결해 보겠습니다."

화면에 경찰서 앞에 서 있는 남자가 등장했다.

"네, 여기는 긴시초 경찰서 앞입니다. 지금부터 세 시간 정도 전에 28세 여성이 경찰서에 찾아와 자수했다고 합니다. 여성이 어떤 말을 했는지는 아직까지 알려지지 않았으며, 경찰은 이 여성이 무슨 죄에 해당하는지를 따져 구속영장을 신청할 것으로 보입니다."

지금 사키는 어떤 심정일까.

화면 속 건물을 물끄러미 쳐다보고 있는데 초인종이 울

렸다. 무시했지만 계속해서 울렸다.

반복해서 초인종을 눌렀지만 아무런 반응이 없었다.

"아무도 없는 것 같네요."

그대로 발걸음을 돌리려는 혼조를 나츠메가 붙잡았다. 현관문 옆에 달린 전기 계량기가 돌아가고 있었다.

나츠메는 현관문을 두드렸다.

"아키코 씨, 안에 계시면 문 좀 열어 주시겠습니까? 바센텐스의 사쿠라 사키 씨 일로 여쭤볼 것이 있어 찾아왔습니다."

목청껏 외치자 집 안에서 인기척이 나는 듯싶더니 얼마 지나지 않아 현관문이 살짝 열렸다. 도어체인이 걸린 문틈으로 젊은 여자의 얼굴이 보였다. 흐리멍텅한 눈으로 이쪽을 내다보고 있었다.

"긴시 경찰서 나츠메 형사입니다. 나카지마 아키코 씨 되시나요?"

여자가 고개를 끄덕였다.

"사쿠라 사키 씨 일로 몇 가지 질문드려도 될까요?"

아키코가 말없이 현관문을 닫았다. 안에서 뭔가 짤그락거리는 소리가 나더니 다시 문이 열렸다. 나츠메와 혼조는 현관 안으로 들어섰다. 방에서 TV 소리가 들렸다.

"안으로 들어가서 이야기할 수 있을까요?"

나츠메가 물었다. 아키코는 말없이 안쪽 방으로 들어갔다.

"그럼 실례하겠습니다."

신발을 벗고 들어가려는데 신발장 위에 놓인 액자가 눈에 들어왔다. 놀이공원 같아 보이는 곳에서 환하게 웃고 있는 커플의 사진이었다.

방으로 들어가자 술병과 컵이 놓인 탁자 앞에 트레이닝복 차림의 아키코가 앉아 있었다. 몸을 둥글게 말아 무릎을 껴안은 자세로 시선은 TV를 향하고 있었다.

낮 시간대 정보 프로그램이었다. 아까부터 거의 모든 방송국에서 사키의 사건을 다루고 있었다.

"실은 조금 전 사쿠라 사키 씨가 사람을 죽였다고 경찰에 자수해 왔습니다."

혼조의 말에 아키코가 두 사람 쪽으로 천천히 고개를 돌렸다. 그다지 놀란 것 같지는 않았다.

"알고 계셨나요?"

"지금 TV에 나오는 사건 말이죠?"

혼조가 고개를 끄덕였다.

TV에서는 영상 속 사키의 얼굴에 모자이크 처리를 하고 목소리도 변조해 내보내고 있었다.

"영상 속 인물이 사키 씨라는 건 어떻게 알아보셨죠?"

나츠메가 물었다.

"인터넷에서 봤어요."

"사키 씨한테 영상과 관련해 따로 들은 적이 있나요?"

아키코가 고개를 가로저었다.

"저희는 경찰서에서 사키 씨 조사를 마치고 오는 길입니다. 사키 씨가 진술한 내용이 사실인지 확인해 주셨으면 하는데요, 앉아도 될까요?"

혼조가 묻자 아키코가 고개를 끄덕였다. 나츠메는 아키코 맞은편에 혼조와 나란히 앉았다.

"여쭤보기 조심스럽지만 아키코 씨는 과거에 강간당한 적이 있다는 게 사실인가요?"

아키코의 어깨가 움찔하더니 굳은 얼굴로 천천히 고개를 끄덕였다.

질문은 혼조에게 전부 맡기는 편이 좋을 듯했다.

"그 사실을 사키 씨한테도 말했나요?"

끄덕.

"언제였는지 기억하시나요?"

아키코가 탁자 쪽으로 손을 뻗었다. 스마트폰을 집어 뭔가를 조작하더니 혼조 앞에 내려놓았다. 혼조가 스마트폰 화면을 들여다보았다.

"3월 13일?"

혼조가 탁자에 내려놓은 아키코의 스마트폰을 나츠메가 다시 집어 들었다.

화면에는 '사키 씨'라는 상대와의 대화창이 떠 있었다. 스크롤해서 내용을 확인했다.

3월 13일에 아키코가 [강간당했어요. 차로 납치당해서 남자 네 명한테. 죽고 싶어]라는 메시지를 보냈고, 곧바로 상대가 아키코의 상태를 걱정하는 답문을 보내왔다. 그로부터 몇 시간 후, [유산했어요]라는 메시지를 끝으로 아키코로부터의 연락은 끊겼다. 상대는 그 후에도 계속해서 매일같이 메시지를 보내왔다. [직접 목소리를 듣고 싶어], [내가 갈 테니까 주소 좀 알려줘], [걱정되니 전화 좀 받아], [뭐라도 좋으니 연락 좀 줘] 등등 상대로부터의 연락은 4월 8일 밤까지 계속되었다.

"왜 경찰에 신고하지 않으셨죠?"

"신고할 수 있을 리가 없잖아요…. 가족들도 걱정할 테고…."

"약혼자에게는…?"

"헤어졌어요."

나츠메는 스마트폰에서 시선을 들어 아키코를 쳐다보았다.

"제가 헤어져 달라고 했어요. 이전의 내가 아니게 되었다고. 두 번 다시 당신이 알고 있는 나로 돌아갈 수 없을 거라고."

아키코가 대답하며 소매로 눈물을 훔쳤다.

혼조는 무슨 말을 건네야 할지 모르겠다는 표정으로 눈앞에서 고개를 숙이고 있는 아키코를 그저 바라보고만 있었다. 할 말이 생각나지 않는 것은 나츠메도 마찬가지였다.

"왜 사키 씨가 경찰에 붙잡혀야 하죠? 나쁜 건 상대방이잖아요!"

아키코가 고개를 번쩍 들더니 붉게 충혈된 눈으로 부르짖었다.

"사키 씨도 피해자인 건 맞습니다. 하지만…."

혼조가 말끝을 흐렸다.

"사키 씨는 얼마나 오래 감옥에서 지내게 되나요?"

"아직 모릅니다."

"이렇게 될 줄 알았으면 제가 같이 따라가 줄 걸 그랬어요. 저, 그 남자 알아요. 죽기 전에 술집에서 절 꼬시려고 했거든요."

나츠메가 혼조와 얼굴을 마주 보았다.

"남자랑 자는 것 따위 아무것도 아닌데. 그 일이 있은 후로 매일같이 상대를 바꿔가며 잤는걸요. 제가 그 남자랑 잤으면 사키 씨가 그런 일을 겪지 않아도 됐을 텐데!"

아키코가 오열했다.

문이 닫히고 나츠메와 혼조는 계단으로 내려갔다.

"사키 씨가 영상에서 '강간은 피해자의 마음을 박살내버린다'고 했던 말이 정말 맞네요."

밤거리를 배회하며 남자들의 유혹을 받아들인 것은 부서진 마음을 안고 어떻게든 살아가기 위한 아키코 나름의 방어책이었을 것이다.

혼조가 나츠메를 돌아보았다. 새삼스럽게 무슨 소리냐는 듯한 표정이었다. 눈빛이 싸늘했다.

"벌이 너무 가벼워요."

혼조가 쌀쌀맞게 대꾸하고 고개를 돌렸다.

그 말에는 나츠메도 동감이었다.

"뒷맛이 씁쓸하긴 하지만 아무튼 사건은 해결되었네요."

혼조가 긴장이 풀린 듯 크게 숨을 내뱉었다.

"과연 그럴까요?"

혼조가 다시 나츠메 쪽을 쳐다보았다.

"몇 가지 마음에 걸리는 점이 있습니다."

"그게 뭔데요?" 혼조가 물었다.

"마츠모토 씨의 팔에는 눈에 띄는 문신이 새겨져 있었습니다. 공원 화장실에서 여자를 덮칠 생각이었다면 어째서 문신을 가리지 않은 걸까요? 나중에 범인을 찾을 때 유력한 증거가 될 게 뻔한데 말입니다."

"충동적인 범행이었겠죠. 잡힐 줄 알면서도 욕망을 억누르지 못하는 놈들은 얼마든지 있으니까요."

"셔츠 소매를 내리기만 하면 되는데요?"

혼조가 정면을 보았다.

"그럼 뭐, 상대가 경찰에 신고하지 않을 거라고 생각했나 보죠. 아키코 씨처럼 강간을 당해도 경찰에 신고하지 않는 여성은 많으니까요."

"게다가 아키코 씨가 강간당한 이야기를 들었으면서 사키 씨가 아무렇지 않게 심야의 공원을 가로질러 갔다는 것도 이해가 가지 않습니다."

"호신용 나이프를 가지고 있으니 괜찮을 거라고 생각했겠죠."

나츠메가 가만히 있자 혼조가 옆을 돌아보았다.

"이제 납득이 가시나요?"

나츠메는 대답하지 않고 묵묵히 걸음을 옮겼다.

아키코와 사키가 주고받은 메시지에서 무언가가 마음에 걸렸지만 정확히 그게 무엇인지 스스로도 알 수가 없었다.

"다음은 나가미네와 오오가키."

미야지마 형사과장의 지명을 받고 나가미네가 자리에서 일어났다.

"우선 가택수사 결과를 보고드리겠습니다. 피의자 사쿠라 사키가 진술한 대로 자택 옷장 안 가방에서 피 묻은 나이프가 나왔습니다. 집 근처 '마루미츠야'라는 마트에서 3월 23일 오후 3시 50분경 피의자가 직접 이 나이프를 구입하는 장면이 CCTV에 찍혔습니다. 방금 나츠메 형사님이 보고하셨듯이 피의자는 나카지마 아키코 씨로부터 강간 피해 사실을 들었고, 그 후 나이프를 구입한 것으로 확인됩니다."

뒷자리에서 나가미네의 등을 바라보며 나츠메의 의문은 점점 더 커져만 갔다.

어째서 사건 소식을 듣고 나이프를 구입하기까지 열흘이나 걸린 걸까.

나가미네가 자리에 앉자 이번에는 감식반 직원이 일어섰다.

"감식반 보고입니다. 사건 현장인 화장실에 남아 있던 지문과 피의자의 지문이 일치하는 것으로 확인되었습니다. 피의자가 진술한 대로 화장실 칸 안쪽 문손잡이에서도 피의자의 지문이 검출되었습니다. 압수한 나이프 손잡이에서 피의자의 지문이 확인되었고, 칼날에 묻은 혈흔은 피해자와 동일한 A형이었습니다. 혈흔이 피해자의 것이 맞는지, 또 피해자의 성기에 묻은 질 분비액이 피의자의 것인지 여부는 며칠 내로 판명될 것으로 보입니다."

전체 보고가 끝나고 수사1과장이 자리에서 일어났다.

"모두가 수고해 준 덕분에 피의자를 조기에 검거할 수 있었다. 다들 고생 많았다. 피의자의 자백도 받았고 물증도 어느 정도 확보되었으므로 일부만 남기고 본 수사본부는 오늘부로 해산한다. 관할서 형사들은 본래 업무로 돌아가도록. 또 이번 사건에 세간의 관심이 쏠리고 있으니 언론 대응에는 신중을 기하기 바란다. 그럼 이상으로 회의를 마치겠다."

혼조가 가장 먼저 강당에서 빠져나갔다. 다른 형사들을 따라 나츠메도 강당에서 나가려는데 뒤에서 누가 어깨를 두드렸다.

"고생하셨습니다. 오랜만에 집에 가시겠네요."

나가미네였다.

"나가미네 형사님은 남으시나요?"

"네. 기소될 때까지 보충 수사를 담당하게 되었습니다."

"그러시군요…."

"뭔가 걸리는 게 있으신가요?" 나가미네가 물었다.

"별거 아니긴 한데…, 강간당했다는 아키코 씨의 연락을 받고 피의자가 나이프를 구입하기까지 열흘이나 걸리지 않았습니까."

"저도 그 부분은 이상하다고 느꼈습니다. 내일 피의자 조사에서 다시 물어봐야겠네요. 그것 말고도 몇 가지 신경 쓰이는 점이 있어서 제가 직접 피의자와 만나 어떤 인물인지 확인해 볼 생각입니다."

"신경 쓰이는 점이요?"

"이거야말로 별거 아니긴 한데…" 나가미네가 머뭇거렸다.

"뭐든 말씀해 주시죠."

"DVD 대여점 CCTV에 찍힌 피의자의 모습과, 피의자의 자택에서 받은 인상이 너무 달라서요."

나츠메는 고개를 갸웃거렸다.

"DVD 대여점에서의 사키는 노출이 심한 옷을 입고 자신이 여성임을 어필하는 느낌이지 않았습니까."

당시 사키가 입고 있었던 것은 핫팬츠였다. 상의도 소매는 길지만 한쪽 어깨가 드러나 있었다.

"그런데 자택 옷장에는 그런 옷이 거의 없었거든요. 핫팬츠는 입고 있던 것을 포함해서 총 세 벌밖에 없었고, 나머지는 전부 청바지 아니면 긴바지였습니다. 하이힐도 딱 한 켤레밖에 없었고요."

나가미네의 말을 들으며 나츠메는 기억을 더듬어 보았다. CCTV에 찍힌 사키는 하이힐을 신고 있었다.

"나머지는 다 운동화였나요?" 나츠메가 물었다.

"운동화랑 굽이 낮은 구두들이었습니다."

나가미네가 문득 걸음을 멈추더니 창문 밖을 내다보았다.

나가미네의 시선을 따라가 보니 경찰서 앞에 모여 있는 수많은 방송국 카메라와 기자들의 모습이 보였다.

밝은 조명 아래 기자가 카메라를 향해 무언가 열심히 말하고 있었다. 여기저기서 비슷한 광경이 펼쳐지고 있었다.

"난리도 아니네요. 인터넷의 영향력이 얼마나 대단한지 다시 한번 실감하게 됩니다."

"그러게요."

TV에서도 인터넷에서도 온통 이 사건 이야기뿐이었다. 사키의 행동과 영상에서 한 말에 대한 찬반양론이 팽팽하게 맞서고 있었다.

"벌써부터 피의자 변호를 맡겠다고 경찰서로 찾아오는 변호사들도 있다고 하네요. 피의자를 동정하는 심정도 이해가 가지 않는 건 아니지만…."

나가미네가 한숨을 내쉬었다.

밖으로 나오자 카메라맨과 기자들이 몰려들었다.

"경찰 관계자이신가요?"

"피의자 상태는 어떤가요?"

"범행을 뉘우치거나 후회하는 말을 하던가요?"

나츠메는 쏟아지는 질문을 무시하며 경찰서 부지를 나섰다. 기자 몇이 끈질기게 따라왔다.

나츠메는 손을 들어 택시를 잡아탔다. 에미를 만나러 가고 싶었지만 병원 면회 시간은 이미 지나버렸다.

"키요스미시라카와역으로 가 주세요."

택시 기사에게 목적지를 말하자 바로 출발했다.

나츠메는 스마트폰을 꺼내 채팅창을 열었다.

[집에 가고 있어. 뭐 사갈까?]

미나요에게서 바로 답문이 왔다.

[안 사와도 돼. 어제 저녁에 먹고 남은 걸로 때우려고 하는데 뭔가 더 만들까?]

[아니야, 나도 그걸로 충분해]

택시가 아파트 앞에 멈춰 섰다. 택시비를 계산한 뒤 엘리베이터를 타고 7층으로 올라갔다.

초인종을 누르고 잠시 기다리니 문이 열렸다.

"왔어? 고생했어."

"다녀왔어. 에미 상태는 어때?"

나츠메는 신발을 벗으며 미나요에게 물었다.

갑자기 수사본부가 설치되는 바람에 벌써 사흘이나 에미를 보지 못했다.

"아주 약간이지만 에미 표정이 전보다 더 밝아진 것 같아. 마사지 효과인가 싶기도 하고."

거실로 들어가자 TV에서 영화가 나오고 있었다. 미나요가 집에서 혼자 영화를 보고 있었다는 게 신기해서 잠시 화면을 쳐다보다가 불현듯 미나요와의 첫 데이트 때 봤던 영화라는 사실을 기억해 냈다. 좋아하는 작품이라서 DVD 로도 가지고 있었다.

"옛날 생각 나네. 갑자기 무슨 바람이 분 거야?"

미나요는 평소에는 주로 뉴스나 정보 프로그램을 보는 편이었다.

"뉴스를 보고 있으려니 너무 가슴이 답답해져서 기분 전환 좀 하려고."

사키의 사건 때문인 듯했다.

"그런데 전혀 소용이 없네. 영화에 집중할 수가 없어."

미나요가 리모컨을 들어 영화를 끄고 다시 TV를 틀었다.

뉴스에서 긴시 경찰서를 배경으로 기자가 사건 개요를 설명하고 있었다.

"어떻게 생각해?"

나츠메가 묻자 미나요가 고개를 갸우뚱했다.

"뭘?"

"이 사건에 대해서."

"별일이네. 당신이 집에서 일 얘기를 다 하고."

듣고 보니 정말 그랬다. 왜 이런 걸 물어본 걸까. 스스로 도 알 수가 없었다.

"같은 여자로서 범인한테 동정하게 되는 건 사실이야. 하지만…."

미나요가 말을 하다 말고 입을 다물었다.

"하지만?"

"뭐라고 설명해야 좋을지 잘 모르겠는데…, 피의자가 영상에서 한 말에는 찬성하기 어렵달까. 아무리 내 몸을 지키기 위해서라고는 해도 남을 상처 입히거나 죽이거나 한다면 그 경우에도 역시 피의자가 말한 마음속 감옥에 갇히게 되지 않을까?"

나츠메도 같은 생각이었다. 그렇기 때문에 에미가 사고를 당했을 때도 범인을 향한 분노와 증오심을 미나요와 함께 극복해 낼 수 있었다.

"배고프지? 저녁상 차릴게."

미나요가 웃으며 부엌 쪽으로 사라졌다.

"어디 가?"

미나요의 목소리에 나츠메는 드레스룸을 나와 사방이 깜깜한 어둠 속에서 침대 쪽을 살폈다.

"미안, 나 때문에 깼어?"

"아냐, 괜찮아. 나가려고?"

"산책 좀 하고 올게."

머릿속이 꽉 막힌 것 같을 때 자주 쓰는 방법이었다.

"알았어. 늦었으니까 조심해."

나츠메가 고개를 끄덕였다. 다시 드레스룸에 들어가 겉옷을 챙겨 입고 현관으로 향했다.

큰길로 나와 택시를 잡았다.

'블랙 스완' 앞에서 내려 가게로 향했다. 새벽 2시에 가까운 시간이었지만 개의치 않고 문을 열고 안으로 들어갔다.

가게 안에는 손님이 네 명 정도 있었다. 카운터 안에 있던 요코야마가 나츠메를 보고 놀란 표정을 지었다.

"이 시간까지 일하십니까?"

"아니요, 오늘은 손님으로 왔습니다. 가게 문 닫을 시간에 와서 죄송하지만 한 잔만 마실 수 있을까요?"

"한 잔이 아니라 몇 잔이라도 가능합니다. 앉으시죠."

요코야마의 안내에 따라 나츠메는 카운터석에 자리를 잡고 맥주를 주문했다.

"뉴스 봤습니다."

요코야마가 맥주 서버에서 맥주를 따라 나츠메 앞에 내려놓았다.

"보셨군요."

나츠메는 바로 잔을 들어 한 모금 마셨다.

"마츠모토가 여자를 강간했다니…. 좋은 녀석이라고 생

각했는데 정말 사람은 겉만 봐서는 알 수 없나 봅니다."

요코야마의 말에 맞장구를 쳐 주며 맥주 한 잔을 비운 뒤 계산을 하고 나왔다.

바에서 나와 새벽까지 영업 중인 식당과 술집 들이 늘어선 거리를 걷다가 문득 걸음을 멈추고 고개를 들었다. '레이디 키스'라는 핑크색 간판을 한참 동안 쳐다보다가 다시 걸음을 옮겼다.

다음으로 들어간 곳은 DVD 대여점이었다. 진열대를 살피며 가게 안쪽으로 들어가니 '19금'이라고 적힌 커튼으로 가려진 곳이 나왔다. 커튼을 걷고 성인물 코너로 들어갔다.

남자 몇 명이 DVD 케이스를 손에 들고 뒷면에 적힌 내용을 살펴보고 있었다. 좁은 통로에 서 있는 사람들 뒤를 지나 안으로 들어갔다.

나츠메는 자신이 찾던 것이 모여 있는 선반 앞에서 걸음을 멈췄다. 선반에서 강간을 소재로 한 DVD를 하나 꺼내 들었다. 케이스에는 교복을 입은 여고생이 고통스러운 표정으로 울고 있는 모습이 담겨 있었다.

DVD를 다시 제자리에 돌려놓고 성인물 코너에서 나왔다. 출구 쪽 셀프 계산대가 눈에 들어왔다. 젊은 남자가 계산대 옆에 DVD 케이스를 대고 잠금장치를 풀고 있었다.

DVD 대여점을 나와 이시하라 공원을 향해 걸었다. 색색의 네온사인이 흘러넘치던 거리 풍경이 조금씩 사라지고, 대신 어둠이 차오르기 시작했다.

공원으로 들어가 어두컴컴한 산책로를 걸었다. 저 앞에 공중화장실이 보였다. 나츠메는 가까이 다가가 화장실 앞에서 멈춰 섰다.

"응?"

남자 화장실과 여자 화장실 사이에 있는 다목적 화장실 문에 자물쇠가 채워져 있었다. 자세히 보니 '이 화장실은 밤 11시부터 오전 4시까지는 사용할 수 없습니다'라는 안내문이 붙어 있었다.

목소리가 들려 뒤를 돌아보니 남녀 커플 한 쌍이 이쪽을 힐끔거리며 지나갔다. 심야에 남자 혼자 공원 화장실 앞에 우두커니 서 있는 것을 보면 수상하게 여길 만도 했다.

나츠메는 화장실 근처에 있는 벤치로 이동했다. 계속 걸어 다닌 탓인지 다리가 아팠다. 벤치에 앉아 양쪽 종아리를 번갈아가며 주물렀다.

바람에 나뭇잎이 흔들리는 소리가 들렸다. 조금 전까지는 괜찮았는데 가만히 앉아 있으려니 좀 쌀쌀했다.

"누구랑 만나기로 했나?"

갑자기 들려온 목소리에 깜짝 놀라 고개를 들었다.

허름한 재킷에 비니를 눌러 쓴 남자가 다리를 절룩거리

며 다가왔다. 허리가 90도 가까이 꺾여 있었다. 나이는 70
쯤 되어 보였다.

"여기서 만나는 여자들은 병에 걸린 경우가 많으니까 조
심하는 게 좋아."

그렇게 말하며 나츠메 옆에 앉은 남자에게서는 고약한
냄새가 났다. 노숙자인 듯했다.

"무슨 말씀이시죠?"

나츠메가 되물었다.

"돈 좀 아끼려다가 성병이 옮았다가는 병원비가 더 든다
고. 돈 아낄 생각 하지 말고 제대로 된 가게에 가는 편이
낫다니까."

아무래도 나츠메가 여기서 매춘부를 기다리고 있다고
오해한 모양이었다.

긴시초 경찰서에 부임하기 전, 히가시이케부쿠로 경찰서
키쿠치 계장이 이 일대에서 불법 성매매가 성행한다고 말
했던 것이 생각났다. 다목적 화장실을 밤 시간대에 사용할
수 없게 한 것도 그 때문일지 모르겠다는 생각이 들었다.

"그런 거 아닙니다. 걱정해 주셔서 감사합니다."

"그래? 그건 그렇고 담배 있나?"

노인이 물었다.

"아니요, 없습니다. 죄송합니다."

"그런가…, 아쉽군. 영차!"

노인이 벤치 팔걸이를 잡고 일어섰다.

"이 공원에는 자주 오시나요?"

나츠메가 묻자 노인이 다시 자리에 앉았다.

"자주 온달까 그냥 여기 살지."

"사흘 전에 저 화장실에서 사람이 죽은 건 알고 계신가요?"

"음, 그 탓에 비 오는 날 잠잘 곳이 한 군데 줄었지. 아무래도 사람이 찔려 죽은 데서 자고 싶지는 않으니까."

"새벽 3시에서 4시 사이에 비명이나 무슨 소리를 듣지 못하셨나요? 아니면 수상한 사람을 목격했다든지…."

"수상한 사람이라면 우리가 제일 수상하지. 이 공원에서 지내는 노숙자가 예닐곱 명 정도 되거든. 그 시간이라면 화장실 근처에서 자고 있었을 텐데 딱히 뭔가 들은 기억은 없어."

마츠모토가 계속 칼을 들이대고 있어서 사키는 비명도 지르지 못한 걸까.

그보다 더 신경이 쓰이는 것은 마츠모토의 행동이었다.

어디서 누가 보고 있을지 모르는데 왜 공원 안에서 여자를 덮칠 생각을 한 걸까. 아니면 단순히 노숙자들이 여기서 생활하고 있다는 사실을 몰랐던 걸까.

"자네 결혼은 했나?"

나츠메는 정신을 차리고 옆에 앉은 노인을 보았다. 노인은 나츠메의 왼손을 내려다보고 있었다.

"네, 했습니다."

"그럼 이런 데서 쓸데없이 시간 보내지 말고 빨리 집에나 들어가 보게. 아내 챙기는 걸 소홀히 했다가는 나이 들어 나처럼 버림받을지도 몰라. 부부간의 대화가 하루에 30분 미만이면 황혼 이혼을 할 가능성이 높다고 라디오에서 그러더군."

노인이 그렇게 말하며 벤치에서 일어났다.

하루 30분 미만이면 황혼 이혼이라⋯.

나츠메는 멀어져 가는 노인의 뒷모습을 바라보며 오늘 미나요와 나눈 대화를 떠올려 보았다.

집에 도착하자마자 에미의 상태에 대해 이야기를 나눴다. 그리고 또 무슨 말을 했더라. 그래, 영화 얘기를 했지.

그 순간, 나츠메의 머릿속에서 번쩍 불꽃이 튀었다.

나츠메는 벌떡 일어나 왔던 길을 급히 되돌아갔다.

DVD 대여점에 들어가 곧장 영미권 코미디 영화가 놓인 코너로 향했다.

선반에 바짝 다가가 눈앞에 진열된 상품들을 찬찬히 살펴보았다. 사건 직전 사키가 빌려 간 '우주인 폴'이라는 DVD가 보였다. 그 밖에도 익숙한 제목들이 눈에 들어왔다.

나츠메는 선반 사이로 보이는 매장 안쪽 성인물 코너를 가만히 응시했다.

우선 칸다의 허락을 받은 다음 나츠메는 혼조의 자리로 찾아갔다.

나츠메가 다가가자 책상에 앉아 무언가를 들여다보고 있던 혼조가 고개를 들었다.

"지금부터 사키 씨를 상대로 피의자 조사를 할 건데 조서 작성을 부탁드려도 될까요?"

나츠메의 부탁에 혼조가 의아하다는 표정을 지었다.

"그 건은 이제 수사1과가…."

"수사1과와 칸다 계장님께는 허락받았습니다. 긴시 경찰서에서 제가 맡은 첫 사건이라 혼조 형사님이 꼭 함께해 주셨으면 합니다."

혼조가 내키지 않는 표정으로 자리에서 일어났다. 두 사람은 함께 형사과를 나가 조사실로 향했다.

방에 들어가 의자에 앉은 다음 나츠메는 눈을 감고 천천히 심호흡을 했다. 긴시 경찰서에서 이 자리에 앉는 것은 처음이었다. 이 순간이 앞으로 잊지 못할 기억으로 남으리라는 예감이 들었다.

문이 열리는 소리에 눈을 떴다. 함께 들어온 유치장 직원이 사키의 수갑과 포승줄을 풀어 주었다. 사키가 나츠메의 맞은편에 앉았다.

"그럼 지금부터 조사를 시작하겠습니다."

나츠메는 자신의 마음속에 동정심이 끼어들지 않도록 가능한 한 담담하게 말하려고 노력했다.

"우선 말씀드리자면 저는 어제 당신이 진술한 내용이 거짓이라고 확신합니다. 그리고 당신의 입으로 진실을 말해 주기를 진심으로 바라고 있습니다. 그렇지 않으면 당신이 안고 있는 과거의 상처를 헤집을 수밖에 없습니다."

나츠메의 말에 사키가 눈썹을 찡그렸다.

"죄송하지만 무슨 말씀을 하시는 건지 모르겠네요. 어제 제가 한 말은 모두 사실입니다."

나츠메는 실망감을 감추지 못하고 시선을 떨구었다. 한 차례 크게 한숨을 내쉬고 다시 사키를 똑바로 쳐다보았다.

"마츠코토 씨는 당신을 덮치지 않았습니다. 그렇지 않나요?"

사키가 놀란 듯 눈을 크게 떴다.

"왜 그런 말씀을 하시는 거죠?"

화가 난 듯한 목소리였다.

"10년 전 비슷한 일을 당한 적이 있죠?"

순간 사키의 표정이 딱딱하게 굳었다.

"아니, 비슷한 일이 아니라 훨씬 더 지독한 일을 당했죠."

사키는 고등학생이었던 열여덟 살 때 시내에서 차로 납치되어 남자 다섯 명에게 7시간 넘게 붙잡혀 있다가 풀려났다. 겨우 집으로 돌아온 사키의 모습을 보고 놀란 부모님이 경찰에 신고해 곧바로 피해 신고가 접수되었다.

공원에서 노숙자 노인을 만난 다음 날, 나츠메는 나가미네를 찾아가 사키가 과거에 강간을 당한 적이 있는지 조사해 달라고 부탁했다. 조사 결과, 10년 전 초후 경찰서에서 사키의 피해 신고가 접수된 적이 있다는 사실이 확인되었다. 범인은 끝내 잡히지 않았다.

사키는 책상 위 한 점을 뚫어지게 응시했다. 뺨이 부들부들 떨리고 있었다.

"당신은 아키코 씨가 강간당했다는 말을 듣고 호신용으로 나이프를 구입했다고 진술했습니다. 하지만 본인이 과거에 그런 일을 당했었다면 왜 더 일찍 구입하지 않았던 거죠?"

사키는 아무 말도 하지 않았다.

"아니, 사실은 가지고 있었던 거 아닙니까?"

나츠메는 그렇게 말하며 윗주머니에서 비닐봉지에 든 물건을 꺼내 사키의 눈앞에 내려놓았다. 공원 화장실에서 발견된 은색 칼이었다.

"당신은 또다시 비슷한 상황에 처할 경우에 대비해 늘

이것을 몸에 지니고 다니지 않았습니까? 그리고 옷도 신발도 가능한 한 여성스럽지 않고 무슨 일이 생겼을 때 빨리 도망칠 수 있는 것들만 골라 입었죠."

사키의 눈동자가 눈앞에 놓인 칼날처럼 날카롭게 빛났다.

"아키코 씨가 자신과 같은 일을 당해 괴로워하고 있다는 사실을 알게 된 당신은 남자라는 존재에 대한 증오심을 다시금 불태우게 되었을 겁니다. 그리고 어떻게 하면 이런 끔찍한 일을 사라지게 할 수 있을지, 어떻게 하면 여자들이 고통받지 않는 사회를 만들 수 있을지 고민했겠죠. 그 결과 당신이 내린 결론이 바로 얼마 전 유튜브에 올린 영상 아닌가요?"

사키가 천천히 고개를 들어 나츠메를 마주 보았다. 하지만 사키의 표정에서는 아무런 감정도 읽어낼 수가 없었다.

"강간을 당해 저항하는 과정에서 상대를 죽였다면 세간의 동정을 사게 됩니다. 정당방위가 성립할지는 알 수 없지만 적어도 재판에서는 충분히 정상참작 사유가 될 테고요. 게다가 그런 짓을 저지르려고 하는 남자들에게 '칼에 찔려 죽을지도 모른다'는 생각을 심어줌으로써 어느 정도 범죄를 예방하는 효과도 기대할 수 있습니다."

사키는 꼼짝도 하지 않았다. 얼음처럼 차가운 눈으로 나츠메를 쏘아볼 뿐이었다.

"당신은 누군가 자신을 덮치기를 바라고 일부러 노출이 심한 차림으로 밤거리를 배회한 것 아닙니까? DVD 대여점 CCTV에 찍힌 것처럼요. 하지만 일주일이 지나도록 당신을 덮치는 사람은 나타나지 않았죠. 그래서 당신은 다른 방법을 생각해 냈습니다. 아무도 덮치지 않는다면 덮친 것처럼 위장하면 된다고요."

사키가 입술을 꼭 깨문 채 고개를 숙였다.

"하지만 남자라면 아무라도 상관없는 건 아니었습니다. 남자들 중에도 바에 자주 오는 단골손님처럼 점잖은 신사도 있으니까요. 그래서 당신은 평소 강간 DVD를 즐겨 보는 남자를 타깃으로 정한 겁니다."

나츠메가 가장 이상하다고 느낀 점은 강간당한 아키코가 괜찮은지 걱정하던 사키가 꾸준히 코미디 영화를 빌렸다는 사실이었다.

그리고 DVD 대여점 내부 구조를 살펴본 후 의문이 풀렸다. 영미권 코미디 코너에서는 선반 너머로 성인물 코너를 볼 수 있었다.

DVD 대여점 CCTV에는 보름쯤 전인 3월 22일, 모자를 눌러쓰고 선글라스를 낀 사키 같아 보이는 인물이 성인물 코너에 있는 모습이 찍혀 있었다.

사키는 강간을 다룬 DVD가 놓인 위치를 미리 파악해둔 것이다. 하지만 선반 너머로는 무엇을 빌리는지 잘 보이지 않으니 셀프 계산대에서 자기도 계산하는 척하며 남자가 빌린 DVD 제목을 다시 한번 확인한 게 아닐까.

CCTV 영상에는 하루에도 두세 번씩 영미권 코미디 코너와 셀프 계산대를 왔다 갔다 하는 사키의 모습이 찍혀 있었다.

"그리고 당신은 그날 밤 마츠모토 씨를 타깃으로 정했습니다. 여기서부터는 어디까지나 제 상상에 불과합니다만, 당신은 길거리 매춘부로 위장해 마츠모토 씨에게 다가간 다음 공원 화장실에서 섹스하자고 유혹했을 겁니다. 거기서 마츠모토 씨를 죽인 뒤 강간당한 것처럼 보이게 하기 위해 자신의 체액을 마츠모토 씨의 성기에 바르고 도망쳤고요."

"적당히 하시죠!"

사키가 더 이상 못 참겠다는 듯 자리에서 벌떡 일어났다.

"형사님까지 여성의 존엄을 짓밟으시는 건가요? 대체 무슨 근거로 그런 말을 하시는 겁니까!"

"당신은 3월 23일부터 4월 9일까지 매일 두세 편씩 총 40편이 넘는 DVD를 빌렸습니다. 하지만 대여점 직원 말에 따르면 당신이 반납한 DVD는 모두 잠금장치가 걸려 있는 상태였습니다."

"잠금장치요?" 사키가 되물었다.

"DVD 케이스에는 잠금장치가 걸려 있어서 셀프 계산대 옆 장치를 이용해 잠금장치를 풀지 않으면 안에 든 DVD를 꺼낼 수 없습니다. 즉 당신은 볼 수도 없는 DVD를 매일 꾸준히 빌려 갔다는 말이죠. 왜 그러셨죠?"

나츠메가 묻자 사키가 코웃음을 치며 다시 자리에 앉았다.

"그런 게 형사님 주장을 뒷받침하는 증거가 될 수 있나요?"

"아마 안 되겠지요. 하지만 이건 증거가 됩니다."

나츠메는 윗주머니에서 무언가를 꺼내 사키 앞에 내려놓았다.

사키가 비닐봉지 안에 든 1만엔짜리 지폐를 보고 이게 뭐냐는 듯 나츠메를 쳐다보았다.

"사키 씨 방에서 압수한 지갑 안에 들어 있던 돈입니다."

사키는 여전히 나츠메가 무슨 말을 하는지 모르겠다는 표정이었다.

"마츠모토 씨는 DVD 대여점에 가기 전 들른 술집에서 공연 티켓을 대신 구해준 대가로 1만 얼마를 받았습니다. 이 지폐에는 당신과 마츠모토 씨와 술집 주인의 지문이 선명하게 남아 있습니다. 지폐는 원래 전국 방방곡곡을 돌아다니는 물건이니 여러 사람의 지문이 묻어 있는 것은 당연합니다. 하지만 이 세 사람의 지문이 이렇게 확실하게 남아 있을 가능성은 과연 얼마나 될까요? 제가 보기에는 마츠모토 씨가 술집을 나와 살해당하기까지 사이에 당신에게 건넸거나 당신이 마츠모토 씨에게서 빼앗았다고밖에 생각되지 않습니다. 어느 쪽이든 당신이 어제 진술한 내용이 거짓이라는 사실은 증명된 셈이지요."

나츠메는 사키를 똑바로 쳐다보았지만 사키는 아무 말도 하지 않았다. 긴 침묵이 흐르고 사키가 다시 고개를 숙였다.

"마츠모토 씨를 살해한 것은 강간당했기 때문이 아니라 당신의 메시지를 세상 여성들에게 전하고 싶었기 때문 아닙니까?"

"맞아요…."

사키가 나지막이 중얼거렸다.

"교도소에서 몇 년 썩게 되겠지만 그래도 평생 치유되지 못할 상처를 입을 바에는 차라리 상대를 죽여버리라고 말하고 싶었어요. 제가 집행유예나 비교적 가벼운 형을 받아 일단 전례를 만들어두면 앞으로 여성들이 만약의 경우에 결단을 내리기 쉬워질 거라고 생각했는데…."

"그래서 죄 없는 사람을 죽인 겁니까?"

나츠메가 암담한 심정으로 묻자 사키가 코웃음을 치며 고개를 들었다.

"죄가 없다고요?"

"네. 마츠모토 씨가 당신에게 무슨 잘못을 저질렀습니까? 그는 아무 짓도 하지 않았습니다. 강간 DVD를 빌렸다는 이유로 살해당해야 한다는 겁니까?"

"여자가 강간당하며 울부짖는 모습을 보고 즐거워하는 남자들에게는 죄가 없고, 그런 사람을 죽인 제게는 죄가 있다고요?"

"과거 당신은 남자들에게 말로 다 표현하기 어려운 끔찍한 일을 당했습니다. 그들이 짐승만도 못한 놈들이라는 점은 분명합니다. 하지만 당신도 크게 다르지 않습니다."

어떤 이유로든 다른 사람을 상처입히거나 죽이는 행위는 결코 용납될 수 없다.

"당신은 용감한 여성입니다. 그런 영상을 인터넷상에 올리면 재판에서 가벼운 형을 받아 풀려나더라도 앞으로 살아가기가 쉽지 않을 테니까요. 당신은 그렇게 될 것을 각오하고, 설령 그렇게 된다 하더라도 자신과 같은 피해자가 계속해서 발생하는 것을 막고자 했습니다. 하지만 스스로의 인생을 내던지면서까지 싸울 생각이었다면 뭔가 더 좋은 방법이 있지 않았을까요?"

"스스로의 인생을 내던지면서까지…?"

사키가 고개를 들었다.

"제게는 내던질 인생 따위 존재하지 않아요. 전 이미 10

년 전에 죽었으니까요. 지금 여기 앉아 있는 건 사쿠라 사키의 산송장 같은 거예요."

"당신은 죽지 않았습니다."

나츠메가 진지하게 반박했지만, 사키는 들은 체도 하지 않고 고개를 돌렸다.

"살아 있으니까 아키코 씨의 고통과 괴로움에 공감할 수 있었던 것 아닙니까?"

"궤변이네요."

"사키 씨, 당신은…."

"나츠메 형사님."

등 뒤에서 들려온 날카로운 목소리에 나츠메는 뒤를 돌아보았다. 혼조가 이쪽을 가만히 쳐다보고 있었다.

"그쯤 하시죠. 모든 사람이 나츠메 형사님의 말에 공감하는 건 아니니까요."

혼조의 말에 맥이 탁 풀렸다.

혼조가 자리에서 일어나 조사실을 나가버렸다.

"형사님은 좋은 분이시네요."

나츠메는 다시 앞을 보았다. 사키가 냉소를 머금고 있었다.

"아마 형사로서도 유능한 편이시겠지요. 하지만 형사님 때문에 성범죄 피해를 줄일 기회를 놓친 거예요. 앞으로 성범죄 피해자들의 피맺힌 통곡을 들을 때마다 부디 오늘 일을 떠올리시길."

문이 열리고 혼조와 유치장 직원이 들어왔다. 나츠메는 고개를 떨구었다. 수갑을 채우는 소리가 들리고 다시 문이 닫힐 때까지 꼼짝도 하지 않았다.

이윽고 천천히 시선을 들자 눈앞에 혼조가 서 있었다.

"혼조 형사님은 알고 계셨던 것 아닙니까?" 나츠메가 물었다.

"피의자가 과거에 강간당한 적이 있다는 사실 말인가요? 신체검사 때 양쪽 손목에 난 상처들을 보고 그럴 가능성도 있겠다 싶기는 했습니다."

"신체검사 전에는요?"

"글쎄요. 하지만 이것만은 확실히 알겠네요."

나츠메는 이어지는 말을 기다렸다.

"아까 나츠메 형사님은 피해자인 마츠모토 씨가 아무 짓도 하지 않았다고 했지만 그건 어디까지나 남자들 생각이에요. 남자가 봤을 때 아무것도 아닌 일이 여자들에게는, 특히 남자에게 험한 짓을 당했던 사람들에게는 속이 뒤집힐 만큼 역겨운 일일 수도 있습니다. 살의를 불러일으킬 정도로요. 저는 피의자와 아키코 씨의 심정이 충분히 이해가 됩니다. 저도 마찬가지니까요."

혼조도 성범죄 피해를 겪은 적이 있다는 말인가.

"나츠메 형사님의 생각이 만인에게 통용되는 건 아니에요."

혼조는 그 한마디를 남기고 조사실에서 나갔다.

전화벨 소리에 아키코는 스마트폰을 집어 들었다. 모르는 번호에서 걸려온 전화였다.

"여보세요…?"

아키코는 잠시 망설이다 전화를 받았다.

"나카지마 아키코 씨 되시나요?"

수화기 너머에서 어디선가 들은 적이 있는 남자 목소리가 들렸다.

"네, 그런데요…."

"이렇게 불쑥 전화드려 죄송합니다. 저는 바 센텐스에서 몇 번인가 마주친 적이 있는 엔도 변호사입니다. 아키코 씨 전화번호는 사키 씨에게 받았습니다."

"변호사님이 사키 씨 변호를 맡고 계신 건가요?"

"네."

"사키 씨는…, 사키 씨 상태는 어떤가요?"

"이런 소식을 전해드리게 되어 유감입니다만, 조금 전 살인 혐의로 체포되었습니다."

심장이 쿵 내려앉았다.

"살인이라고요?"

"네, 사키 씨는 자신이 피해자에게 강간당해 저항하는 과정에서 상대를 죽이게 된 것이 아니라 처음부터 계획적인 살인이었다는 사실을 인정했습니다."

엔도가 침울한 목소리로 말했다.

"사키 씨는 아키코 씨가 자신을 이해해 주었으면 좋겠다고 했습니다. 제게 그렇게 전해 달라더군요. 무슨 의미인지는 모르겠습니다만…"

"괜찮습니다."

사키가 말하고자 한 의미는 충분히 전달되었다.

"제대로 이해했다고 전해 주세요."

전화를 끊고 핸드폰에 저장해둔, 일전에 사키가 보내온 영상을 클릭했다. 유튜브에 업로드하기 전에 한 번 더 확인하고 싶었다. 재생 버튼을 누르자 화면에 사키의 얼굴이 등장했다.

"이 영상을 여러분이 보고 계실 때쯤이면 저는 아마도 살인 혐의로 체포되었겠지요."

영상 속 사키가 천천히 입을 열었다.

"저는 지난 4월 9일, 마츠모토 쇼지라는 27세 남성을 살해했습니다. 얼마 전 인터넷에 올린 영상에서는 마츠모토 씨가 저를 강간했고, 제가 저항하려다가 상대를 찔러 죽이게 되었다고 말씀드렸습니다만, 그건 전부 거짓말입니다. 저는 처음부터 계획적으로 마츠모토 씨에게 접근해 화장실로 유인했습니다. 그리고 마츠모토 씨의 배를 칼로 찌르고, 마치 제가 강간당한 것처럼 꾸몄습니다. 왜 그런 짓을 했는지 궁금하실 겁니다. 그건 바로 이 영상을, 제 영혼의 절규를, 한 사람이라도 더 많은 여성들에게 전하고 싶었기 때문입니다."

사키는 시종일관 담담한 말투와 표정을 유지했다. 자신이 저지른 짓을 후회하는 기색은 조금도 느껴지지 않았다.

"저는 10년 전, 고등학교 3학년 때 성폭행을 당했습니다. 집에 오는 길에 차로 납치당해 다섯 명의 남자들에게 7시간이 넘도록 능욕을 당했습니다. 그날, 저는 죽었습니다. 여전히 사람을 만나 이야기하고, 손을 움직이고, 걸어 다니는 것은 가능하지만 제 영혼은 죽어버렸습니다. 제 마음속에 딱 하나 아직까지 남아 있는 것이 있다면 그건 남자들을 향한 증오입니다. 저와 같은 경험을 한 여성이라면 모두 같은 생각일 겁니다. 이 세상에 남자만큼 추악한 존재도 없다고."

화면 속 사키의 표정이 조금씩 일그러지기 시작했다.

"남자라는 것들은 자신의 욕망을 채우기 위해 여자를 덮친다, 남자들을 보면 상대가 누구든 이런 생각밖에 들지 않았습니다. 그들에게 여성의 인격은 아무런 의미를 갖지 못

합니다. 저를 덮친 남자들은 단지 여자라는 이유만으로 제 인격을 송두리째 무시하고 제 마음을 짓밟았습니다. 그리고 저도 그 짐승들과 다를 바 없는 존재가 되었습니다. 스스로 의 목적을 달성하기 위해 죽이는 대상은 남자라면 누구라 도 상관없었습니다. 여러분도 성폭행을 당하면 저처럼 되어 버릴지도 모릅니다. 그렇게 되지 않기 위해서는 무슨 수를 써서라도 자신의 몸은 스스로 지켜야만 합니다. 저는 그 사 실을 세상에 전하기 위한 제물이라고 할 수 있습니다."

눈물이 앞을 가려 사키의 모습이 보이지 않았다.

아키코는 사키가 하는 말을 듣기 위해 온 신경을 귀에 집중했다.

"저는 마츠모토 씨를 죽인 것을 전혀 후회하지 않습니 다. 단 한 가지 후회되는 것이 있다면 왜 좀 더 빨리 이렇 게 하지 않았을까 하는 것뿐입니다. 조금만 더 빨랐더라 면…, 한 달만 더 빨리 행동으로 옮겼더라면…."

사키의 떨리는 목소리가 이윽고 흐느낌으로 변했다.

"미안…."

사키 씨, 나야말로 미안해요―

영상이 끝나고, 아키코는 소매로 눈물을 닦았다.

자신을 향한 사키의 마지막 메시지를 곱씹으며 아키코 는 천천히 스마트폰을 인터넷에 연결했다.

이
방
인

이방인

공용 화장실에서 나오는데 핸드폰 벨소리가 들렸다.

쿠엣은 서둘러 문에 달린 다이얼 자물쇠를 풀고 집으로 들어가 테이블 위에 놓인 핸드폰을 집어 들었다. 모르는 전화번호였다.

"네, 여보세요."

하루 종일 깔아두는 이불 위에 앉아 전화를 받았다.

"경시청 스기하라라고 합니다. 호 반 쿠엣 씨 되시나요?"

수화기 너머 남자가 말하는 경시청이라는 단어의 뜻이 머릿속에 바로 떠오르지 않았지만 일단 "네, 맞습니다"라고 대답했다.

"민간인 통역 요원으로 등록하셨죠?"

민간인 통역 요원이라는 말을 듣고 그제야 상대방의 신분과 용건을 알아차렸다.

1년 반쯤 전에 도쿄 전역의 경찰서를 총괄하는 경시청이라는 곳에서 통역 요원을 모집한다고 해서 등록한 적이 있었다. 실제로 연락을 받은 것은 오늘이 처음이었다.

"오늘 통역 가능하신가요?"

"오늘이요?"

쿠엣은 잠시 대답을 망설였다.

등록 후 얼마간은 언제 연락이 오더라도 대응할 수 있도록 법률 서적을 챙겨 읽었지만 최근에는 거의 들춰 보지 않았다.

"어려우시면 다른 분께 연락드리겠습니다."

"잠시만요."

마음의 준비가 되지 않은 상태에서 반사적으로 대답부터 했다.

이번 달은 수입이 대폭 줄었다. 봄 방학 기간이다 보니 일본인 아르바이트생들의 근무 시간이 늘어나 상대적으로 쿠엣의 근무 시간은 줄어들었기 때문이다. 통역 요원 시급은 3천 엔이니 오늘 일하면 부족분을 메울 수 있을 것 같았다.

"알겠습니다. 내가… 아니, 제가 하겠습니다."

"그럼 오늘 오후 2시까지 긴시초역에 있는 긴시 경찰서로 와 주시기 바랍니다. 잘 부탁드립니다."

전화를 끊고 쿠엣은 대학 교재 사이에 꽂아둔 책 한 권을 꺼내 들었다. 일본의 형사 절차와 법률 용어에 관한 책이었다. 읽다가 포기하지 않도록 처음부터 제일 얇은 책을 골랐다.

책을 읽고 있는데 다시 전화벨이 울렸다. 핸드폰 액정 화면에 '만푸쿠 반점'이라고 떴다. 만푸쿠 반점은 쿠엣이 아르바이트로 일하는 식당이었다.

"쿠엣? 부탁 좀 해도 될까?"

전화를 받기가 무섭게 점장이 말했다.

"뭔가요?"

안 좋은 예감이 들었다.

"오늘 5시부터 근무할 예정이었던 알바가 감기라네."

"대타가 필요한 건가요?"

대타는 쿠엣이 아르바이트를 하면서 알게 된 말이었다. 가게에서 점장이 다른 아르바이트생에게 '쿠엣은 대타 요원이니까'라고 말하는 걸 듣고 집에 와서 사전을 찾아보았다.

"매번 미안하지만 달리 부탁할 사람이 없어서 말이야. 5시부터 10시까지 좀 부탁해."

"죄송합니다. 오늘은 2시부터 일이 있어서요."

"어떻게 안 될까? 5시까지만 와 주면 되는데."

"몇 시에 끝날지 알 수 없어서⋯."

"그럼 다른 알바들한테 좀 물어봐 줄래? 다들 쿠엣한테
는 빚진 게 많잖아. 내가 전화 걸면 아무도 안 받거든."

"아니, 그게⋯."

"점심시간이라 바쁘니 이만 끊는다. 잘 부탁해."

일방적으로 전화가 끊겼다. 점장은 늘 자기 할 말만 하고
상대방 말은 듣지 않는다.

쿠엣 같은 유학생들은 주 28시간 이상 일하지 못하도록
법으로 정해져 있다. 반대로 해석하면 28시간까지는 일해
도 된다는 말이지만 점장은 근무 시간표를 짤 때 쿠엣에게
는 주 15시간 정도밖에 배정해 주지 않았다. 처음부터 28시
간을 넣어버리면 다른 아르바이트생이 갑자기 쉬게 되었을
때 대신 일을 시키지 못하기 때문이다. 그러다 보니 늘 당일
이 되어서야 급하게 대타를 부탁하는 전화가 걸려왔다.

점장은 다른 아르바이트생들에게 물어봐 달라고 했지만
쿠엣이 연락처를 아는 사람은 두 사람뿐이었다. 쿄코와 켄
타는 둘 다 대학생으로, 쿠엣이 아르바이트를 시작하고 얼
마 지나지 않아 전화번호를 교환했다. 하지만 대타를 부탁
할 때 말고는 연락한 적이 없기 때문에 딱히 사이가 좋은
건 아니었다.

쿄코의 핸드폰에 전화를 걸었지만 좀처럼 받지 않았다.

한참을 기다리다 겨우 받았나 싶었는데 바로 끊겨버렸다. 다시 걸자 '지금 거신 번호는 전원이 꺼져 있어…'라는 안내 멘트가 흘러나왔다.

쿠엣은 한숨을 내쉬고 이번에는 켄타에게 전화를 걸었다.

"왜?"

전화가 연결되자 수화기 너머에서 퉁명스러운 목소리가 들려왔다.

"나 쿠엣인데."

"이름이 뜨니까 말 안 해도 알아. 뭔데?"

"오늘 5시부터 부탁 좀 해도 될까?"

"동아리 전단지를 만들어야 해서 미안하지만 오늘은 패스."

"너한테 일 있을 때마다 매번 내가 대신 해 줬잖아. 오늘만 부탁할게. 5시간만 하면 돼."

"너 지금 그런 걸로 생색내는 거냐?"

"아니, 그런 게 아니라…."

"내 딴에는 너 생각해서 돈 좀 벌어 가라고 연락했던 건데 이렇게 나오니 섭섭하네."

켄타의 목소리를 들으며 쿠엣은 새어 나오는 한숨을 억지로 삼켰다.

"담당자가 곧 올 테니 잠시만 기다려 주세요."

안내데스크 직원이 수화기를 내려놓으며 쿠엣에게 말했다. 쿠엣은 의자에 앉아 주위를 둘러보았다. 일본에 온 지 5년이 넘었지만 경찰서 안에 들어온 것은 처음이었다.

평일 오후인데도 사람이 많았다. 일본은 치안이 좋기로 유명한데 경찰의 도움을 필요로 하는 사람이 이렇게나 많다는 게 이상했다. 그러다 문득 자신이 착각했음을 깨달았다. 대부분이 '교통과' 접수창구에서 카드를 발급받고 있었다. 운전면허증을 갱신하러 온 듯했다.

나도 언젠가는 일본에서 운전면허증을 소지하게 될까.

"쿠엣 씨 계신가요?"

자신을 부르는 남자 목소리에 쿠엣은 소리가 들려온 쪽을 돌아보았다.

양복을 입은 키 큰 남자가 주위를 두리번거리며 쿠엣의 이름을 부르고 있었다.

"접니다."

쿠엣이 자리에서 일어나 대답하자 남자가 이쪽을 보더니 의외라는 표정을 지었다.

"형사과 나츠메 형사입니다. 잘 부탁드립니다."

남자가 건넨 명함에는 '긴시 경찰서 형사과 강력계 나츠메 노부히토'라고 적혀 있었다.

"저야말로 잘 부탁드립니다."

쿠엣은 꾸벅 고개를 숙였다.

"이쪽으로 오시죠."

나츠메를 따라 엘리베이터가 있는 쪽으로 향했다.

"통역은 처음이라 긴장되네요. 많이 못 미더우시겠지만 최선을 다해서…."

"누구에게나 처음은 있으니까요. 그리고 못 미덥다고 생각하지 않습니다."

"정말이요?"

하지만 쿠엣은 아까 나츠메가 처음 자신과 눈이 마주쳤을 때 미묘하게 표정이 변하는 것을 보았다. 분명 생각보다 나이가 너무 어려서 통역을 맡겨도 괜찮을지 고민한 것이리라.

"혹시 아까 만났을 때 제 표정 때문에 그렇게 느끼셨나요?"

엘리베이터 버튼을 누르며 나츠메가 물었지만 쿠엣은 잠자코 있었다.

쓸데없는 말을 해서 상대방의 기분을 건드리고 싶지 않았다.

"쿠엣 씨가 일본인 같아 보여서 조금 놀랐을 뿐입니다. 예리하시네요."

나츠메가 그렇게 말하며 미소를 지어 보였다.

그제야 조금 안심이 되었다.

"말을 안 하면 일본인인 줄 알더라고요."

"말을 해도 일본인 같은데요. 일본어 잘하시네요."

"일본어능력시험 N1을 땄습니다."

"N1이면 최고 등급 아닙니까? 그것참 든든한데요."

쿠엣은 나츠메와 함께 엘리베이터를 타고 3층에서 내려 복도를 걸어갔다. 나츠메가 '제1조사실'이라는 문패가 달린 방 앞에 멈춰 섰다.

노크를 하고 문을 연 나츠메를 따라 쿠엣도 안으로 들어갔다. 양복을 입은 여자가 이쪽을 등지고 앉아 있었다.

"혼조 형사님, 오늘 통역을 맡아 주실 분입니다."

나츠메가 부르자 여자가 이쪽을 돌아보았다.

"늦으셨네요. 약속 시간은 2시였다고 알고 있습니다만."

안경 너머로 날카롭게 노려보는 눈빛에 쿠엣은 그 자리에 선 채로 굳어버렸다

"죄송합니다."

어떻게든 아르바이트 문제를 해결해 보려고 쿄코와 통화를 시도하다가 30분 가까이 지각했다. 결국 쿄코와는 연락이 닿지 않았다.

"그럼 피의자를 불러오겠습니다. 쿠엣 씨는 혼조 형사님 옆자리에 앉으시면 됩니다."

나츠메가 접이식 의자를 가리키며 알려 준 다음 문을 닫고 나갔다. 쿠엣은 긴장하며 혼조 옆에 앉았다.

"책을 보면서 통역해도 될까요?"

쿠엣이 묻자 혼조는 말없이 고개만 살짝 끄덕였다. 쿠엣이 지각해서 상당히 화가 난 듯했다.

"무슨 사건인가요?"

쿠엣은 조금이라도 혼조와의 거리를 좁혀 보고자 가방에서 형법 책을 꺼내며 다시 물었다.

"강도치상입니다."

그 말을 듣는 순간 기분이 우울해졌다. 최근 몇 년 사이에 일본에 체류하는 베트남인이 크게 늘었다. 대부분 쿠엣같은 유학생 아니면 외국인 기능실습생이었다. 그와 동시에 베트남인이 저지른 범죄가 뉴스에서 보도되는 일도 많아져 요즘은 어디를 가도 주눅이 들었다.

그때 방문을 노크하는 소리가 들렸다. 뒤를 돌아보니 나츠메와 함께 수갑을 찬 여자가 들어왔다. 고개를 숙이고 있어서 얼굴은 자세히 보이지 않았지만 스무 살 정도 되어 보였다.

"그럼 시작하겠습니다. 이름이 어떻게 되시죠?"

혼조가 묻자 여자가 고개를 들었다.

"판 제이 응옥…."

기어들어 가는 목소리였다.

"나이는?"

"이십, 살."

스무 살. 쿠엣보다 5살 아래였다.

"직업은?"

응옥은 대답하지 않았다. 질문을 못 알아들은 듯했다.

"당신의 직업을 묻고 있어요."

쿠엣이 베트남어로 통역하자 응옥이 고개를 들었다. 힘 없이 늘어진 피부와 쑥 들어간 뺨에서 스무 살다운 생기 는 전혀 느껴지지 않았다.

"학생…, 나, 학생이에요."

"학교 이름은?"

"신일본, 국제학원."

그런 이름을 가진 대학은 들어본 적이 없으니 어학원 학 생인 모양이었다.

"주소는? 사는 곳은 어디죠?"

응옥이 우물거리며 뭐라고 대답했지만 혼조는 처음 듣 는 지명인 듯 고개를 갸웃거렸다.

쿠엣이 몇 번을 다시 물어 겨우 오오쿠보에 위치한 빌라 에 살고 있다는 사실을 알아냈다.

"그럼 지금부터 당신을 무슨 혐의로 체포했는지 설명할

테니 범행 사실에 대해 인정하는지 안 하는지 대답해 주세요."

"지금부터 당신을 왜 체포했는지 말할 테니 맞는지 틀리는지 대답해 주세요."

쿠엣이 통역을 마치자 나츠메가 다가와 종이와 펜을 건넸다.

"길어질 것 같으니 종이에 쓰면서 하는 편이 낫겠네요."

"고맙습니다."

"피의자는 2017년 4월 26일 오후 10시경, 도쿄 스미다구 미도리 5번지에 사는 미카와 스미에 씨의 자택에 침입해 잠시 후 귀가한 딸 시즈코 씨를 폭행하여 허리에 타박상을 입힌 후 도주했다."

민가에 몰래 숨어들어 물건을 훔치려고 했으나 갑자기 돌아온 집주인과 마주치는 바람에 상대를 때리고 도망쳤다는 건가.

고개를 들자 응옥과 눈이 마주쳤다. 쿠엣은 저도 모르게 한숨을 내쉬었다.

너 같은 사람 때문에 이 나라에서 열심히 공부하려고 하는 나까지 힘들어지잖아.

불쾌한 기분을 억누르며 혼조가 한 말을 베트남어로 통역했다.

"사실이 맞습니까?"

베트남어로 묻자 응옥이 일본어로 "네" 하고 대답했다.

"인정할 수밖에 없겠죠. 1층 창문을 깨고 들어간 것 같은데 근처에 떨어져 있던 커다란 돌멩이에서 피의자의 지문이 검출되었습니다. 당시 2층에 있던 스미에 씨는 치매 때문에 피의자가 침입한 사실도, 시즈코 씨와 몸싸움을 벌인 사실도 전혀 기억하지 못하지만 집 안 여기저기에서 피의자의 지문이 나왔습니다."

혼조가 거기서 말을 끊고 쿠엣에게 눈짓을 보냈다.

"창문을 깬 돌멩이에 당신 지문이 묻어 있었습니다. 2층에 있던 여성은 치매여서 당신과 피해자가 싸웠다는 사실을 기억하지 못하는 것 같지만 방 안 여기저기에서 당신 지문이 나왔으니 빈집에 물건을 훔치러 들어갔다는 사실을 인정하지 않을 수 없을 겁니다."

혼조의 말을 전하자 이쪽을 보고 있던 응옥이 조그맣게 한숨을 내쉬며 다시 고개를 숙였다.

"피의자에게 묵비권에 대해 설명해 주세요."

혼조의 지시에 쿠엣은 책에서 묵비권에 대해 설명하고 있는 페이지를 펼쳤다.

"당신은 진술을 거부할 권리가 있습니다. 아시겠습니까?"

응옥이 고개를 숙인 채 살짝 끄덕였다.

"피의자는 오오쿠보에 사는데 그날 긴시초에는 뭐 하러

간 거죠?"

"사건이 일어난 날, 긴시초에는 왜 갔습니까?"

응옥은 아무 말도 하지 않았다.

혼조가 다리를 떨기 시작했다. 응옥이 대답하지 않아 짜증이 나는 것 같았다.

"피의자에게 묵비권을 행사할 권리가 있는 건 사실이지만 대답하지 않으면 인상이 안 좋아질 수 있습니다."

"당신에게는 진술을 거부할 권리가 있다고는 했지만 계속 말을 안 하면 재판에서 인상이 나빠질 뿐입니다. 왜 그날 긴시초에 있었던 건지 제대로 대답하세요."

쿠옛이 강한 어조로 말하자 응옥이 그제야 몇 마디 중얼거렸다.

"그냥 목적 없이 돌아다니고 있었답니다"라고 통역하자 혼조가 코웃음을 쳤다.

"말도 안 되는 소리."

"당신이 거짓말을 한다고 화를 내고 있습니다."

쿠옛이 응옥에게 전달하자 응옥이 몸을 움츠리며 가느다란 목소리로 "정말이에요…"라고 말했다.

"정말 그냥 돌아다니고 있었을 뿐이라고요? 빈집털이할 집을 물색하고 있었던 거 아닙니까? 본인이 살고 있는 오오쿠보에서 훔치면 금방 잡힐 것 같으니까 일부러 긴시초까지 나온 것 아닌가요?"

혼조의 말을 쿠엣이 통역하자 응옥이 고개를 저었다.

"뭐가 아니라는 거죠? 그럼 왜 그 집에 들어간 건지 말해 보세요."

이쪽을 보고 있던 응옥이 "창문으로…"라고 중얼거리다가 이내 입을 다물었다.

"뭐라고 한 거죠?"

혼조의 물음에 쿠엣은 "창문으로…, 라고 했습니다" 하고 대답했다.

"어떻게 들어갔는지가 아니라 왜 들어갔는지를 묻고 있는 겁니다."

혼조가 한 말을 알아듣지는 못했겠지만 날카롭게 날이 선 목소리에 응옥의 어깨가 움찔했다.

"피해 여성의 말에 따르면 그날 당신이 자기를 무섭게 몰아붙였다던데요. 무슨 말을 하는지는 알아들을 수 없었지만 당장이라도 살해당할 것만 같아서 무서웠다고요."

쉬지 않고 빠르게 쏟아내는 혼조의 말을 따라가기가 버거웠다.

"피해를 입은 여성은 당신이 당장이라도 자기를 죽일 것만 같았답니다."

응옥이 고개를 가로저었다.

"뭐가 아니라는 거죠? 실제로 당신은 상대방을 폭행하고 도망쳤습니다. 잡히면 큰일이라고 생각해서 헐레벌떡 도망친 거 아닌가요?"

"당신이 피해자를 폭행하고 도망친 것은 엄연한 사실입니다. 잡히면 큰일이라고 생각해서 도망친 거 아닙니까?"

응옥이 소매로 눈물을 훔치고 고개를 떨구었다.

"잠시만요."

갑자기 들려온 목소리에 쿠엣은 뒤를 돌아보았다. 나츠메가 가까이 다가와 혼조 쪽으로 몸을 숙였다.

"아까 그것도 한번 물어봐 주시겠습니까?"

나츠메의 말에 혼조의 표정이 한층 더 험악해졌다.

"아직도 그런 걸 신경 쓰고 계신 건가요? 지금이 어떤 상황인지 나츠메 형사님도 잘 아시지 않습니까."

"하지만…."

"저는 지금까지 이곳에서 이와 비슷한 사건을 수도 없이 경험했습니다. 거의 대부분 충동적으로 저지른 범행입니다."

"지금 이것도 통역할까요?"

두 사람의 대화에 쿠엣이 당혹스러워하며 물었다.

"지금 한 말은 통역할 필요 없습니다. 여기서부터 통역해 주세요."

혼조가 나츠메에게서 시선을 거두어 응옥을 쳐다보았다.

쿠엣은 포기한 듯 자리로 돌아가는 나츠메를 곁눈질하며 다시 정면을 향했다.

"당신은 강도치상 혐의로 체포되었습니다. 다시 말해 체포하기에 충분한 증거가 확보되었다는 말입니다. 강도치상죄는 법정형이 6년 이상인 중죄이지만 다행히 이번에는 도난당한 물건도 없고 피해자가 입은 부상도 가벼운 편입니다. 솔직히 죄를 인정하고 반성하는 태도를 보인다면 판사에게 좋은 인상을 심어 줄 수 있을 겁니다."

쿠엣은 책을 뒤적이며 종이에 옮겨 적은 뒤 응옥에게 통역하기 시작했다.

"당신이 저지른 죄는 최소 6년 이상의 징역형에 해당합니다."

응옥의 눈동자에 동요하는 기색이 떠올랐다.

"다만 결과적으로 당신은 아무것도 훔치지 않았고 피해자도 많이 다치지 않았습니다. 그러니 솔직히 죄를 인정하고 반성하는 태도를 보인다면 판사에게 좋은 인상을 주어 감형받을 수 있을지도 모릅니다."

응옥이 바들바들 떨며 시선을 떨구었다.

"금품을 빼앗기 위해 피해자의 집에 침입한 사실을 인정합니까?"

"자신이 저지른 죄를 인정합니까?"

"네…"

혼조는 응옥이 고개를 끄덕이는 것을 확인한 후 고개를 돌려 나츠메를 보았다. 나츠메가 이쪽으로 다가와 쿠엣 앞에 종이를 내려놓고, 응옥에게 펜과 인주를 건넸다.

"종이에 적힌 내용을 소리 내어 읽어 주세요. 조서에 서명 날인하라고 알려 주시고요."

"저는 금품을 빼앗을 목적으로 2017년 4월 26일 오후 10시경, 도쿄 스미다구 미도리 5번지에 위치한 미카와 스미에 씨의 자택에 침입했습니다. 근처에 떨어져 있던 돌로 창문을 깨고 들어가…."

쿠엣이 조서를 읽는 동안, 응옥은 고개를 숙인 채 꼼짝도 하지 않았다.

"확인하셨으면 여기에 서명 날인해 주시기 바랍니다."

그제야 응옥이 얼굴을 들었다. 입을 꾹 다문 채 펜을 손에 들었다.

서명 날인이 끝나자 나츠메가 응옥에게 수갑을 채우고 일어나게 한 다음 함께 조사실에서 나갔다. 문이 닫혔다.

"수고하셨습니다. 이제 돌아가셔도 됩니다."

혼조가 쿠엣을 향해 무미건조한 목소리로 말했다.

"다음엔 언제 오면 될까요?"

"일단은 안 오셔도 됩니다."

"조사는 며칠에 걸쳐 이루어지지 않나요?"

"증거도 충분하고 본인도 범행 사실을 인정하고 있으니

그럴 필요는 없을 것 같네요. 나머지는 검찰에서 알아서 하겠죠. 그저께 이 근처에서 살인 사건이 발생해서 안 그래도 바쁜 마당에."

"그러시군요…."

수요일까지는 아르바이트가 없기 때문에 며칠간 통역 요원으로 일하기를 기대하고 있었다.

"아마 머지않아 통역을 부탁할 일이 또 생기지 않을까 싶네요."

베트남인을 향한 편견이 느껴지는 말에 기분이 좋지는 않았지만 쿠엣은 "잘 부탁드립니다" 하고 고개를 숙였다.

문득 손목시계를 보고 화들짝 놀랐다. 시곗바늘이 5시를 지나 있었다.

그러고 보니 대타를 구하지 못했다고 가게에 연락하는 것을 깜박했다.

쿠엣은 코다이라역 개찰구를 빠져나와 가게를 향해 전속력으로 달렸다.

이미 7시가 넘었지만 이제부터라도 가서 일을 할 생각이었다.

연락하지 않았다고 된통 혼이 나겠지만 잘못했다고 비는 수밖에 없었다. 지금까지 대타가 필요할 때마다 군말 없이 응해 왔으니 한 번 지각한 것 정도는 봐주겠지 하는 마음도 있었다.

가게 앞에 도착해 유리창 너머로 들여다보니 홀을 바쁘게 돌아다니는 카사이의 모습이 보였다. 카사이는 다른 지점 직원인데 도저히 사람이 구해지지 않을 때면 가끔 와서 도와주곤 했다.

누가 됐든 아무튼 일하고 있는 사람이 있다는 사실에 가슴을 쓸어내리며 가게 안으로 들어갔다. 카운터 안쪽 주방에서 음식을 조리 중인 점장을 발견하고 그쪽으로 다가갔다.

"점장님, 늦어서 죄송합니다."

카운터 너머로 고개를 숙이자 점장이 무표정한 얼굴로 음식이 담긴 접시를 카사이에게 건네고 옆에 있던 직원에게 몇 마디 하더니 주방에서 나왔다.

"안 그래도 연락하려던 참이었는데 잠깐 얘기 좀 할까?"

점장을 따라 사무실로 들어갔다. 점장이 책상 서랍에서 봉투를 꺼내더니 이쪽으로 내밀었다.

"오늘까지 일한 급여다."

쿠엣은 어리둥절한 표정으로 점장을 쳐다보았다.

"무책임한 아르바이트생은 필요 없으니 내일부터는 안 나와도 된다."

그럴 수가….

"죄송합니다. 다른 사람들한테 대타가 가능한지 물어보긴 했는데 다들 어렵다고 해서…."

"그럼 그렇다고 연락을 해 줬어야지. 그래야 이쪽에서 뭐라도 다른 방법을 찾을 테니까. 대신할 사람을 구하지 못했을 경우 바로 보고해야 한다는 건 사회인으로서 상식 아닌가?"

"그건… 죄송합니다. 분명 제 잘못입니다. 지금부터 일하겠습니다. 사죄의 표시로 오늘 일한 건 받지 않겠습니다."

"됐어. 아무튼 자네는 오늘부로 모가지야. 평소 근무 태도도 안 좋고 고객한테 클레임도 많이 들어오고."

점장의 말에 충격을 받았다.

베트남인은 일본인과는 체취가 다르다는 이유로 몇 번인가 취객에게 안 좋은 소리를 들은 적이 있는데 그걸 말하는 듯했다.

책상 위에 놓인 종이가 눈에 들어왔다. 일본인 여대생의 이력서였다.

그제야 납득이 갔다.

아마도 오늘 쿠엣과 통화한 후 아르바이트 면접을 본 것이리라. 이력서에 붙은 사진 속 얼굴은 꽤나 귀여웠다. 어차피 받아 가는 시급이 같다면 베트남인을 자르고 일본인을 쓰고 싶다는 건가.

"가게 유니폼은 집에 두고 다닌다고 했지? 다시 올 필요 없이 세탁해서 우편으로 보내 줘."

쿠엣이 뭐라고 항의한들 점장의 생각은 바뀌지 않을 것이다. 게다가 쿠엣 역시 자신이 사는 동네에서 이상한 소문이 퍼지는 건 원치 않았다.

"…지금까지 감사했습니다."

쿠엣은 더는 아무 말도 하지 못하고 봉투를 받아들었다. 점장에게 꾸벅 인사하고 사무실을 나왔다.

정오가 되기 전에 오오쿠보역에 내린 쿠엣은 스마트폰으로 지도 앱을 보며 발걸음을 옮겼다. 몇 번인가 골목을 꺾어 들어가니 쿠엣이 찾던 건물이 나왔다.

허름한 4층짜리 건물에 '신일본 국제학원'이라는 간판이 달려 있었다. 층별 안내를 보니 2층을 통째로 사용하고 있는 사설 어학원이었다.

쿠엣은 건물에서 조금 물러나 2층 창문을 올려다보았다. 학생 같아 보이는 사람들이 몇 명 자리에 앉아 있었다. 어느 나라 사람인지까지는 알 수 없었다.

"쿠엣 씨?"

갑자기 들려온 자신을 부르는 목소리에 쿠엣은 깜짝 놀랐다.

방금 건물에서 나온 듯한 양복 차림의 남자가 이쪽으로 다가왔다. 나츠메 형사였다.

"이런 데서 뭐 해요?"

나츠메가 살가운 미소를 지으며 물었다.

"아니⋯, 그냥⋯."

예상치 못한 상황에 좀처럼 그럴듯한 대답이 떠오르지 않았다.

"혹시 웅옥 씨 사건 때문인가요?"

거짓말은 하고 싶지 않았기 때문에 쿠엣은 대답하지 않았다.

아침부터 구인 잡지를 보며 여기저기 전화를 돌렸지만 일자리는 구하지 못했다. 쿠엣이 외국인이라는 사실을 알면 다들 퇴짜를 놓았다. 비참했다.

여기 와서 웅옥 같은 사람들을 직접 보면 자신은 아직 그나마 괜찮은 편이라고 자위할 수 있을 것 같았다.

"나츠메 형사님은 수사차 들르신 건가요?"

쿠엣이 묻자 나츠메가 "비슷합니다"라고 대답했다.

"다른 살인 사건 때문에 바쁘다고 하셨던 것 같은데⋯."

"잘 아시네요. 형사과의 다른 분들은 거의 다 그쪽 수사를 맡고 있습니다. 저는 유군 같은 거라서요."

"유군이요?"

처음 듣는 말이었다.

"한자로는 놀 유(遊) 자에 군사 군(軍) 자를 씁니다. 말하자면 마음대로 하라는 거죠."

나츠메가 웃으며 대답했다.

중요한 일은 맡기지 않는 조직 내 낙오자라는 건가. 왠지 친근감이 느껴졌다.

"그러시군요. 덕분에 새로운 단어를 하나 알았네요. 그럼 전 이만."

쿠엣은 나츠메에게 꾸벅 인사하고 발걸음을 돌렸다. 그러자 등 뒤에서 나츠메가 다시 쿠엣을 불러 세웠다.

"혹시 이 뒤에 시간 괜찮으신가요?"

"네, 별일 없긴 한데 무슨 일이시죠?"

"실은 응옥 씨와 같이 수업을 듣는 분들께 몇 가지 물어보러 왔는데 베트남인 수업은 저녁에 있다고 하네요. 가까이에 어학원 기숙사가 있는데 베트남어를 할 수 있는 강사가 지금은 아무도 없다고 해서요."

"통역이 필요하신 건가요?"

쿠엣이 묻자 나츠메가 고개를 끄덕였다.

"쿠엣 씨가 맡아 주신다면 사례를 후하게는 못 드리겠지만 식사 정도는 대접할 수 있습니다."

"알겠습니다."

어차피 쿠엣도 애초에 응옥 같은 사람들을 보러 온 것이
었다.

"잘됐네요. 그럼 가시죠."

쿠엣은 나츠메와 나란히 서서 걷기 시작했다.

"한 가지 궁금한 게 있는데요."

쿠엣이 말을 꺼내자 나츠메가 이쪽을 쳐다보았다.

"뭐죠?"

"피의자 조사 때 응옥 씨에게 뭔가 물어보고 싶은 게 있
으셨던 것 같은데…."

나츠메는 좀처럼 입을 열지 않았다. 수사와 관련된 사항
을 일반인에게 말해도 될지 고민하고 있는지도 모르겠다
는 생각이 들었다.

"말하기 어려우시면 됐습니다."

"아닙니다. 만약 통역을 했다면 쿠엣 씨도 알게 되었을
테니 상관없겠지요. 같은 베트남인으로서의 의견을 들어
보고 싶기도 하고요. 우선 첫 번째로 왜 장갑을 끼지 않았
는지 물어보려고 했습니다."

"장갑이요?"

"네. 침입한 집 안 여기저기에 응옥 씨의 지문이 묻어 있
었습니다. 문이나 가구는 물론 창문을 깬 돌멩이에도요.
현장에 지문이 남아 있으면 나중에라도 정체가 탄로 날

게 뻔한데 왜 지문을 감추려는 노력을 하지 않았는지 궁금하더군요."

나츠메가 하는 말이 무슨 뜻인지는 바로 이해했다. 쿠엣 같은 외국인은 일본 입국 시 지문 제공이 의무화되어 있다.

"실제로 입국관리국에 등록된 지문 조회를 통해 응옥 씨의 신원을 확인할 수 있었고, 그 결과 피의자는 사건 발생 3일 만에 체포되었습니다."

"지문을 제공했다는 사실을 잊고 있었던 게 아닐까요?"

쿠엣의 반응에 나츠메가 애매하게 고개를 끄덕였다.

"그래서 쿠엣 씨에게도 물어보고 싶었던 겁니다. 몇 년 정도 시간이 지나면 지문을 제공했다는 사실을 잊어버릴 수도 있는지 말입니다."

"글쎄요…."

공항에서 지문을 찍었던 일은 지금도 똑똑히 기억하고 있었다. 어쩔 수 없다는 건 알지만 그래도 불쾌한 기분은 한동안 가시지 않았다.

"단순히 거기까지 생각할 여유가 없었던 거 아닐까요? 남의 집에 침입해 방 안을 뒤진 건 사실이잖아요."

응옥은 상당히 야윈 편이었다. 먹고살기 힘들 정도로 코너에 몰린 상태였다면 충동적으로 범행을 저질렀을 가능성은 충분히 있었다.

"음…."

나츠메는 손으로 턱을 짚고 생각에 잠긴 듯했다.

"지문 말고 더 확인하고 싶은 게 있으신가요?"

"옹옥 씨가 침입한 집은 긴시초 번화가 한가운데에 있습니다. 빽빽하게 들어선 술집들 사이에서 담배 가게를 하고 있지요. 1층 절반이 가게이고, 나머지 절반과 2층을 살림집으로 사용하는 구조입니다."

"번화가에 도둑이 든 게 이상하다는 건가요?" 쿠엣이 물었다.

"그것도 그렇지만…, 피해자인 딸은 술집에 가려고 일단 집을 나섰다가 지갑을 두고 오는 바람에 다시 돌아갔고, 그때 1층에 있는 서랍장을 뒤지고 있는 옹옥 씨와 마주쳤다고 합니다. 도둑을 잡으려다가 반격당했다고요. 피해자가 집에서 나갔다가 다시 돌아오기까지 걸린 시간은 불과 5분 정도였다고 합니다."

아마도 옹옥은 피해자가 나가는 것을 확인하고 집에 아무도 없다고 생각해 침입했을 것이다.

"그런데요?"

쿠엣이 보기에는 전혀 이상한 부분이 없었다.

"옹옥 씨의 지문은 2층에도 잔뜩 묻어 있었습니다. 다시 말해 집에 들어오자마자 바로 2층으로 올라갔다가 다시 1

층으로 내려왔다는 말입니다. 보통은 1층부터 뒤지지 않나 싶어서요."

"그렇게 빨리 돌아올 거라고는 생각하지 못했겠죠."

"그럴 수도 있겠지만…."

나츠메가 걸음을 멈추었다. 눈앞에 2층짜리 빌라가 서 있었다.

"여기인가요?"

쿠엣이 묻자 나츠메가 고개를 끄덕였다.

세월의 흐름이 느껴지는 2층짜리 빌라였다. 현관문 옆에 세탁기가 놓여 있고, 철제 계단은 잔뜩 녹이 슬어 있었다. 어학원 기숙사라고 하기에는 지나치게 낡은 건물이었다. 쿠엣이 사는 곳 역시 상황은 크게 다르지 않았지만.

"102호가 베트남인 여자 유학생 방이라고 하니 그리로 가 보죠."

102호 앞으로 가서 초인종을 눌렀다. 대답이 없었다. 몇 번인가 반복해서 누르니 현관문이 살짝 열렸다.

"누구세요?"

문틈으로 여자가 고개를 내밀었다. 젖은 머리카락을 수건으로 닦으며 경계하는 눈빛으로 쿠엣과 나츠메를 번갈아 쳐다보았다.

"저는 긴시 경찰서 나츠메 형사라고 합니다. 응옥 씨 일

로 여쭤보고 싶은 것이 있습니다만…. 제가 하는 말 알아
들으시겠습니까?"

나츠메가 경찰 신분증을 꺼내 보이며 천천히 말하자 여
자가 "조금"이라며 고개를 끄덕였다.

여자가 문을 열고 밖으로 나오며 베트남어로 "하지만 일
본어 잘 모르는데"라고 덧붙였다.

"저는 통역을 담당하는 쿠엣입니다. 안으로 들어가도 될까요?"

쿠엣이 말하자 여자가 현관문을 활짝 열었다.

열린 욕실 문 사이로 수증기가 피어오르고 있었다. 현관
바로 앞이 부엌이고, 안쪽에 작은 방이 하나 있었다. 방 안
에는 양쪽으로 이층 침대가 하나씩 놓여 있고, 옷가지며
잡다한 물건들이 바닥에 굴러다녔다.

발 디딜 틈도 없는 좁은 공간이었지만 딱히 불쾌하다는
인상은 받지 않았다. 집 안에서 느껴지는 익숙한 냄새 때
문인지도 모르겠다는 생각이 들었다.

신발장 위에 놓인 액자가 눈에 들어왔다. 한 무리의 남녀
가 꽃놀이를 간 사진이었다. 가운데 있는 사람은 응옥이었
다. 어제 경찰서에서 본 것과는 전혀 다른 사람 같아 보였
다. 사진 속 응옥은 생기 넘치는 얼굴로 활짝 웃고 있었다.

쿠엣은 여자에게 대충 이야기를 들은 다음 나츠메에게
통역했다.

"응옥 씨가 체포된 건 자기도 알고 있답니다. 얘기를 하는 건 상관없지만 보다시피 집 안은 이런 상태이고 서서 얘기하기도 무엇하니 다른 데로 가면 좋겠는데 자기는 방금 일어나서 화장도 못 한 상태라 당장은 좀 곤란하답니다."

"알겠습니다. 근처 가게에서 기다리죠."

쿠엣은 나츠메가 한 말을 여자에게 전했다.

카페에서 30분 정도 기다리고 있으려니 여자가 들어왔다. 군데군데 얼룩이 진 핑크색 트레이닝복 상의에 무릎에 구멍이 난 청바지. 옷차림은 허름했지만 화장은 완벽했다.

"늦어서, 죄송합니다."

여자가 떠듬떠듬 인사하며 쿠엣과 나츠메의 맞은편에 앉았다.

점원이 다가와 테이블에 메뉴판을 내려놓기가 무섭게 여자가 메뉴판을 펼쳐 들고 재빨리 살펴보더니 나츠메를 향해 베트남어로 무언가 물었다.

"음료는 필요 없으니 식사를 주문해도 되겠느냐고 묻는데요."

"물론입니다. 음료도 같이 시키셔도 됩니다. 저희도 같이 먹죠. 마침 점심시간이라 배가 고프네요."

3인분의 식사와 음료를 주문한 후, 나츠메가 여자 쪽으로 살짝 몸을 내밀었다.

"이름을 여쭤봐도 될까요?"

이 질문은 알아들었는지 여자가 "흐엉"이라고 대답했다.

"흐엉 씨는 응옥 씨와 친한가요? 프렌드?"

나츠메가 손짓과 몸짓을 동원해가며 묻자 흐엉이 고개를 끄덕이며 쿠엣에게 베트남어로 대답했다.

"어학원 입학 시기가 같아서 베트남인 유학생 중에서는 제일 친하다고 합니다."

"입학한 게 언제였나요?"

쿠엣이 베트남어로 질문을 전달하자 흐엉이 "재작년 10월"이라고 대답했다.

1년 반 가까이 어학원에 다녔으면서 응옥과 흐엉의 일본어는 아직 일상적인 회화조차 불가능한 수준이었다.

"기숙사 방은 몇 명이 함께 사용하나요?"

흐엉이 손을 쫙 펴 보였다.

아까 그 집에 다섯 명이 같이 산다는 것은 좀 놀라웠다.

그에 비하면 화장실은 공용이고 욕실도 없지만 두 평 남짓한 방을 혼자 사용할 수 있는 쿠엣은 복 받은 편이었다. 다만 기숙사 방 안에 욕실이 딸려 있다는 점은 솔직히 부러웠다.

동네 목욕탕은 불편했다. 쿠엣이 탕에 들어가면 안에 있던 사람들이 쿠엣을 피해 탕에서 나간다는 느낌을 받곤 했다.

"웅옥 씨가 경찰에 체포되었다는 소식을 듣고 많이 놀랐나요?"

쿠엣이 나츠메의 질문을 통역하자 흐엉이 고개를 가로저었다.

"왜죠? 돈이 없으니 충분히 그럴 만하다고 생각했나요?"

나츠메가 천천히 묻자 흐엉이 고개를 끄덕이며 입을 열었다.

그러고는 자기들 베트남인 유학생이 얼마나 힘들게 살고 있는지 장광설을 늘어놓기 시작했다.

일본에 와서 어학원에 다니려면 학비에 항공권에 중개업자 비용까지 다 합쳐서 150만 엔 가까이가 필요하다. 베트남 국민 대부분은 농민이고 월수입은 평균 2만 엔 정도이니 거의 6년 치 연봉에 해당하는 금액인 셈이다.

"저도 응옥도 부모님이 빚을 내서 일본에 보내 주셨어요."

"왜 그렇게 빚까지 져가면서 일본에 오는 거죠?"

이 질문에는 쿠엣도 대답할 수 있었지만 일단 흐엉에게 전했다.

"일본이라는 나라를 동경했거든요."

흐엉의 대답에 쿠엣은 공감할 수 없었지만 그대로 통역했다.

"일본인으로서 반가운 말이기는 합니다만, 일본에 와서 1년 반 정도 생활한 지금도 그 생각에는 변함이 없나요?"

나츠메의 질문에 흐엉이 말없이 고개를 숙였다.

음료와 식사가 나와 나츠메가 "다들 드시죠" 하고 권했다. 흐엉이 고개를 들고 포크를 손에 쥐었다.

쿠엣과 나츠메는 파스타를 먹기 시작했지만 흐엉은 포크를 손에 든 채 좀처럼 음식을 입으로 가져가지 않았다.

"베트남에서 꿈꿨던 일들은 결국 다 꿈에 불과했어요."

갑자기 들려온 중얼거림에 쿠엣은 파스타를 먹던 손을 멈추고 맞은편에 앉은 흐엉을 쳐다보았다. 흐엉이 우울한 눈빛으로 쿠엣을 보고 있었다.

당신도 그렇게 생각하지 않나요? 그런 말이 들려오는 것만 같았다.

"뭐라고 한 거죠?"

나츠메의 질문에 쿠엣은 흐엉이 한 말을 통역했다. 흐엉이 이야기를 계속했다.

"중개업자 말로는 일본에 오기만 하면 한 달에 30만 엔 정도 벌 수 있다고 했어요. 150만 엔 빚을 지더라도 반년이면 다 갚을 수 있다고요. 그래서 부모님이 집이며 전답을 담보로 잡혀가면서까지 저를 일본에 보내 주신 거예요. 응옥네도 마찬가지고요. 빚을 다 갚은 후에도 일본에서 공부하며 베트남에 있는 가족들에게 생활비를 보내줄 거라는 기대가 있었으니까요. 하지만 실제로는 그렇게 버는 건 불가능해요."

일본에서 유학생은 주 28시간밖에 일하지 못한다. 많이 벌어 봐야 12만 엔 정도일 것이다. 거기서 자신의 생활비를 빼고 나면 남는 금액은 많지 않았다.

"어학원에 다닐 수 있는 건 최대 2년이에요. 그 안에 150만 엔을 다 갚지 못하면 가족들이 고생하게 돼요. 대학이나 전문대에 들어가면 일을 더 할 수는 있겠지만 그럴 실력은 없으니까…. 베트남에 있는 가족들에게 보낼 돈을 버는 데 급급해서 공부할 시간 따위 없는 걸요."

"그러니까 흐엉 씨도 응옥 씨도 앞으로 반년 안에 부모님이 진 빚을 갚아야 한다는 말이군요?"

나츠메의 말을 쿠엣이 통역하자 흐엉이 고개를 끄덕였다.

"2~3주쯤 전에…."

흐엉이 말을 하다 말고 말끝을 흐렸다.

"뭐죠? 아무리 사소한 거라도 좋으니 편히 말씀해 주세요."

나츠메가 몸을 앞으로 내미는 것과 동시에 쿠엣도 흐엉에게 같은 말을 했다.

"집에 돌아가니 안에 있던 응옥이 깜짝 놀라 손을 주머니에 찔러 넣었어요. 돈다발을 들고 있었어요…."

"금액이 어느 정도 되던가요?"

"정확히는 모르겠지만 아무튼 꽤 많았어요. 응옥은 근처 햄버거 가게에서 아르바이트로 일하는데 급여일 전에 그렇게 큰돈이 어디서 난 건지 의아했던 기억이 나요."

"무슨 돈인지 물어봤나요?"

흐엉이 고개를 저었다.

"왜 물어보지 않았죠?"

"물어보면 안 될 것 같은 분위기였거든요. 저를 보는 표정도 어두웠고…."

나쁜 짓을 해서 번 돈이라는 건가.

이번에 체포된 사건 외에도 뭔가 있는 걸까.

나츠메의 표정이 심각해졌다.

"응옥 씨에게서 긴시초라는 지명을 들은 적은 없나요?"

흐엉이 고개를 가로저었다.

"어학원 사람들 외에 응옥 씨가 친하게 지낸 사람은요?"

쿠엣이 통역한 질문에 흐엉이 "모르겠습니다"라고 일본어로 대답했다.

카페 앞에서 흐엉과 헤어진 후, 나츠메가 쿠엣에게 물었다.

"지금부터 응옥 씨가 아르바이트로 일하던 가게에 가볼 생각인데 아직 시간 괜찮으신가요?"

"이왕 이렇게 됐으니 한배 탄 셈 치죠 뭐."

"어려운 표현을 알고 있네요."

쿠엣은 나츠메와 나란히 서서 걷기 시작했다. 나츠메는 아까부터 계속 표정이 어두웠다.

"무슨 생각을 그렇게 하세요?"

신경이 쓰여서 물어보니 나츠메가 쿠엣 쪽으로 고개를 돌렸다.

"그러고 보니 최근 몇 년 사이에 일본에서 일하는 외국인이 많이 늘었다는 생각이 들어서요. 편의점, 식당, 신문 배달… 제가 직접 본 것만 해도 이렇게 많은데 다 합치면 얼마나 많을까요? 택배 분류, 도시락 공장, 건설 현장, 그 밖에도 수많은 곳에서…"

딱히 새삼스러울 것도 없는 이야기였다.

"맞습니다. 저도 5년 동안 여러 가게에서 일해 봤지만 어디를 가든 늘 이미 다른 외국인 아르바이트생들이 있었어요."

일본인의 풍요로운 생활을 뒷받침하기 위해 수많은 외국인이 저임금으로 일하고 있는 것이다.

"대부분 유학생이겠지요? 지금까지 편의점이나 식당에서 일하는 외국인 직원을 보면서 흐엉 씨가 말한 것 같은 그런 힘든 상황일 거라고는 생각도 못했습니다."

나츠메가 그렇게 말하며 시선을 피했다.

일본인으로서 부끄럽다고 느끼는 듯했다. 이런 사람은

처음이었다.

"응옥 씨나 흐엉 씨는 유학생이 아닙니다."

쿠엣의 말에 나츠메가 걸음을 멈추었다.

"무슨 뜻이죠?"

"유학생은 일본에 공부하러 오는 사람을 말합니다. 그들은 여기 돈 벌러 온 것이고요."

쿠엣은 돈 버는 것이 목적이 아니라 정말로 일본에 와서 많은 것을 배우고 싶었다. 그러기 위해서 실제로 많은 노력을 했다.

"중개업자가 흐엉 씨에게 한 말은 사탕발림에 불과해요. 결국은 자기 책임입니다. 일본인들이 좋아하는 자기 책임."

"많이들 사용하는 말이긴 하죠."

"저도 좋아하는 말입니다. 어른이 되면 스스로 살길을 찾아 나서야죠. 저희 집도 가난한 농가였습니다. 제 위로 세 명, 아래로 네 명 형제가 있는데 그 많은 아이들을 다 키울 여유는 없었기 때문에 저와 한 살 위인 형은 제가 열여섯 살 때 집에서 나왔습니다. 형은 일을 찾아 대만으로 건너갔고, 저는 외국으로 나가기는 무서워서 혼자 호치민 시로 가서 일자리를 구했죠."

하지만 제대로 된 교육을 받지 못한 쿠엣이 좋은 일자리를 찾을 수 있을 리 없었다. 우여곡절 끝에 호텔 청소 일을 구했지만 아무런 꿈도 희망도 가질 수 없는 우울한 날들의 연속이었다. 그런 쿠엣의 마음을 유일하게 어루만져 준 것이 바로 일본 애니메이션이었다. 애니메이션에서 시작된 관심은 만화, 소설, 예술로 번져 나갔고, 일본 문화 전반에 강한 매력을 느끼게 되었다.

일본에 가고 싶다. 일본은 나를 위한 이상향임이 틀림없다.

그러던 와중에 호치민시에 있는 일본어 학원을 알게 되었다. 그곳은 일본의 신문 보급소와 제휴를 맺고 학생들을 신문 배달 장학생 자격으로 일본에 보내 준다고 했다. 장학생으로 가면 학비도 살 곳도 걱정할 필요가 없었다.

그때부터 밤낮없이 일해서 돈을 모아 일본어 학원에 다녔다.

"그리고 5년 전에 장학생으로 일본에 오게 된 겁니다."

"고생이 많았네요. 신문 배달은 저도 학생 때 해 봤습니다."

의외였다. 신문 배달은 힘들어서 지원하는 사람이 거의 없다고 들었는데 장차 경찰관이 될 사람이 왜 그런 아르바이트를 한 걸까.

"부모님이 돌아가시고 큰아버지 신세를 지게 되었는데 대학 학비까지 부탁드리기는 너무 죄송해서요. 일찍 일어나야 하는 게 제일 힘들었던 기억이 나네요. 비나 눈이 오는 날도요."

나츠메가 웃으며 설명해 주었다.

하지만 쿠엣은 웃을 수 없었다. 그때는 매일매일이 고독했다. 베트남에서 일본어 학원을 다니기는 했지만 실제로 할 수 있는 말은 거의 없었기 때문에 아무하고도 친해지지 못했다. 집과 학교만을 오가는 생활이 이어졌고, 친구도 없었다. 외로움을 견디지 못해 베트남으로 돌아가고 싶다는 생각도 많이 했다. 하지만 일본에 올 수 있도록 도와준 사람들의 기대를 저버릴 수는 없었다. 이를 악물고 자는 시간을 줄여가며 일본어를 공부했다.

"쿠엣 씨가 민간인 통역 요원으로 등록하게 된 계기는 뭐였나요?"

나츠메의 질문에 쿠엣은 잠시 생각에 잠겼다.

뭐라고 대답하면 좋을지 딱 맞는 표현이 생각나지 않았다.

"스스로에 대한… 자긍심이 필요했던 것 같습니다."

"자긍심이요?"

"나밖에 할 수 없는 일을 하고 싶었달까요. 일본에서는 어디에서 무슨 일을 하든 저는 일본인을 대신하는 역할이었으니까요. 그것도 언제든지 쉽게 대체될 수 있는."

나츠메가 씁쓸한 표정으로 고개를 끄덕이더니 다시 걸음을 옮기기 시작했다.

그 후로는 별다른 대화를 나누지 않고 묵묵히 걸어서

햄버거 가게에 도착했다.

"여기서 잠시 기다려 주시겠습니까?"

나츠메가 쿠엣에게 말했다.

"알겠습니다."

쿠엣이 고개를 끄덕이는 것을 확인한 후, 나츠메가 매장 안으로 들어갔다.

10분쯤 있다가 나츠메가 밖으로 나왔다.

"금방 나오셨네요. 별 수확이 없었나요?"

쿠엣이 물었다.

"응옥 씨는 일본어로 대화가 불가능했기 때문에 다들 응옥 씨에 대해 잘 모른다고 하네요."

"그렇군요."

"이곳에서 일하는 아르바이트생 중에는 응옥 씨 말고 대만에서 온 유학생이 한 명 더 있다고 합니다. 점장님 말에 따르면 두 사람이 일하는 시간대는 다르지만 같은 유학생끼리 교류가 있었을지도 모르겠다고 하네요."

"이번에는 중국어 통역이 필요하겠네요."

쿠엣이 말하자 나츠메가 손에 들고 있던 종이를 내밀었다.

"그 유학생의 이름과 연락처입니다."

종이에는 주소와 함께 '응우엔 반 트랑'이라는 이름이 적혀 있었다.

"대만에 사는 베트남인 같은데요?"

"역시 그런가요? 가운데 이름이 쿠엣 씨와 같아서 혹시나 싶기는 했습니다. 트랑 씨는 일본어로 간단한 회화는 가능하지만 어려운 말은 잘 이해하지 못한다고 합니다."

나츠메가 그렇게 말하며 다시 발걸음을 옮겼다.

"네…"

인터폰에서 남자 목소리가 흘러나왔다.

"바쁘신데 죄송합니다. 긴시 경찰서 나츠메 형사라고 합니다. 잠시 시간 좀 내 주실 수 있을까요?"

나츠메가 인터폰에 대고 말했지만 대답이 없었다.

일본어를 못 알아들은 건가 싶어서 쿠엣이 통역을 하려는데 "잠시만 기다리세요" 하는 소리가 들렸다.

잠시 후 현관문이 열리고 얼굴이 갸름한 남자가 나왔다.

"경찰?"

쿠엣과 나이가 비슷해 보이는 남자가 놀란 표정으로 물었다.

"응우옌 반 트랑 씨 되시나요?"

나츠메가 묻자 남자가 고개를 끄덕였다.

"햄버거 가게에서 함께 일하는 판 제이 응옥 씨에 관해 여쭤보고 싶은 것이 있습니다만."

응옥의 이름을 꺼내자 트랑의 눈빛이 변했다.

"응옥이 왜요?"

"어제 아침에 경찰에 체포되었습니다."

"체포? 응옥이?"

"그 일로 여쭤보고 싶은 것이 있는데 지금 시간 괜찮으신가요?"

트랑이 어두운 표정으로 고개를 끄덕이며 두 사람을 집 안으로 안내했다.

"저는 쿠엣이라고 합니다. 당신과 같은 베트남 사람이고 통역으로 왔습니다. 그럼 잠시 실례하겠습니다."

쿠엣은 트랑에게 인사한 후 현관으로 들어섰다.

아까 들른 어학원 기숙사와 마찬가지로 방 하나와 부엌으로 구성된 방이었다. 누군가와 함께 살고 있는지 벽에 이불 두 채가 가지런히 개켜져 있었다. 곳곳에 놓인 여자 옷과 여자 물건이 눈에 띄었다.

"누구랑 함께 살고 계신가요?"

나츠메가 물었다.

"대학 친구랑요. 앉으시죠."

트랑이 바닥의 빈 공간을 가리키며 말했다. 나츠메와 쿠엣은 나란히 앉았다.

"응옥, 왜, 잡혔어요?"

트랑이 맞은편에 앉으며 물었다.

"강도치상 혐의입니다. 강도치상이 뭔지 아시나요?"

트랑이 눈만 끔뻑거리는 것을 보고 쿠엣이 응옥의 혐의에 대해 베트남어로 설명해 주었다.

"응옥이 정말로 했어요?"

도저히 믿을 수 없다는 얼굴로 트랑이 재차 물었다.

"응옥 씨 본인이 사실이라고 인정했습니다."

나츠메가 천천히 대답하자 의미를 이해한 듯 트랑이 침울한 표정으로 시선을 내리깔았다.

"응옥, 어떻게 돼요? 앞으로…."

"도난당한 물건은 없고 피해자의 부상도 심하지 않지만 강도치상은 중죄입니다. 재판에서 실형 선고를 받으면 강제송환되겠지요."

나츠메가 하는 말을 트랑이 다 이해했다고는 생각하기 어려웠기에 쿠엣이 베트남어로 보충 설명했다.

"그럴 수가…."

"응옥 씨와는 친하신가요?"

나츠메가 묻자 트랑이 천천히 고개를 들었다.

"사귀고 있습니다. 반년쯤 됐어요…."

"그러시군요. 여기 있는 여자 물건들은 응옥 씨 것인가요?"

"네. 응옥이 지내는 곳은 사람이 많으니까 여기 가져다

두었어요."

"최근 응옥 씨가 평소와 다르다고 느낀 적은 없었나요?"

"평소와 다르다…, 기운이 없었어요…."

"왜 기운이 없는지 짐작 가는 데가 있으신가요?"

"1월, 할머니가 아파요. 무거운 병…, 편지가 와서, 우울해졌어요."

"많이 걱정했겠네요. 응옥 씨 부모님은 많은 빚을 내서 딸을 일본에 보냈다고 하던데요. 알고 있었나요?"

트랑이 고개를 끄덕였다.

"브로커한테 속았다고, 일본에 오지 말걸 그랬다고 항상 말했어요. 하지만 저랑 사귀고부터는 안 하게 됐어요."

"일본에 오지 않았다면 트랑 씨와도 못 만났을 테니까요."

"하지만 좋지 않아요. 다른 사람이라면 응옥을 도와줄 수 있을지도 모르는데. 나는 돈이 없어요. 화가 나요…."

트랑을 바라보는 나츠메의 눈동자에 서글픈 기색이 감돌았다.

"할머니가 편찮으신 것 때문에 응옥 씨는 돈을 더 많이 보내야 했겠네요."

나츠메의 말에 트랑이 입술을 깨물었다.

"맞아요. 먹는 걸 줄여가며 돈을 보냈어요. 점점 야위고, 매일 한숨만 쉬고, 많이 힘들어 보였어요. 걱정이 됐어요.

조금이라도 기운을 차렸으면 해서 얼마 전에 친구들과 꽃놀이 가자고 했는데 벚꽃 따위는 쳐다보기도 싫다고 거절당했어요. 그러고는 만나지 못했어요…."

"웅옥 씨는 햄버거 가게 말고 다른 일도 했나요?"

"이케부쿠로에서 일했어요. 건물 청소하는 일이요."

"거기서는 얼마나 받았는지 아시나요?"

"한 달에 5~6만 엔 정도 받았을 거예요."

흐엉이 본 돈다발은 웅옥이 건물 청소로 번 돈이었을까? 하지만 만약 그렇다면 흐엉에게 숨길 이유가 없었다. 주 28시간 이상 일하는 초과 근로가 위법인 것은 사실이지만, 실제로는 많은 유학생들이 초과 근로를 하고 있었다.

게다가 돈다발이라고 표현하기에 5~6만 엔은 너무 적었다.

일을 두 개나 해도 집에 보낼 돈이 부족해서 빈집털이를 하게 된 걸까.

병에 걸린 할머니 때문에 어쩔 수 없이.

쿠엣의 머릿속에 어제 조사실에서 본 웅옥의 모습이 떠올랐다.

웅옥은 말을 거의 하지 않았다. 하지만 사실은 하고 싶은 말이 많았던 것이 아닐까.

조사실에서 웅옥에게 물어볼 수 있는 사람은 쿠엣뿐이었는데 쿠엣은 그렇게 하지 않았다.

"응옥을 보고 싶어요…."

그 말에 쿠엣은 정신을 차리고 다시 앞을 보았다.

트랑이 붉게 충혈된 눈으로 나츠메를 쳐다보고 있었다.

"응옥을 만날 수 없나요?"

"안타깝지만 아마 가족 외에는 면회가 불가능할 겁니다. 전하고 싶은 말이 있다면 제가 전해드리겠습니다."

"보고 싶다고. 다시 응옥과 함께 있고 싶다고. 일본이 아니어도 상관없으니까. 어디라도 상관없으니까…."

"알겠습니다. 응옥 씨에게 반드시 전하겠습니다. 마지막으로 하나만 더 대답해 주시겠습니까?"

"뭐죠?"

"응옥 씨에게서 '긴시초'라는 지명을 들은 적이 있으신가요?"

"긴시초?"

"네. 응옥 씨가 범죄를 저지른 곳이 바로 긴시초라는 동네입니다."

"어디 있나요?"

트랑이 물었다.

"스카이트리 근처입니다."

"머네요. 응옥은 일본어 거의 못 읽어서 혼자 지하철이나 버스 잘 안 타요. 왜 그렇게 먼 곳에…."

트랑이 그렇게 말하며 고개를 떨구었다.

나츠메와 쿠엣은 트랑의 집에서 나와 역을 향해 걸었다. 나츠메는 아무 말도 하지 않았다. 아까부터 무언가를 골똘히 생각하고 있는 듯 바닥만 보고 있었다.

"무슨 생각을 그렇게 하세요?"

쿠엣이 묻자 쿠엣이 걸음을 멈추고 고개를 들었다.

"그게…, 웅옥 씨가 한 말이 신경 쓰여서요."

"웅옥 씨가 한 말이요?"

나츠메가 고개를 끄덕였다.

"벚꽃 따위는 쳐다보기도 싫다고. 왜 그런 말을 했을까 싶어서요."

"말 그대로 보기 싫어서겠지요."

나츠메가 고개를 갸웃거렸다.

"실은 저도 별로 좋아하지 않습니다. 일본에 처음 왔을 때는 꽃이 예뻐서 좋아했는데 일본 생활이 길어질수록 점점 싫어지더라고요."

"왜죠?"

나츠메가 물었다.

"정확히 설명하기는 어렵지만 일본의 대명사 같은 꽃이라서 그런 것 같아요. 벚나무 아래에서 술 마시며 떠드는 일본인들을 보면 저희 같은 유학생은 죽었다 깨어나도 저 사람들과 똑같은 기분을 맛보는 건 불가능하겠다는 생각이 들거든요."

응옥의 기숙사 신발장에 놓여 있던 꽃놀이 사진은 아마도 작년에 찍은 것일 터였다.

당시에는 아직 응옥의 마음속에 일본에서의 새로운 생활에 대한 설렘이 가득했겠지만, 그로부터 1년이 지난 지금은 아름다운 꽃조차도 그저 지긋지긋한 일본의 상징으로만 비치게 된 것이 아닐까.

"벚꽃 따위 쳐다보기도 싫다고 한 응옥 씨의 심정은 충분히 이해가 갑니다."

"하지만 함께 벚꽃을 보러 가자고 한 상대는 연인인 트랑 씨 아닙니까. 지금 일본에서 응옥 씨에게 가장 소중한 사람…."

나츠메가 갑자기 무언가를 깨달은 듯 말을 멈추더니 낮은 신음을 내뱉었다.

"왜 그러세요?"

나츠메가 고개를 들어 지금까지 한 번도 본 적 없는 강한 눈빛으로 쿠엣을 쳐다보며 말했다.

"시간 괜찮으시면 지금부터 긴시초에 같이 가 주시겠습니까?"

긴시초역에 내린 쿠엣은 나츠메를 따라 걸었다. 거리 양쪽으로 늘어선 식당들의 간판이 화려하게 빛나고 있었다.

나츠메가 높은 건물들 사이에 끼어 있는 자그마한 2층 건물 앞에서 걸음을 멈추었다. '미카와 담배'라는 간판이 걸린 1층 가게는 셔터가 내려져 있었다.

"혹시 여기가 범행 현장인가요?"

쿠엣이 묻자 나츠메가 고개를 끄덕였다.

쿠엣은 응옥이 침입했다는 집의 외관을 살펴보았다. 입구 쪽을 제외한 사방이 건물로 둘러싸여 있어서 뒤로 돌아가면 잘 보이지 않을 것 같았다. 지금은 2층에 불이 켜져 있지만 불이 꺼진 상태라면 사람이 살지 않는다고 생각할 수도 있겠다 싶었다.

"빈집털이의 표적이 되기 쉬운 집이네요."

"제가 확인하고 싶었던 건 이겁니다."

나츠메가 옆 건물을 가리켰다.

건물 앞에 놓인 핑크색 입간판이 눈에 들어왔다. '마사지숍 벚꽃'이라는 가게 이름 밑에 '마사지 3980엔'이라고 적혀 있었다.

"이걸요?"

왜 확인하려고 한 걸까.

"증거 부족으로 적발하지 못하고 있지만 여성들을 데리고 성매매를 한다는 소문이 끊이지 않는 가게입니다."

"혹시 응옥 씨가 여기서 일했다고 생각하시는 건가요?"

"네. 만약 그렇다면 그런 큰돈이 어디에서 났는지, 그날 자신이 이 근처에 있었던 이유를 왜 말하지 못했는지 전부 다 설명이 됩니다."

여기서 성매매를 한 사실을 경찰에 털어놓으면 연인인 트랑도 알게 될 거라고 생각한 걸까.

벚꽃 따위는 쳐다보기도 싫어—

응옥이 트랑에게 했다는 말이 떠올랐다.

마사지숍 간판에는 벚꽃이 그려져 있었다.

"하지만 만약 응옥 씨가 정말로 여기서 일했다면 바로 옆집에 물건을 훔치러 들어가는 건 이상하지 않나요?"

쿠엣이 묻자 나츠메가 고개를 끄덕였다.

"응옥 씨가 여기서 일했을지도 모른다는 건 어디까지나 제 추측에 지나지 않습니다. 가게에 가서 직접 물어보더라도 제가 형사라는 걸 알고 있으니 솔직하게 대답하지 않을 겁니다. 응옥 씨에게 한 번 더 물어보는 수밖에 없겠네요."

"제가 다녀오겠습니다."

쿠엣이 말을 꺼내자 나츠메가 놀란 듯 눈을 크게 떴다.

"다시 물어본다고 해서 응옥 씨가 진실을 말할 거라는

보장은 없지 않습니까." 쿠엣이 말했다.

"방금 말씀드렸다시피 수상한 가게입니다. 쿠엣 씨한테 바가지를 씌울지도 모르고 어쩌면 주먹이 날아올지도 모릅니다."

"애초에 빼앗길 돈 자체가 없는걸요. 여기 쓰여 있는 30분짜리 마사지를 받으면서 이것저것 물어보고 오겠습니다."

옹옥에 대해 알고 싶었다. 경찰서 조사실에서 묻지 못한 옹옥의 마음속을 알고 싶었다.

"그래도⋯."

"30분이 넘어도 제가 나오지 않으면 출동해 주세요."

"정말 괜찮겠습니까?"

"가능하면 마사지 비용은 나중에 돌려받을 수 있을까요?"

"물론입니다."

쿠엣은 나츠메에게 가볍게 손을 흔들어 보이며 건물 안으로 들어갔다. 엘리베이터를 타고 3층으로 향했다. 가게 문을 열고 들어가려는데 잠겨 있었다. 문 옆에 달린 인터폰을 눌렀다.

"네, 여보세요."

인터폰 너머로 여자 목소리가 들렸다.

"마사지 받으러 왔는데요."

문이 열리고 진하게 화장을 한 갈색 피부의 여자가 얼굴을 내밀었다. 일본인이나 베트남인이 아니라는 건 알겠는데 어느 나라 사람인지는 알 수 없었다. 여자가 웃으면서 "들어오세요" 하고 안내했다.

가게 안은 어두웠고, 벽지가 벚꽃 무늬였다.

"코스는?"

여자가 물었다.

"어떤 게 있는데요?"

"그냥은 세 장. 아니면 두 장. 돈 내면 여러 가지 서비스 해드려요."

콘돔을 착용하지 않으면 3만 엔이라는 뜻인가. 가게 몫으로 얼마를 떼는지는 모르겠지만 벌이는 나쁘지 않을 것 같았다.

"베트남인은 없나요?"

쿠엣이 물었다.

"오늘은 없어요. 월화수 저녁에 있어요."

"몇 살?"

"본인 말로는 스무 살이라고 했어요."

"이름은?"

"응옥."

틀림없었다.

벚꽃 따위 쳐다보기도 싫다고 한 이유는 이것으로 명백해졌지만 그렇다고 해서 응옥의 행동이 전부 다 설명되는 것은 아니었다.

응옥은 어째서 일하는 곳 바로 옆집에 물건을 훔치러 들어간 것일까.

"흠, 미안하지만 같은 나라 사람이 없다고 하니 오늘은 30분에 3980엔짜리 일반 코스로 할게요."

쿠엣의 말에 여자가 대놓고 싫은 표정을 지었다.

"앉으세요."

여자가 옆에 있는 침대를 가리키며 퉁명스러운 말투로 내뱉었다.

불친절한 마사지를 받으며 쿠엣은 응옥이 일본에서 어떻게 지냈을지 상상해 보았다.

고향으로 돌아가고 싶었을 것이다.

잘 시간을 줄여 일을 세 개씩 하면서, 먹고 싶은 것이 있어도 꾹 참고, 좋아하지도 않는 남자에게 안겨야 한다니.

꿈나라에서의 생활은 고향에서의 삶보다 훨씬 더 괴로웠을 것이다.

하지만 빚을 다 갚기 전에는 돌아갈 수 없다.

응옥은 여기서 절망적인 시간을 보냈을 것이다.

문득 응옥의 쓸쓸한 눈빛이 머릿속을 스치고 지나갔다.

조사실에서 왜 그 집에 들어간 건지 물었을 때, 웅옥은 "창문으로…"라고 중얼거렸다.

단순히 질문을 제대로 이해하지 못했던 걸까, 아니면 무언가 하고 싶은 말이 있었던 걸까.

쿠엣은 고개를 들어 주위를 둘러보았다. 이 방에는 창문이 없었다.

"끝났어요."

여자의 말에 쿠엣은 침대에서 일어났다.

"화장실 좀 쓸 수 있을까요?"

여자에게 돈을 건네며 쿠엣이 물었다.

"저쪽."

쿠엣은 거스름돈을 받고 여자가 가리킨 쪽으로 가서 화장실 문을 열었다. 작은 창문이 나 있었다.

문을 닫고 화장실 안으로 들어가 창문을 열었다. 따뜻한 바람이 뺨에 와 닿았다. 무심코 아래쪽을 내려다본 쿠엣은 깜짝 놀랐다.

담배 가게 2층 창문 너머로 사람 모습이 보였다. 할머니가 침대에서 자고 있었다.

"네."

나츠메와 함께 조사실에 들어서자 문 옆에 앉은 혼조와

눈이 마주쳤다.

책상 맞은편에는 응옥이 먼저 와서 앉아 있었다. 고개는 숙인 채였다.

쿠엣은 나츠메와 나란히 의자에 앉았다.

"그럼 조사를 시작하겠습니다."

나츠메가 일본어로 말하고 쿠엣에게 눈짓했다.

나츠메가 한 말을 쿠엣이 베트남어로 통역했지만 응옥은 아무런 반응도 보이지 않았다.

"지난번 조사 때와 질문이 중복될 수도 있지만 정직하게 대답해 주세요. 사건이 일어난 날 밤에 당신은 왜 긴시초에 있었습니까?"

응옥이 *"그냥 돌아다니고 있었다"*고 베트남어로 중얼거렸다.

쿠엣이 통역할 필요도 없이 의미를 알아들었는지 나츠메가 평온한 목소리로 질문을 이어 갔다.

"정말인가요? 아무리 말하기 싫은 일이라 하더라도 제대로 입 밖으로 소리 내어 말하지 않으면 상대에게 전해지지 않습니다. 저는 베트남어를 모릅니다. 하지만 정확하게 통역해 줄 사람이 있습니다."

쿠엣이 그대로 통역했지만 응옥은 같은 말을 반복할 뿐이었다.

"당신은 '벚꽃'이라는 가게에서 일하기 위해 긴시초에 갔습니다. 아닌가요?"

쿠엣이 통역하기도 전에 가게 이름을 듣고 웅옥이 고개
를 번쩍 들었다. 놀란 듯 두 눈이 휘둥그레졌다.

"그날 밤, 당신은 가게 화장실에서 피해자의 집을 내려다
보고 있었습니다. 그리고 여자가 나가는 것을 확인하자마
자 그 집에 침입했습니다. 집 안에 지문이 묻는 것을 신경
쓸 여유도 없이. 그 집에는 왜 들어간 거죠?"

쿠엣은 웅옥의 눈을 똑바로 쳐다보며 나츠메의 말을 전
했지만, 웅옥은 두 사람에게서 시선을 피한 채 대답하려
하지 않았다.

경찰에 대한 불신 때문인 듯했다. 지난번 조사 때 아무도
웅옥의 말을 제대로 들으려 하지 않았으니 그럴 만도 했다.

쿠엣은 옆에 앉은 나츠메를 보았다. 나츠메가 고개를 끄
덕였다.

"고향에 계신 할머니가 생각나서 그런 것 아닌가요?"

쿠엣이 묻자 웅옥이 깜짝 놀라 이쪽을 쳐다보았다.

"아니, 잠깐만요…."

뒤쪽에서 제지하는 목소리가 들렸다.

"맞죠? 그 방에 있는 할머니가 걱정돼서…."

개의치 않고 계속하려 했지만 "아까부터 무슨 말을 하
고 있는 거죠?"라며 날카롭게 쏘아붙이는 목소리에 쿠엣

은 저도 모르게 뒤를 돌아보았다.

문 옆에 앉은 혼조가 이쪽을 노려보고 있었다.

"경찰이 하는 말만 통역하세요!"

나츠메가 손을 들어 혼조의 말을 끊고 쿠엣에게 계속하라는 눈짓을 보냈다.

쿠엣은 다시 응옥을 마주 보았다.

"당신은 여자가 할머니를 때리는 장면을 목격한 거 아닌가요? 폭행을 당한 할머니가 걱정돼서 여자가 집에서 나가자마자 할머니 상태를 확인하러 간 거죠?"

쿠엣은 응옥에게 말하면서 그날 자신이 '마사지숍 벚꽃'에서 화장실 창문 너머로 본 광경을 떠올렸다.

쿠엣이 옆 건물 2층을 내려다보고 있는데 갑자기 딸이 나타나 침대에서 자고 있는 할머니를 때리기 시작했다.

응옥이 천천히 고개를 들었다.

"그날 밤에 가게에서 나와 무슨 일이 있었는지 말씀해 주시겠습니까?"

응옥을 보며 나츠메가 말했다.

쿠엣도 기도하는 심정으로 응옥을 응시했다.

"가게를 나온 후에 있었던 일을 말해 주세요. 부탁입니다."

응옥이 시선을 떨구고 코를 훌쩍이다가 다시 고개를 들었다. 눈에 눈물이 잔뜩 고인 채 머리를 가볍게 흔들더니 마침내 결심한 듯 베트남어로 빠르게 말하기 시작했다.

"여자가 집에서 나가는 걸 보고 저는 화장실에서 나왔습니다. 가게 매니저에게 몸이 너무 안 좋아서 오늘은 일하지 못하겠다고 말하고 가게를 나와서 그 집으로 향했습니다. 뒷마당에 있던 큰 돌을 주워서 창문을 깨고 안으로 들어갔습니다. 곧장 2층으로 올라가서 할머니 상태를 살폈습니다. 할머니는 자기 몸을 문지르면서 뭐라고 말을 했습니다. 무슨 뜻인지 알아듣지는 못했지만 아파하는 것 같아서 저도 같이 할머니 몸을 문질렀습니다. 그래도 아픔이 가시지 않는 것 같아서 약을 찾으러 1층으로 내려왔습니다…."

"그때 집에 돌아온 여자와 딱 마주친 거군요?"

응옥이 고개를 끄덕였다.

"공격할 생각은 없었어요. 그냥 거기서 빨리 도망쳐야 한다는 생각에…. 경찰에 붙잡히면 저는 강제송환될 테고 그러면 빚을 갚을 수 없게 되니까요…."

응옥의 눈에서 눈물이 흘러내렸다.

"왜 처음부터 솔직하게 얘기하지 않았죠?"

쿠엣이 묻자 응옥이 눈물을 닦으며 쿠엣을 똑바로 쳐다보았다.

"여기에 내 편은 없다고 생각했으니까. 할머니는 치매라고 들었고, 제가 무슨 말을 하든 어차피 아무도 믿어주지 않을 테니까요."

"나는 당신과 같은 베트남인이에요."

쿠엣이 말하자 응옥은 진심으로 놀란 듯했다.

"거짓말!"

응옥의 공격적인 시선에 숨이 멎을 것만 같았다.

"왜…."

"눈이…, 당신의 눈은 내 주변에 있는 일본인들과 같아요. 나를 경멸하는 눈이었어요."

그 한마디가 쿠엣의 가슴을 날카롭게 파고들었다.

늘 일본인들에게 차별당한다고 생각해 왔다. 하지만 언제부터인가 자신도 남을 차별하고 있었던 걸까.

"미안…."

쿠엣은 고개를 숙이며 사과했다.

그때 옆에서 서툰 베트남어가 들려왔다.

"이 사람은 당신을 이해하고자 필사적으로 노력했습니다. 그것만은 알아주세요."

응옥이 그렇게 말한 나츠메를 쳐다보았다. 그러고는 다시 쿠엣을 보고 "고마워요"라고 일본어로 중얼거렸다.

"피해자는 자신이 어머니를 학대했다는 사실을 인정했습니다. 오랜 간병으로 지쳐서 그랬다고, 현재는 깊이 반성하고 있다고 합니다. 이유가 어찌 되었든 응옥 씨가 한 짓은 범죄이지만 검찰과 법원에서 정상이 참작되기를 진심으로 바랍니다."

"당신이 다치게 한 여성은 어머니를 학대한 사실을 인정하고 반성하고 있습니다."

웅옥이 안심한 듯 "그런가요…"라고 하며 눈물을 훔쳤다.

"당신이 저지른 짓은 범죄이지만 저희는 당신이… 당신이 앞으로도 일본에서 많은 것을 배우기를 진심으로 바라고 있습니다."

"혼조 형사님, 조서는 다 됐나요?"

나츠메의 말에 혼조가 굳은 표정으로 서류를 손에 들고 가까이 다가와 웅옥에게 서명 날인하게 한 뒤 웅옥을 일으켜 세웠다.

나츠메가 수갑을 찬 웅옥에게 다가가 양복 안주머니에서 봉투를 꺼내 건넸다. 트랑이 맡긴 편지였다.

혼조와 함께 문을 향해 걸어가는 웅옥을 쿠엣이 불러세웠다.

웅옥이 걸음을 멈추고 쿠엣을 돌아보았다.

"이 나라에서 당신을 만날 수 있어서 다행이었어요."

웅옥의 두 뺨에 옅은 보조개가 잠시 피었다 사라졌다. 웅옥과 혼조가 방에서 나갔다.

"뭐라고 했나요?"

나츠메가 궁금하다는 듯 물었다.

"비밀입니다."

쿠엣은 시선을 피하며 웅옥이 나간 문을 바라보았다.

형사의 분노

형사의 분노

"아까부터 계속 미안하다고 했잖아!"

니시노 신고가 핸드폰에 대고 소리를 지르자 눈에 보이지는 않지만 상대방이 흠칫 놀라는 기색이 느껴졌다. 신고가 입을 다물자 마유도 아무 말도 하지 않았다. 잠시 후 전화기 너머로 훌쩍이는 소리가 들려왔다.

"또 울어? 이러면 대화를 할 수가 없잖아."

"지금 내 잘못이라는 거야?"

마유가 울음 섞인 목소리로 말했다.

"그게 아니라. 내가 잘못했다고 말했잖아. 여기서 뭘 더 어쩌라고."

이렇게 되면 더는 어쩔 도리가 없었다. 마유의 기분을

풀어주는 데 앞으로 1시간은 족히 걸릴 것이다.

피곤하다. 될 대로 되라지.

"핸드폰 배터리 다 됐으니까 끊는다."

"잠깐…."

마유가 무언가 말하려고 하는 것을 무시하고 전화를 끊었다. 한숨이 나왔다. 신고는 핸드폰을 손에 쥔 채 침대에 쓰러지듯 몸을 뉘었다.

스스로가 잘못했다는 건 알고 있다. 오늘은 마유의 생일이다. 7시에 유라쿠초역에서 만나 마유 몰래 예약한 레스토랑에서 함께 식사할 예정이었다. 그런데 편의점 아르바이트를 6시에 마치고 긴시초에서 유라쿠초로 이동하는 지하철 안에서 그만 잠이 들어버렸다. 눈을 떠 보니 종점인 미타카였다. 약속한 7시가 지난 것을 확인하고 바로 마유에게 전화를 걸었지만 받지 않았다. 사정을 설명하고 조금 늦을 것 같다는 메시지를 보내니 읽었다는 표시는 뜨는데 아무런 답이 없었다. 서둘러 유라쿠초역으로 돌아갔지만 만나기로 한 장소에 마유의 모습은 보이지 않았다. 아무리 기다려도 연락을 받지 않아 결국 레스토랑에 전화해서 예약을 취소하고 집으로 돌아오는 수밖에 없었다.

겨우 마유와 연락이 닿은 것이 방금 전 통화였다. 신고는 일단 사과부터 했지만 마유는 쉽게 용서할 생각이 없는 듯 신고가 매번 약속 시간에 늦는다며 화를 냈다. 마유의 잔소리를 듣고 있자니 신고도 조금씩 화가 나기 시작했다. 약속 시간에 늦은 것은 물론 잘못했지만, 신고가 올 때까지 근처에서 기다릴 수는 없었을까. 인기가 많은 레스토랑이어서 예약하기가 하늘의 별 따기였을 뿐 아니라 식사와 선물 비용을 마련하기 위해 이번 달은 일하는 시간을 평소보다 두 배 이상 늘렸다.

마유는 그 점을 전혀 알아주지 않았다. 다른 사람의 실수를 웃으며 넘어가 주는 대범함이 부족했다. 늘 사소한 일로 싸우고 화해하느라 에너지를 소모했다.

나한테 더 잘 맞는 상대가 있지 않을까.

정적이 흐르는 방 안에 규칙적인 초침 소리가 나지막하게 울려 퍼졌다. 신고는 손을 들어 손목에 찬 시계를 보았다.

마유와 세트로 구입한 쿼츠 시계였다. 작년 가을, 사귄 지 3년 된 기념으로 둘이 함께 돈을 모아 산 커플 아이템이었다.

시계 바늘이 째깍째깍 움직이는 소리를 듣고 있으려니 화가 서서히 가라앉았다.

신고는 핸드폰을 손에 들고 사진 폴더를 열었다. 고등학교 3학년 10월에 사귀기 시작해서 지금까지 두 사람이 함께 쌓아온 기록들을 하나하나 살펴보았다.

싸운 적도 많지만 즐거웠던 적은 그보다 훨씬 더 많았다.

마유와 함께한, 무엇과도 바꿀 수 없는 소중한 시간들이었다.

신고는 가볍게 한숨을 내쉬며 메신저 앱을 열었다.

[갑자기 끊어서 미안해. 제대로 사과하고 싶어]

마유에게 메시지를 보내자 곧바로 확인한 상태로 바뀌었다. 하지만 답이 없었다. 마음을 졸이며 기다리고 있으려니 이윽고 메시지가 도착했다.

[지금 당장 만나고 싶어]

시계를 보니 오후 11시 20분을 지나고 있었다. 전속력으로 밟으면 자정 전에 마유네 집에 도착할 수 있을 터였다.

[오케이. 바로 갈 테니까 기다려]

메시지를 보내고는 바로 침대에서 일어났다. 헬멧과 생일 선물이 든 백팩을 들고 방을 나섰다. 옆방에서 자고 있는 부모님이 깨지 않도록 발소리를 죽이며 조심스레 계단을 내려갔다.

스무 살 이후로는 밤에 외출해도 잔소리를 듣지 않게 되었지만, 오늘은 신고가 집에 와서 홧김에 술을 마시는 걸 부모님도 보았으니 오토바이를 탄다고 하면 말릴 게 뻔했다.

소리 없이 집에서 빠져나와 헬멧을 썼다. 애마 드랙스타를 차고에서 꺼내 얼마간 손으로 끌고 갔다. 집에서 어느 정도 떨어진 곳까지 와서 오토바이에 올라타 시동을 걸었다.

손목시계로 시간을 확인한 후, 헬멧 쉴드를 내리고 달리기 시작했다. 주택가를 벗어나 큰길로 나와서부터는 속도를 올렸다.

어서 빨리 마유를 만나고 싶었다. 칠흑 같은 어둠을 비추는 쉴드에 마유의 웃는 얼굴이 떠올랐다.

저 앞에 신호등과 자동차 헤드라이트가 보였다. 맞은편에서 차가 이쪽으로 달려오고 있었다. 신호가 파랑에서 노랑으로 바뀌었다. 잘하면 갈 수 있겠다고 판단하고 액셀을 힘껏 밟았다. 신호가 빨강으로 바뀌었다. 교차로를 통과한 차 뒤에서 따라오던 차가 이쪽으로 우회전했다.

위험해—!

서둘러 방향을 틀며 피하려고 한 순간, 엄청난 충격과 함께 시야가 깜깜해졌다.

모았던 두 손을 내리고 눈을 뜨자 이쪽을 향해 웃고 있는 신고의 얼굴이 보였다.

불단에 놓인 위패와 꽃, 초를 보고 이제는 사진으로밖에 볼 수 없다는 사실을 새삼 깨달았다. 가슴이 찢어지듯 아려왔다.

"마유야, 이리 와서 차 좀 마시렴."

카츠에가 부르는 소리에 야마모토 마유는 눈물이 나오려는 것을 꾹 참으며 뒤를 돌아보았다. 다과가 차려진 테이블 앞에 카츠에와 신스케가 나란히 앉아 있었다.

마유는 한 번 더 신고의 영정 사진을 쳐다본 뒤 불단에서 물러나 두 사람의 맞은편에 와서 앉았다.

"오늘 이렇게 와 줘서 고맙구나. 일이 많이 바쁠 텐데."

온화한 말투로 인사를 건네는 카츠에에게 마유는 "아니에요…"라고 작게 대답했다.

"장례식 때는 인사도 제대로 못 드린 것 같아서…"

신고의 장례식이 끝나고 9일이 지났다. 하루라도 빨리 신고의 부모님에게서 자세한 이야기를 듣고 싶었지만 서로 시간이 맞는 날이 오늘뿐이었다.

"신고는 왜 갑자기…"

마유가 묻자 카츠에와 신스케가 얼굴을 마주 보았다. 당혹스러운 표정이었다. 자신이 대답해야겠다고 생각했는지 신스케가 마유 쪽으로 몸을 내밀었다.

"병원 측 말로는 신고의 상태가 갑자기 나빠져서 여러 가지 처치를 시도했지만 소용이 없었다더구나. 자세한 건 우리도 잘…, 그렇지?"

동의를 구하듯 신스케가 옆을 돌아보자 카츠에가 고개를 끄덕였다.

"상태가 갑자기 나빠진 건 몇 시쯤이었는데요?"

"오후 1시 30분경이었다더라."

마유가 병실을 떠나고 1시간 정도 지났을 무렵이었다.

"죽은 건 그로부터 약 40분 후라고 했고."

인공호흡기를 단 신고는 평소와 다름없는 평온한 얼굴로 잠들어 있었다. 상태가 나빠질 것이라는 징후는 전혀 눈치채지 못했다.

"그날 12시 반 정도까지 제가 같이 있었어요."

마유로서는 도저히 납득이 가지 않았다.

"그래, 간호사한테 들었다."

"죽기 전에 마유 너랑 함께 있을 수 있어서 신고는 분명 행복했을 거야."

카츠에의 말을 들으며 마유는 입술을 꼭 깨물었다.

함께 있기는 했지만 신고는 그 사실을 깨닫지 못한 채 떠났을 것이다. 그날 마유가 빌었던 소원이 무엇인지도 눈치채지 못한 채.

카츠에가 등 뒤에 있는 선반에서 손목시계를 집어 마유 앞에 내려놓았다.

"이거, 그날 마유 네가 신고한테 채워 준 거니?"

카츠에의 물음에 마유가 고개를 끄덕였다.

"사고 당일 신고가 차고 있던 시계 맞지? 사고로 다 망가졌던…"

"네…"

그날 밤, 마유는 메시지를 받고 계속 집에서 기다렸지만 신고는 나타나지 않았다. 전화를 걸어도 메시지를 보내도 통 연락이 닿지 않아서 뜬눈으로 밤을 지새웠다. 이튿날 아침, 카츠에의 전화를 받고서야 신고가 오토바이 사고로 병원에 실려 갔다는 사실을 알게 되었다. 황급히 병원으로 달려가자 중환자실 앞 의자에 카츠에와 신스케가 고개를 떨군 채 앉아 있었다. 신고는 뇌와 폐에 타박상을 입었고, 의식이 없는 상태라고 했다. 늑골과 다리도 부러진 상태였다.

두 사람의 설명을 들으며 마유는 스스로를 탓했다. 자기 때문에 신고가 이렇게 된 거라고.

의사의 안내에 따라 카츠에와 신스케가 중환자실 안으로 들어갔을 때, 카츠에가 의자에 두고 간 손목시계를 마유가 챙겨서 보관하고 있었다. 사고 당시 시계 커버와 문자판이 산산조각 난 것을 다시 수리해서 마지막으로 문병 갔을 때 신고의 왼쪽 손목에 채워 주었다.

"왜 신고한테?"

마유는 바로 대답하지 못했다. 신고가 죽은 지금에 와서는 마음만 더 아플 뿐이었다.

대답 대신 마유가 자신의 왼쪽 손목을 들어 보이자, 카츠에가 "고맙구나" 하며 고개를 숙였다.

마유의 손목시계를 보고 카츠에 나름대로 이해한 모양

이었다.

"이건 우리보다는 마유 네가 가지고 있는 편이 신고도 더…."

"그건 아니지."

신스케가 카츠에의 말을 중간에 잘랐다.

"이런 걸 받으면 시간이 지나도…, 그렇잖아."

"그것도 그렇네요."

카츠에가 신스케의 말에 동의하듯 고개를 끄덕이며 다시 마유를 보았다.

"5년 동안 정말 고마웠다. 아마 우리 부부 둘뿐이었다면 뭘 어떻게 해야 하는지도 모르고 헤매기만 했을 거야. 마유 네가 옆에 있어 줘서 정말 든든했단다. 사고 이후로는 신고와 말 한마디 나눌 수 없었지만 지금 신고가 무슨 생각을 하고 있는지는 알 것 같구나. 마유 네 인생은 이제부터니까 하루빨리 새로운 행복을 찾으려무나. 신고도 분명 그렇게 생각할 거다."

마유는 고개를 끄덕일 수도, 가로저을 수도 없었다. 신고의 영정 사진을 다시 한번 쳐다보았다.

"신고의 손목시계…, 제가 가져도 될까요?"

카츠에와 신스케가 난처한 듯 얼굴을 마주 보았다. 마유는 개의치 않고 손목시계를 집어서 가방에 넣었다.

두 사람과 한두 마디 더 이야기를 나눈 후, 마유는 신고의 집에서 나왔다.

여기 오면 마음이 어느 정도 정리될 줄 알았는데 생각대로 되지 않았다. 오히려 신고를 향한 마음, 신고와 함께한 기억이 자꾸자꾸 흘러나왔다.

함께한 시간은 8년이지만 그중 절반 이상이 의사소통이 불가능한 상황이었다. 말하지도 움직이지도 못하는 신고를 보면서 끊임없이 자책하고 괴로워했다. 때로는 도망치고 싶어질 때도 있었다.

그래도….

마유는 가방에서 손목시계를 꺼내 들었다. 뿌연 유리 안에서 초침이 째깍대며 흘러가고 있었다.

함께 있고 싶었다. 설령 회복할 가능성이 거의 없다 하더라도. 매일매일 기도하는 수밖에 없다 하더라도. 마유가 부르는 소리에 대답하지 않아도 좋으니 눈앞에서 영영 사라지는 것보다는 훨씬 나았다. 그 시간들이 참을 수 없이 그리웠다.

신고를 만지는 것도, 심장이 뛰는 소리를 듣는 것도, 신고를 위해 기도하는 것도 이제는 불가능하다.

시야가 흐려져 시계의 문자판이 보이지 않았다.

신고, 어째서 죽어버린 거야.

문이 열리고 야지마 케이스케가 카페 안으로 들어왔다.

마유가 손을 들어 보이자 케이스케가 마유를 보고 이쪽으로 다가왔다.

"바쁜데 불러내서 미안."

마유가 미안해하며 말하자 케이스케가 "일하는 시간 말고는 아무것도 안 하니까 괜찮아" 하고 웃으며 맞은편에 앉았다.

"마유 너도 일 끝나고 온 거야?"

"쉬는 날이야."

"그럼 어디 가서 밥이라도 먹을까?"

하긴 저녁 8시가 넘었으니 일을 마치고 온 케이스케는 배가 고플 터였다.

"미안, 별로 식욕이 없어서…. 시간 많이 안 걸릴 거야."

"그래?"

케이스케가 메뉴판을 살펴보고 점원에게 커피를 주문한 다음 마유에게 미소를 지어 보였다.

"무슨 일인데?"

"낮에 신고네 집에 다녀왔거든."

마유가 말을 꺼내자 케이스케의 눈동자에 당혹감이 어렸다.

"장례식 때는 아줌마 아저씨랑 이야기할 시간이 거의 없었으니까. 신고가 죽었을 당시 상황을 알고 싶어서…. 그런데 두 분도 의사한테 신고의 상태가 갑자기 나빠졌다는 말밖에 못 들으셨대. 그래서…."

케이스케의 표정이 어두워졌다. 마유가 오늘 자신을 불러낸 이유가 대강 짐작이 가는 듯했다.

케이스케는 신고가 입원했던 긴시 병원에서 물리 치료사로 일하고 있었다.

"그 정도 설명으로는 납득이 안 간다는 거지?"

"상태가 나빠지기 1시간 전까지 내가 같이 있었는걸."

케이스케가 고개를 끄덕였다. 그날 문병을 가는 마유와 병원 복도에서 마주쳤었다.

"그런 징후는 전혀 없었어. 케이스케라면 뭔가 더 자세한 사정을 알고 있지 않을까 싶어서."

신고와 친했던 케이스케도 장례식에 참석했었지만 그때는 이런 걸 물어볼 마음의 여유가 없었다. 메신저 앱으로 나눌 만한 이야기도 아니었기에 지금까지 물어보지 못하고 있었다.

케이스케와 신고는 고등학교 3년 내내 같은 반이었다. 2년 전, 일 관계로 들른 긴시 병원에서 우연히 마주친 마유에게 신고가 식물인간 상태라는 이야기를 들은 케이스케는 하던 일을 그만두고 긴시 병원으로 옮겨왔다.

"신고의 상태가 갑자기 악화되었을 때 나는 재택 치료 중인 환자네 집에 가 있었고, 병원으로 돌아왔을 때는 이미 신고가 죽은 후였어. 상태가 갑자기 나빠져서 여러 가지 처치를 해 봤지만 소용이 없었다고만…"

"아…"

"신고가 그렇게 된 건 안타깝지만 의료진으로서는 최선을 다했다고 생각해. 신고는 한 치 앞을 내다보기 어려운 상태였으니까. 나도 마유 너도 의사는 아니지만 의료 현장에서 일하면서 그 정도는 알고 있잖아."

마유는 고개를 끄덕였다.

신고는 자가 호흡이 불가능한 상태로, 인공호흡기를 통해 가까스로 생명을 유지하고 있었다.

"하지만…"

마유는 고개를 푹 숙였다.

"도저히 납득할 수 없는걸. 오늘은 말하지 못했지만 나중에 기회를 봐서 아줌마 아저씨한테 신고가 죽은 원인을 분명히 밝혀야 한다고 말씀드릴 생각이야. 경우에 따라서는 경찰의 도움을 받아서라도…"

"감정을 수습하기 어려운 건 충분히 이해해. 나도 마찬가지니까…"

울음기 섞인 목소리에 마유는 고개를 들어 케이스케를 쳐다보았다. 눈시울이 젖어 있었다.

"이래 봬도 신고와 알고 지낸 기간은 마유 너보다 내가 더 길다고."

케이스케가 손으로 눈가를 훔치며 말을 이어 갔다.

"신고에 대해서는 마유가 더 잘 알고 있는 부분도 있을 테고, 반대로 내가 더 잘 아는 부분도 있다고 생각해."

"예를 들면?"

"신고는 언제까지고 죽은 사람을 잊지 못하고 붙잡고 있기보다는 마유가 행복해지기를 바랄 거야. 그 녀석은 그런 녀석이니까. 이것만은 분명하게 말할 수 있어."

케이스케가 흔들림 없는 시선으로 마유를 똑바로 쳐다보며 말했다.

직원이 부르는 소리를 듣고 나츠메는 의자에서 일어났다. 직원이 가리키는 문을 열고 면회실 안으로 들어갔다.

방 안을 가로지르는 아크릴판 앞에 놓인 접이식 의자에 앉아 잠시 기다리자 안쪽 문이 열리고 회색 트레이닝복에 청바지를 입은 유우마가 교도관과 함께 들어왔다. 유우마는 고개를 숙인 채 나츠메 맞은편에 앉았다.

고개를 숙이고 있어서 얼굴은 보이지 않았지만 마지막으

로 만났을 때보다 체중이 조금 늘어난 것 같았다.

"드디어 만났구나."

아크릴판에 얼굴을 가까이 가져다 대고 말을 건네자 유우마가 콧방귀를 뀌었다.

지금까지 네 차례 이곳을 방문했지만 매번 면회를 거절당했었다.

"한 번은 만나 줘야 더 이상 안 오겠다 싶어서요. 이번이 처음이자 마지막이에요."

유우마는 두 달 전에 살인 혐의로 구속기소되었다. 미성년자이지만 사건의 성격상 형사 처분을 할 필요가 있다고 인정되어 도쿄 구치소에서 재판을 기다리는 중이었다.

"지난달에 네 어머니가 돌아가셨어."

나츠메가 말하자 유우마가 고개를 들었다. 굳은 표정이었지만 이내 동요한 기색을 지우고 짐짓 여유로운 미소를 지어 보였다.

"그래요?"

"지난 4월 6일 오후 3시 27분에 돌아가셨다."

이 사실을 전하기 위해 면회를 요청한 것이었다.

유우마는 나츠메에게서 시선을 거두어 허공을 바라보았다. 무슨 생각을 하고 있는 걸까. 짐작이 가지 않았다. 잠시 후 유우마가 다시 나츠메를 쳐다보았다.

"어떤 얼굴이었을까요?"

유우마가 입가에 미소를 띠며 말했다.

보통은 평온한 얼굴이셨을 거라고 대답하겠지만 유우마는 그런 대답을 원하는 것이 아닐 터였다.

유우마는 어머니에게 복수하기 위해 사람을 죽였다. 동기는 그것 말고도 더 있었지만 과거에 어머니에게 그런 일을 당하지 않았더라면 살인이라는 죄를 저지르지도 않았을 것이다.

유우마는 피를 나눈 어머니 손에 죽을 뻔했다. 그 일로 인해 유우마의 마음은 완전히 망가져버렸다.

"나도 그 자리에 있었던 건 아니라서 어떤 얼굴이셨는지는 모르겠지만 네 어머니가 네게 전해 달라고 한 말이 있어."

"전해 달라고 한 말이요?"

유우마가 흥미를 느낀 듯 몸을 앞으로 내밀었다.

"미안하다…고 전해 달라고 하셨어. 유우마 네게 진심으로 미안하다고, 죽어서도 용서받지 못할 잘못을 저질렀다고."

유우마가 재밌다는 듯 웃었다.

"저세상에서 어떤 벌을 받을지 두렵다고, 자신은 분명 지옥행일 거라고."

유우마의 웃음 소리는 멈추지 않았다. 자신의 어머니가 마지막으로 남긴 말이 전혀 마음에 와 닿지 않는 듯했다.

"네가 지은 죄를 뉘우치고, 살아 있는 동안 인간의 마음을 되찾길 바란다고 하셨어. 죽은 후에 자기처럼 지옥에 오지 않기를 바란다고. 이게 네 어머니가 내게 마지막으로 부탁한 전언이야."

"좋은 말이네요."

유우마가 과장된 동작으로 손뼉을 치며 말했다.

"나는 네 어머니와 한 가지 약속을 했다. 정말로 그렇게 될 때까지 네 어머니를 대신해서 내가 널 지켜보겠다고 말이야. 그러니 또 올 거다. 네가 거절해도 몇 번이든 계속해서."

유우마가 한숨을 내쉬며 고개를 돌렸다가 갑자기 무언가 생각난 듯 다시 이쪽을 향했다.

"형사님 따님 상태는 어때요?"

갑작스러운 화제의 전환에 나츠메는 말문이 막혔다.

"제가 체포되기 전에 의식이 돌아왔다고 했잖아요."

"아…."

"나츠메 형사님이나 사모님과 대화는 가능해요? 자리에서 일어나거나 걸을 수도 있어요? 혹시 벌써 학교에 다시 다니나요?"

유우마가 질문 공세를 퍼부었다.

"아니, 아직 그 정도는 아니야."

긴 혼수상태에서 깨어나긴 했지만 아직 말하거나 걷는

것은 불가능했다. 이름을 불러도 거의 반응이 없고, 희노애락을 표현하는 일도 없었다. 최근 두 달 사이에 달라진 점이라고는 링거 주사 대신 유동식을 먹을 수 있게 되었다는 것뿐이었다.

"큰일이네요. 두 달이나 지났는데."

어딘지 모르게 비웃는 듯한 말투였다.

"그래, 장기전을 각오하고 있어."

"저한테 신경 쓸 시간에 따님을 챙기는 게 낫지 않겠어요?"

그 말을 듣고 예전에 유우마가 했던 말이 기억났다.

전 죽은 사람이나 다를 바 없어요. 빈껍데기인 상태로 숨만 쉬고 있는 거죠. 형사님 따님처럼요—

"저 같은 살인자가 되지 않도록이요. 형사의 딸이 살인범이라고 하면 좀 그렇잖아요."

헛기침 소리가 들려 시선을 돌리니 유우마 뒤에 있는 교도관과 눈이 마주쳤다.

"시간 다 됐습니다."

교도관의 말에 알았다고 고개를 끄덕인 후 나츠메는 자리에서 일어났다.

"또 올게."

마지막으로 유우마에게 인사하고 면회실에서 나왔다. 마

음의 동요를 가라앉히며 출구로 향했다. 건물을 나와 택시를 잡아탄 후에야 가슴속 한구석에 맺힌 응어리와 함께 긴 한숨을 내뱉었다.

"긴시초에 있는 메이세이 병원으로 가 주세요."

택시 기사에게 목적지를 말한 다음 주머니에서 스마트폰을 꺼내 전원을 켜고 메시지를 확인했다. 메신저 앱으로 미나요가 보낸 메시지가 도착해 있었다. 사진도 첨부되어 있었다.

'간호사 선생님 도움을 받아 에미가 휠체어에 탔어요'

나츠메는 휠체어에 앉은 에미의 모습을 뚫어져라 들여다보았다. 이렇게 큰일을 해냈음에도 에미의 얼굴은 평소와 다름없이 무표정했다.

나츠메가 가닿고자 하는 지점은 너무도 멀었다. 하지만 조금씩 가까이 다가가고 있다는 것 또한 분명한 사실이었다.

나츠메는 병실에 들어가 창가 쪽 침대로 향했다.

"다녀왔어."

"어서 와요."

미나요가 나츠메를 보고 미소를 지었다. 미나요는 침대에 누워 있는 에미의 턱을 잡고 스펀지 칫솔로 구강 관리를 하는 중이었다.

스펀지 칫솔은 끝부분에 칫솔모 대신 부드러운 스폰지가 달린 막대로, 양치뿐만 아니라 재활 훈련 용도로도 사용되는 물건이다.

에미 같은 경우에는 구강 관리를 꼼꼼히 하는 것이 매우 중요했다. 입안이 건조하면 세균이 증식하고, 세균이 기관지를 통해 넘어가면 폐렴을 일으킬 수 있기 때문이다. 그래서 스펀지 칫솔로 입안을 자극해서 침 분비를 촉진하고, 음식물을 잘 삼킬 수 있도록 입술과 뺨, 혀의 스트레칭을 돕는 것이다. 또 구강을 자극하는 것은 뇌를 활성화하는 효과도 있었다.

원래는 전문 간병사가 하는 일이지만 간병사의 부담을 덜어주기 위해 미나요가 칫솔질하는 법을 배워서 현재 에미의 구강 관리는 직접 하고 있었다.

"다 됐다."

스펀지 칫솔을 입에서 꺼낸 미나요가 에미의 머리를 부드럽게 쓰다듬었다. 에미가 천천히 고개를 돌려 나츠메를 보았다.

"아빠 왔어."

나츠메는 에미에게 웃으며 인사했다.

에미도 눈앞에 사람이 있다는 건 아는 듯한데 별다른 반응은 하지 않았다. 그저 무표정한 얼굴로 이쪽을 쳐다볼 뿐이었다.

"오늘은 휠체어에 탔다면서? 굉장한데?"

대답은 없었지만 나츠메는 계속 말을 걸면서 에미의 머리를 쓰다듬었다.

그때 똑똑 노크 소리와 함께 문이 열리고 간호사인 마유가 들어왔다.

"에미 일어났나요?"

미나요가 자리에서 일어서며 대답했다.

"네, 조금 전에 깨서 구강 관리를 끝낸 참이에요."

"그렇군요. 에미도 충분히 쉰 것 같으니 이번에는 어머니께서 에미를 휠체어에 앉히는 연습을 해 볼까요?"

"네, 부탁드립니다."

마유가 병실 안으로 휠체어를 끌고 들어와 침대 옆에 세우고 미나요와 마주 보았다.

"아까 제가 한 것처럼 해 보시겠어요? 어떻게 했는지 기억나시나요?"

미나요가 침대 옆으로 이동해 에미의 두 손을 배 위에 겹쳐 올리고 무릎을 세우게 했다.

"네, 맞아요. 거기서 무릎을 옆으로 쓰러뜨려서 옆을 향하게 해 주세요."

마유의 지도를 받아가며 미나요가 에미를 침대 모서리

에 앉혔다. 그리고 에미의 겨드랑이 밑으로 손을 넣어 등 뒤로 팔을 둘렀다. 팔 힘만으로 에미를 들어올려야 하기 때문에 상당히 힘이 필요할 것 같았다. 미나요는 몇 번인가 실패한 끝에 마침내 에미를 무사히 휠체어에 앉히는 데 성공했다.

"맞아요. 잘하시는데요."

웃으며 손뼉을 치는 마유를 따라 나츠메도 함께 박수를 쳤다.

"간호사님이 잘 가르쳐 주신 덕분이죠."

미나요가 가쁜 숨을 몰아쉬며 말하자 마유가 쑥스러운 듯 얼굴을 붉혔다.

"이대로 산책 좀 하고 와도 될까요?"

나츠메가 마유에게 물었다.

"네. 남쪽 병동 복도로 가시면 스카이트리 야경을 보실 수 있어요."

"갈까?"

나츠메는 미나요와 함께 에미가 탄 휠체어를 밀며 병실 밖으로 나와 마유가 알려 준 쪽으로 걷기 시작했다.

"아무튼 굉장한 발전이네. 언젠가는 에미 스스로 걸을 수 있게 되면 좋겠다."

나란히 걸으며 나츠메가 말하자 미나요도 고개를 끄덕

이며 맞장구를 쳤다.

"처음 이 병원으로 옮겨왔을 때 에미를 진찰한 의사 선생님이 그러셨어. 10년 동안 식물인간 상태였다고는 생각할 수 없을 정도로 뼈도 근육도 정상적으로 자라고 있다고. 이전 병원에서 잘 돌봐 주신 것 같다고."

"그러게."

병원에서 잘 돌봐 준 것도 있지만 무엇보다 미나요의 헌신이 없었다면 여기까지 오지 못했을 것이다. 그건 나츠메가 누구보다도 잘 알고 있었다. 지난 10년간 미나요는 혼수상태에 빠진 에미의 의식이 돌아올 것이라고 믿고, 거의 모든 시간을 에미에게 쏟았다.

"앞으로 한 달 정도 재활 치료에 전념하면 퇴원할 수 있을 것 같다고 하셨어."

미나요가 기뻐하며 말했다.

"당신이 고생하겠네."

"고생이라고 생각한 적 없어."

미나요가 화가 난 듯 눈썹을 찌푸렸다.

"알아. 그냥 난 당신만큼 에미한테 해 줄 수가 없으니까."

나츠메는 휠체어를 밀던 손을 멈췄다. 눈앞의 커다란 창너머로 스카이트리가 보였다. 야경과 함께 창문에 비친 에미의 표정에는 변화가 없었다.

"당신이 열심히 일하고 있으니까 내가 에미를 돌볼 수 있는 거야."

미나요가 하는 말을 들으며 나츠메는 스카이트리를 바라보았다.

"다음에는 저 위에서 볼 수 있으면 좋겠다."

별처럼 빛나는 야경을 내려다보며 감탄하는 에미를 상상해 보았다.

형사과에 들어선 나츠메는 자기 자리로 향했다. 오오가키는 스포츠 신문을 읽고 있었고, 세키구치는 스마트폰을 만지작거리고 있었다.

"안녕하세요."

나츠메가 인사를 건네자 두 사람이 이쪽을 돌아보며 인사했다.

"어제는 별일 없었나요?"

나츠메의 질문에 둘의 표정이 일그러졌다.

"귀찮은 사건이 하나 들어왔어."

오오가키가 대답했다.

"무슨 사건인데요?"

나츠메는 두 사람의 맞은편에 앉으며 물었다.

"재택 요양 중이던 16세 소년이 죽었어."

"열여섯인데 재택 요양 중이었다고요?"

"이름은 다카무라 준. 중학생 때 머리를 다쳐서 3년 가까이 식물인간 상태였대. 어머니와 둘이 살고 있었고."

"사인은요?"

"어머니가 외출한 사이에 인공호흡기 튜브가 빠졌어. 집에 돌아온 어머니가 호흡 곤란 증세를 보이는 아들을 발견하고 곧바로 구급차를 불렀지만 긴시 병원으로 이송 도중 사망. 조사 결과, 어머니가 고의로 튜브를 뺐을 가능성이 제기된 상태야."

나츠메가 깜짝 놀라 아무 말도 못 하고 있는데 누군가 이쪽으로 다가왔다. 고개를 돌려 보니 혼조였다.

"좋은 아침입니다."

나츠메가 인사를 건넸지만, 혼조는 말없이 옆자리에 앉았다. 잠시 후 칸다 계장이 들어왔다.

"다들 왔나? 오오가키와 세키구치는 어제에 이어 다카무라 준 사망 사건 관련 수사를 계속하도록 해. 나랑 혼조도 나중에 합류할 거다. 나츠메는 그저께 사건 관련 서류를 마무리하고."

그저께 사건이란 긴시초역 근처 번화가에서 발생한 상해 사건으로, 범인은 이미 체포되어 자백까지 받은 상태였다.

모두의 시선이 칸다 계장에서 나츠메에게로 옮겨갔다.

나츠메만 수사에서 빠지고 대신 계장이 직접 수사에 참가
하는 것을 의아하게 생각하는 눈치였다.

"그럼 오늘도 다들 힘내자고."

칸다가 말을 마치고 자기 자리로 돌아갔다.

"마음이 무겁네요."

세키구치가 오오구치와 마주 보고 한숨을 쉬며 나갈 준
비를 하기 시작했다. 그런 두 사람을 보며 혼조가 무슨 사
건이냐고 물었다.

나츠메는 자리에서 일어나 칸다를 찾아갔다. 서류를 보
고 있던 칸다가 고개를 들었다.

"뭔가?"

"서류가 마무리되면 저도 수사에 합류해도 됩니까?"

칸다가 고개를 갸우뚱했다.

"다카무라 준 사망 사건 말입니다. 사건 개요는 오오가
키 형사님께 대충 전해 들었습니다."

"그 사건에 합류하고 싶다고?"

나츠메는 고개를 끄덕였다.

"이 건은 자네랑은 안 맞겠다 싶어서 일부러 뺀 건데."

"무슨 뜻이죠?"

"다른 팀원들에게는 말하지 않았지만 자네 집안 사정은
알고 있네."

마찬가지로 식물인간 상태인 자식을 둔 부모 입장에서 나츠메가 피해자 모친의 편을 들 가능성이 있다고 생각하는 듯했다.

"이번에 사망한 소년과 제 딸이 비슷한 처지라는 건 사실입니다. 하지만 반대로 생각하면 바로 그렇기 때문에 다른 사람에게는 보이지 않는 것을 제가 볼 수 있을지도 모릅니다."

잠자코 나츠메의 말을 듣고 있던 칸다가 나머지 세 사람을 불렀다.

"오오가키, 세키구치, 혼조, 잠깐만."

세 사람이 이쪽으로 다가왔다.

"팀 편성을 바꾸겠다. 나츠메와 혼조는 긴시 병원 의사와 사망자 어머니를 만나 이야기를 들어 보도록 해. 오오가키와 세키구치는 사망자 주변 인물들을 만나 보고."

칸다의 지시에 오오가키와 세키구치가 바로 알겠다고 대답하고 자리로 돌아갔다.

"계장님을 어떻게 설득하신 건가요?"

신호에 걸려 차를 세우자 옆자리에 앉은 혼조가 물었다.

나츠메는 무슨 말인지 모르겠다는 표정을 지어 보였다.

"원래 계장님은 나츠메 형님을 이 사건에서 뺄 생각이

셨잖아요. 본인이 평소 불편해하는 저랑 같이 움직이는 걸 감수하면서까지요."

"이쪽으로 옮겨온 지 아직 한 달밖에 지나지 않았지만 딱히 계장님이 혼조 형사님을 불편하게 여긴다는 인상은 받지 못했습니다."

혼조는 아무 말 없이 미간을 잔뜩 찡그린 채 정면을 응시했다.

"계장님이 저를 왜 빼려고 하셨는지 그 이유도 알고 계신가요?"

나츠메가 묻자 혼조가 쓴웃음을 지으며 고개를 끄덕였다.

"나츠메 형사님은 유명인이니까요. 딸을 식물인간으로 만든 범인을 자기 손으로 직접 체포한 형사라고요. 그리고 그 범인에게 온정을 베푼 형사이기도 하고."

"온정을 베푼 적은 없습니다만."

"그런가요? 자기 딸을 해친 범인을 상대로 침착하게 대처해서 자백을 받아냈다고 소문이 자자하던데요."

"그다지 침착한 건 아니었습니다."

"아무튼 폭력을 휘두르지 않은 건 사실이잖아요. 저라면 절대로 불가능했을 거예요."

혼조는 과거에 성폭행을 당한 적이 있다고 했다. 그 일 때문에 법원 사무관을 그만두고 경찰관이 된 걸까.

"혼조 형사님 사건의 범인은 잡혔나요?"

나츠메는 잠시 망설이다 물었다.

"아직 안 잡혔습니다. 하지만 얼굴은 기억하고 있어요. 12년이 지난 지금도…."

구체적인 내용을 모르기 때문에 사건의 시효가 지났는지는 알 수 없었다. 강도강간죄의 공소 시효는 15년이지만 강간죄는 10년이기 때문에 이미 시효가 지났을 가능성도 있었다.

"신호 바뀌었습니다."

혼조의 말에 나츠메는 고개를 들어 정면을 보고 액셀을 밟았다.

"만약 범인을 다시 만난다면 어떻게 하실 건가요?"

나츠메는 혼조를 쳐다보지 않고 정면을 응시한 채 물었다.

"나츠메 형사님과는 다른 방법을 취하지 않을까 싶습니다."

혼조가 대답했다.

방문을 노크하는 소리에 나츠메와 혼조는 소파에서 일어났다. 흰 가운을 입은 남자가 응접실 안으로 들어왔다.

"기다리시게 해서 죄송합니다. 뇌신경외과를 담당하고 있는 요네쿠라라고 합니다."

나이는 나츠메와 비슷해 보였지만 풍성한 수염에서 관록이 묻어났다.

　"긴시 경찰서에서 나왔습니다. 바쁘신데 시간 내 주셔서 감사합니다."

　자기소개를 마친 나츠메와 혼조는 요네쿠라와 마주 보고 앉았다.

　"어제 다 말씀해 주셨겠지만 추가로 몇 가지 더 여쭙고자 합니다."

　나츠메가 수첩과 펜을 꺼내며 말했다.

　"알겠습니다. 무슨 이야기를 해드리면 될까요?"

　"우선 다카무라 준 환자의 상태가 어땠는지 말씀해 주시겠습니까?"

　요네쿠라가 고개를 끄덕이며 몸을 살짝 앞으로 내밀었다.

　"3년쯤 전에 유도부 동아리 활동 중 머리를 세게 부딪혀서 의식불명 상태로 저희 병원에 실려왔습니다. 며칠 후 의식은 돌아왔지만 뇌타박상으로 인한 심각한 의식 장애가 남았고요."

　"구체적으로 어떤…?"

　"자기 힘으로 몸을 움직이거나 식사를 하는 것이 불가능하고, 말도 하지 못했습니다."

　"천연성(遷延性) 의식 장애 일보 직전이었다는 거군요."

나츠메의 반응에 요네쿠라가 놀란 표정을 지었다.

"어려운 전문 용어를 잘 알고 계시네요."

천연성 의식 장애는 에미의 진단명이었다.

"맞습니다. 눈을 뜨거나 감을 수 있고, 상대방이 하는 말도 어느 정도는 알아들었으니 천연성 의식 장애보다 가볍다면 가벼운 편이었다고 할 수 있겠지요. 하지만 자가 호흡은 불가능해서 인공호흡기가 필요한 상태였습니다."

에미는 자가 호흡이 가능해서 인공호흡기를 사용하지 않았으니 그런 의미에서는 준의 상태가 더 심각하다고도 볼 수 있었다.

"재택 요양으로 전환한 시기는 언제인가요?"

"1년쯤 됐습니다. 2년 정도 입원했지만 상태가 호전되지 않아서 환자 보호자가 그렇게 결정했다고 들었습니다."

"입원비 부담이 컸을 테니까요."

혼조의 말에 요네쿠라가 설명을 덧붙였다.

"입원비 문제도 있겠지만 가장 큰 이유는 아들과 함께 있는 시간을 늘리기 위해서라고 했습니다. 어릴 때부터 살던 집에서 둘이 함께 지내는 시간이 늘어나면 상태가 호전되지 않을까 기대한 거죠. 그만큼 옆에서 간병하는 사람의 부담은 커지겠지만요."

"집에서는 어머니 혼자 아들 간병을 도맡아 하셨던 걸까요?"

나츠메가 물었다.

"낮에 파트타임으로 일하는 동안은 간병인이 와 있었다
고 합니다."

"선생님께서도 정기적으로 그 집을 방문하셨겠네요."

"네, 저도 그렇고 물리 치료사도 정기적으로 출장을 나
갔습니다."

"사망 당시 상황을 알 수 있을까요?"

"어제 오후 4시 35분경에 환자 어머니로부터 전화가 왔
습니다. 장을 보고 돌아오니 인공호흡기 튜브가 빠져 있고
아들이 움직이지 않는다고요. 맥박이 뛰지 않는다고 미친
듯이 울부짖으셨어요. 구급차는 이미 불렀다고 하길래 저
는 병원에서 대기하고 있었습니다만…."

"이송 도중 사망했다…."

요네쿠라가 고개를 끄덕였다.

"사인은 급성호흡부전입니다."

"인공호흡기 튜브가 왜 빠졌을까요?"

나츠메의 질문에 요네쿠라의 표정이 심각해졌다.

"바로 그 점이 문제입니다. 환자가 죽은 후에 어머니와
함께 집에 가서 주입 펌프를 확인해 보니 진정제 투여량이
아주 낮은 수준으로 떨어져 있었습니다."

"진정제 투여량이요?"

나츠메는 인공호흡기 쪽으로는 아는 바가 전혀 없었다.

"네. 기관 튜브를 삽관하면 아무래도 환자는 고통이나 이물감을 느끼게 되거든요. 그런 증상을 완화하기 위해 주입 펌프로 진통제나 진정제를 투여합니다. 환자를 진정시키는 동시에 환자 스스로 튜브를 빼지 못하도록 예방하는 효과도 있습니다."

"평소 준은 어떤 상태였나요?"

"거의 자는 것에 가까운 상태였다고 할 수 있습니다. 어머니께 왜 진정제 투여량을 줄였는지 여쭤보니 자기는 건드린 적이 없다고 하더군요."

"그러니까 모종의 원인으로 진정제 투여량이 줄었고, 그 바람에 눈을 뜬 준이 고통을 견디지 못하고 자기 손으로 튜브를 잡아 뺐다는…."

"아니요."

요네쿠라가 단호한 말투로 나츠메의 가설을 부정하며 고개를 저었다.

"설령 고통을 느꼈다 하더라도 현재 환자 상태로는 직접 튜브를 잡아 빼는 건 불가능했을 겁니다."

요네쿠라의 설명에 나츠메는 혼조와 얼굴을 마주 보았다.

"저기 보이는 아파트 같은데요."

혼조가 가리키는 방향으로 고개를 돌리니 갈색 벽돌로
된 6층짜리 아파트가 보였다.

나츠메는 아파트 앞에 차를 세우고 운전석에서 내려 혼
조와 함께 아파트 안으로 들어갔다.

다카무라 야스코의 집은 301호였다. 건물 출입이 자유
로운 형태라 바로 엘리베이터를 탔다.

301호 앞에 도착해 벨을 누르니 안에서 "네…" 하고 가
느다란 여자 목소리가 들렸다.

"긴시 경찰서에서 나왔습니다. 바쁘신데 죄송하지만 잠
깐 시간 좀 내 주시겠습니까?"

"네, 잠시만요."

잠시 후 현관문이 열리고 중년 여성이 얼굴을 내밀었다.

"다카무라 야스코 씨 되시죠? 긴시 경찰서 나츠메 형사
입니다."

"바쁘실 텐데 여기까지…. 들어오세요…"

나츠메는 현관문 손잡이를 잠시 쳐다본 뒤 집 안으로
들어섰다. 야스코의 안내를 받아 들어간 곳은 여섯 평 정
도 되는 거실이었다.

양쪽으로 난 창문으로 빛이 쏟아져 들어왔다. 북쪽 창가
에 환자용 침대와 인공호흡기가 놓여 있었다.

침대 옆 창가에 놓인 액자에는 한 소년과 야스코의 모습이 담겨 있었다. 아마도 준이 다치기 전에 함께 찍은 사진인 듯했다.

아무도 없는 공원 사진도 있었다. 액자 옆에는 같은 공원에서 찍은 듯한 비슷한 느낌의 사진이 몇 장 놓여 있었다.

"근처에 있는 타이헤이 공원이에요."

나츠메의 시선을 눈치챘는지 야스코가 설명해 주었다.

"비슷한 사진이 여러 장 있네요."

"다치기 전에 준이 자주 가서 놀던 공원이라서…. 매달 새로 사진을 찍어서 준에게 보여주고 있었어요. 빨리 건강해져서 다시 공원에 가서 놀자꾸나 하고…. 두 분 이쪽으로 앉으세요."

나츠메와 혼조는 부엌 앞에 놓인 테이블에 나란히 앉았다. 야스코가 전기 포트에 물을 넣고 전원 버튼을 눌렀다.

"아무것도 안 주셔도 됩니다."

나츠메가 사양했지만 야스코는 묵묵히 차를 준비했다.

테이블 모서리에 놓인 컵이 눈에 들어왔다. 일반 칫솔과 스펀지 칫솔이 꽂혀 있었다.

다시 한번 천천히 실내를 둘러보았다. 침대에 누웠을 때 잘 보이는 위치에 아이돌 그룹의 포스터가 붙어 있고, 침대 옆 선반에는 오디오 세트와 CD 몇 장이 놓여 있었다.

재택 요양 중이라면 집 안이 어수선한 분위기이지 않을까 싶었는데 예상과는 달리 부엌도 거실도 전체적으로 밝고 청결한 느낌이었다.

"집을 정말 깨끗하게 해놓고 사시네요."

"여기만 깨끗한 거예요. 다른 방들은 난리도 아니에요."

야스코가 두 사람 앞에 찻잔을 내려놓았다.

"아드님을 잃고 상심이 크실 텐데 이렇게 자꾸 찾아와서 죄송합니다. 장례식 준비에 무슨 문제는 없나요?"

"네…."

야스코가 나츠메 맞은편에 앉으며 대답했다.

"언젠가 이런 날이 올 거라고 각오는 하고 있었지만… 설마 이런 형태로 헤어지게 될 줄이야…"

야스코는 말을 맺지 못하고 고개를 떨구었다.

"실례지만 부군은?"

"10년 전에 이혼했습니다."

"준이 사고를 당한 후에도 연락하지 않으셨나요?"

"네. 사고 소식은 들어서 알고는 있을 텐데 문병을 오거나 한 적은 없어요. 애초에 남편이 바람을 피워서 이혼한 거였고, 그 상대와 재혼했다고 알고 있거든요."

"어머님 혼자서 많이 힘드셨겠네요."

나츠메의 말을 듣고 야스코가 기운 없이 웃었다.

"솔직히 힘들기는 했지만… 그 덕분에 지금까지 살아올 수 있었다는 걸 통감하고 있어요. 오늘 아침에 눈을 뜨고부터는 뭔가를 해야겠다는 의욕이 전혀 생기질 않아서… 아이 없이 앞으로 어떻게 살아가야 할지 모르겠어요."

"계속 집에서 직접 간병을 하셨다고 들었는데 생활비는 어떻게 충당하셨나요?"

혼조가 처음으로 질문했다.

"월요일부터 금요일까지 낮에 세 시간씩 근처 마트에서 파트타임으로 일하고 있어요. 장애인 수당도 나오고, 지자체와 학교를 상대로 소송을 걸어 받은 배상금도 있어서 그걸로 생활은 가능했습니다."

"배상금은 얼마나 받으셨나요?"

혼조가 물었다.

"5천 2백만 엔이요."

"그 정도 돈을 받았다면 굳이 일할 필요가 없지 않나요? 파트타임으로 받는 급여보다 간병인에게 지불하는 비용이 더 컸을 것 같은데요."

혼조의 눈빛이 날카로워졌다.

"맞는 말씀입니다. 어쩌면 제게 있어서 파트타임으로 일하는 시간은 재활 치료 같은 거였는지도 모르겠네요."

"재활 치료요?"

혼조가 고개를 갸웃거렸다.

"네. 매정하다고 느끼실지 모르겠지만 집에서 온종일 아들 간병을 하고 있으면 가끔 미쳐버릴 것 같을 때가 있거든요. 재택 요양을 하기로 결정했을 때는 준 옆에서 한시도 떨어지지 않고 제가 할 수 있는 건 뭐든지 다 할 생각이었어요. 준의 상태가 좋아질 수만 있다면 뭐든지요. 하지만 매일매일 어제와 똑같은 오늘이 반복되었고, 그렇게 3개월쯤 지나니 절망적인 기분이 들더라고요. 언제까지 이런 날들이 계속되는 걸까…. 의사 선생님 말로는 평생 이렇게 살 수도 있다는데…. 5천 2백만 엔은 확실히 큰돈이지만 간병에 들어가는 돈을 생각하면 10년이면 바닥날 거예요. 그때도 준은 아직 스물여섯밖에 안 되었을 텐데."

나츠메는 야스코가 느꼈을 절망감을 상상하기조차 어려웠다. 나츠메에게는 미나요가 있었다. 10년 동안 눈을 뜨지 못하고 누워만 있는 딸을 지켜보는 것이 쉽지는 않았지만, 언젠가 반드시 눈을 뜰 것이라는 믿음을 공유하고 의지할 수 있는 파트너가 곁에 있었다. 하지만 야스코는 혼자서 그 절망을 견뎌내야 했던 것이다.

"그냥 이대로 둘이 같이 죽어버리는 편이 낫지 않을까 하는 생각도 했어요. 실제로 준이 눈을 뜨고 있을 때면 이 아이도 같은 생각이지 않을까 싶을 때도 있었고요."

"준과 의사소통이 가능했다는 건가요?"

나츠메가 묻자 야스코가 고개를 끄덕였다.

"두 달쯤 전부터 깊은 진정 상태를 유지하게 되면서 의사소통이 불가능해졌지만 그 전까지는 '예', '아니오' 정도는 알 수 있었어요."

"어떻게 말이죠?"

"우연히 알게 되었는데 그 아이는 대답이 '예'인 경우에는 엔도 사리나 쪽을 봤거든요."

야스코가 벽에 붙은 포스터를 돌아보길래 나츠메도 시선을 따라갔다. 5인조 아이돌 그룹이었다.

"오른쪽 끝에 있는 엔도 사리나가 준이 제일 좋아하는 멤버였어요."

"그럼 '아니오'일 때는 반대쪽을 봤나요?"

"네, 왼쪽 끝에 있는 센도 미즈호를 봤어요. 초등학생 때 자기를 괴롭힌 아이와 분위기가 닮았다고 사고를 당하기 전부터 싫어했거든요. 준에게 지금 많이 힘드냐고 물으면 항상 사리나 쪽을 쳐다봤어요. 차마 죽고 싶으냐고 물어보지는 못했지만요."

나츠메는 옆에 있는 선반에 손을 뻗어 가장 위에 놓인 CD를 집어 들었다. 포스터에 찍힌 아이돌 그룹의 음반이었다.

어디선가 본 듯해서 기억을 더듬어 보니 지난주에 에미에게 들려줄 CD를 사려고 들른 음반 가게에서 가장 눈에 잘 띄는 곳에 진열되어 있던 상품이었다.

준이 식물인간 상태가 된 후에도 야스코는 계속해서 아들이 좋아하는 그룹의 새 앨범을 사 와서 들려주고 있었던 것이다.

"죽고 싶다는 생각을 그만두게 된 계기가 있으셨나요?"

혼조의 질문에 나츠메는 CD를 제자리에 돌려놓고 야스코를 쳐다보았다.

"뭐라고 콕 집어서 설명하기는 어려운데… 예를 들어 자고 있는 준의 숨소리가 들렸다든지 그런 아주 사소한 것들이에요. 이 아이와 함께 있을 수 있어서 진심으로 행복하다고 느끼는 순간들이 있거든요. 그럴 때는 아이가 살아서 내 옆에 존재해 주는 것만으로도 감사하다는 생각이 들어요. 이 행복을 지키기 위해서는 우선 내가, 내 마음이 건강해야겠구나 싶더라고요. 그래서 반년 전부터 일을 나가기 시작한 거예요."

"어제 일을 자세히 들려주실 수 있을까요?"

나츠메가 묻자 야스코가 이쪽으로 얼굴을 돌렸다.

"어제도 일을 나가셨나요?"

야스코가 고개를 끄덕였다.

"네, 오전 11시부터 오후 2시까지 일하고, 2시 30분쯤 집에 돌아왔습니다."

"간병인은요?"

"제가 일하는 날은 간병하시는 분이 오전 10시 30분부터 오후 2시 30분까지 집에 와 계세요. 제가 돌아올 때까지요."

"집 열쇠는 어떻게 관리하시나요?"

"열쇠를 복제해서 간병인 파견 회사와 긴시 병원에 각각 하나씩 맡겨놨어요."

"병원에도 맡기셨다고요?"

"네, 의사 선생님 진찰은 제가 집에 있는 시간에 부탁드리지만 물리 치료는 제가 일하고 있을 때 오기도 하거든요. 보통은 간병하시는 분이 집에 계시지만 가끔 저 대신 장을 봐 주시느라 외출할 때도 있어서…."

"어제는 집에 왔다가 다시 나가셨던 건가요?"

"네, 기저귀 사놓는 걸 깜박해서…. 당장 쓸 것도 없어서 바로 나가서 사 왔어요."

"집에서 나간 게 몇 시쯤이었나요?"

"오후 3시 반쯤 됐을 거예요."

"그리고 한 시간 후에 돌아오셨고요?"

"네. 걸어서 5분 정도 거리에 있는 약국에 간 거라서 원래 20분이면 충분한데 어제는 옆에 있는 편의점에서 잡지를 좀 보다 오느라…. 이런 일이 생긴 줄도 모르고…"

야스코가 침울한 표정으로 고개를 숙였다.

"긴시 병원 의사 말로는 진정제 투여량이 평소보다 많이 줄어든 상태였다고 하던데요, 2시 30분에 일을 마치고 돌아왔을 때는 어땠나요?"

"주입 펌프 설정 수치까지 살펴보지는 않았지만 준의 상태는 평소와 똑같았어요. 그런데 갑자기 왜…."

당장이라도 터져나올 것만 같은 울음을 삼키며 야스코는 입술을 꽉 깨물었다.

"…이상이 긴시 병원 요네쿠라 의사와 사망자 어머니에게 들은 이야기입니다."

나츠메가 보고를 마치자 여기저기서 한숨이 새어 나왔다.

"어제 우리가 알아본 내용이랑 거의 비슷하네." 오오가키가 말했다.

"지문 채취는 했나?"

칸다의 물음에 나츠메는 고개를 끄덕였다.

나츠메와 혼조는 야스코와 이야기를 나눈 다음, 야스코에게 준의 죽음이 타살일 가능성이 있다는 점을 설명하고 야스코의 지문과 집 안에 묻은 지문 채취에 협조해 달라고 요청했다. 타살 가능성이라는 말을 들은 야스코는 크게 동요했지만 일단 지문 채취에는 동의해 주었고, 나츠메는 곧바로 감식반을 불렀다.

"주입 펌프에서 복수의 지문이 검출되었습니다. 각각 사망자 어머니, 요네쿠라 의사, 긴시 병원 간호사의 지문으로 확인되었습니다. 한편 튜브에서는 이 세 명 이외의 지문도 검출되었습니다. 사망자의 왼손 지문입니다. 감식반 말로는 이것이 가장 최근에 찍힌 것 같다고 합니다."

나츠메의 설명에 모두가 술렁였다.

"요네쿠라 의사 말로는 설령 환자가 깨어나더라도 자기 손으로 직접 튜브를 잡아 빼는 건 불가능한 상태라고 하지 않았나?" 칸다가 물었다.

"그렇습니다." 나츠메가 대답했다.

"그쪽은 어떤가?"

칸다의 말에 나츠메는 오오가키와 세키구치 쪽을 돌아보았다. 세키구치가 수첩을 내려다보며 말하기 시작했다.

"이웃 주민들 말에 따르면 사망자 어머니가 남자와 단둘이 근처 패밀리 레스토랑에서 식사하는 모습을 몇 번인가 목격했다고 합니다. 상대 남성은 같은 마트에서 일하는 히노 마사토라는 정직원입니다. 히노 씨를 직접 만나 확인한 결과, 두 사람은 진지하게 교제 중이며 아들 상태에 대해서도 잘 알고 있었다고 합니다."

히노는 마흔여덟, 야스코는 마흔넷. 두 사람 모두 이혼 경험이 있었다. 히노는 2년 전부터 현 직장에서 일하기 시작했고, 파트타임으로 들어온 야스코에게 호감을 느껴 세 달 전부터 만남을 이어오고 있었다.

"본인 말로는 둘이 결혼해서 함께 준을 돌볼 생각이었다고는 하는데…."

뭔가 할 말이 남은 듯한 오오가키의 말투에 칸다가 "그런데?" 하고 설명을 재촉했다.

"히노 씨에 관해 조사해 보니 3년 전 자신이 경영하던 IT 회사가 도산하면서 꽤 많은 빚을 진 것으로 나타났습니다. 빚이 1천만 엔 정도 되니 2년 전에 정사원 일자리를 구했다고는 해도 생활이 여유롭지는 않을 겁니다. 그런 사람이 굳이 식물인간 상태인 아이를 떠안으면서까지 결혼을 하려고 할지…."

"적어도 결혼하면 빚은 바로 청산할 수 있겠네요." 혼조가 말했다.

"준의 사고 배상금으로 받은 5천 2백만 엔이 있으니까요."

"그건 어디까지나 준의 미래를 위해서 필요한 돈이니 야스코 씨가 그 돈으로 히노 씨의 빚을 대신 갚아 주지는 않을 것 같은데요."

나츠메가 저도 모르게 반박하자 혼조가 "미래가 있다면

말이지요"라고 냉랭한 말투로 받아쳤다.

"아무튼 사망자는 자력으로 튜브를 잡아 뺄 수 있는 상태가 아니었으니 누군가 튜브를 건드린 사람이 있다는 거지. 사망자가 직접 뺀 것처럼 위장해서 말이야. 일단 사망자 어머니와 상대 남성에 대한 수사를 진행해 보자고."

칸다의 지시에 오오가키가 "이번 사건은 쉽지 않겠는데…" 하고 중얼거렸다.

"그 두 사람 외에—"

네 명의 시선이 나츠메에게 쏠렸다.

"다른 쪽으로도 알아볼 필요가 있지 않을까요?"

"그게 무슨 말인가?"

칸다가 나츠메에게 물었다.

"야스코 씨나 히노 씨가 아닌 누군가가 주입 펌프를 조작해서 인공호흡기 튜브를 잡아 뺐을 가능성이 전혀 없다고는 할 수 없습니다."

"여분의 열쇠를 가지고 있던 병원 관계자나 간병인을 말하는 건가?"

"알 수 없습니다. 그 아파트는 외부인 출입이 자유롭고, 세대별 현관문 열쇠도 복제하기 쉬운 타입인 데다가 마음만 먹으면 얼마든지 딸 수도 있으니까요."

"그건 그렇지만…, 문제는 가족 이외의 사람이 그런 일을 할 이유가 있냐는 거겠지."

칸다가 생각에 잠긴 얼굴로 말했다.

마유는 배식차에서 저녁 식사가 담긴 식판을 꺼내 병실로 들어갔다. 환자 한 명 한 명에게 인사를 건네며 식판을 내려놓았다.

"에미, 저녁 먹으렴."

마유가 힘찬 목소리로 인사하자 침대에 누워 있는 에미 대신 옆에 있던 미나요가 "와, 밥이다" 하고 손뼉을 치면서 반겼다.

"오늘은 휠체어 타고 많이 돌아다녀서 배고프지? 오늘 메뉴는 뭘까?"

미나요가 에미에게 말을 걸며 테이블을 세팅했다.

테이블 위에 식판을 내려놓자 미나요가 곧바로 숟가락을 들어 에미의 입으로 가져갔다.

마유는 다음 병실에도 저녁 식사를 배달해야 했지만 잠시 그 자리에 서서 에미가 밥 먹는 모습을 물끄러미 바라보았다.

이 가족을 보고 있으면 뭔가 불가사의한 힘이 느껴졌다.

에미가 이 병원으로 옮겨온 것은 한 달쯤 전이었다. 10년 동안 혼수상태에 빠져 있다가 얼마 전 의식을 회복했다고 들었다. 의식은 돌아왔지만 에미가 위중한 상태라는 사실에는 변함이 없었다. 자기 힘으로 몸을 움직일 수도 없고, 말을 걸어도 아무런 반응을 보이지 않았다. 네 살 때 괴한에게 머리를 맞아 혼수상태에 빠진 후 10년 동안 누워만 있었기 때문에 누가 봐도 열네 살이라고는 믿을 수 없을 정도로 몸집이 작았다. 지금보다 상태가 좋아진다고 하더라도 평범한 열네 살과 똑같이 생활하기는 어려울 것이다. 하지만 에미의 부모는 절망하지 않았고, 딱히 무리하고 있는 것 같지도 않았다.

병원에서 마주치는 두 사람은 항상 웃는 얼굴이었고, 사이도 좋아 보였다.

어떻게 하면 두 분처럼 강해질 수 있나요?

언젠가 마유가 미나요에게 물어본 적이 있었다.

"지금보다 한 발 더 나아갈 수 있다고 믿으니까요."

미나요의 대답은 마유의 마음속 깊이 스며들었다.

열 발 더 나아갈 수 있을지 지금으로서는 알 수 없다. 하지만 한 발이라도 더 나아갈 수 있을 거라는 믿음만큼은 잃고 싶지 않다.

그 말을 듣고 마유는 마음을 정할 수 있었다.

"여기 당근이 들어갔나요?"

미나요의 목소리에 마유는 회상에서 깨어났다.

"네, 당근을 갈아서 넣었을 거예요."

마유가 대답하자 미나요가 역시나 하는 미소를 지었다.

"에미는 어려서부터 당근을 싫어했거든요. 지금 딱 그 표정이네요."

자신이 보기에는 전혀 차이를 알 수 없었지만 아이 엄마에게만 보이는 무언가가 있는 것이리라. 마유는 그렇게 생각하며 잠자코 고개를 끄덕였다.

"그런데 혹시 무슨 일 있으세요?"

미나요가 웃음기를 지우고 진지한 표정으로 마유를 쳐다보며 물었다.

질문의 의도를 알 수 없어서 마유는 고개를 갸우뚱했다.

"최근 2주 정도 계속 기운이 없어 보여서요. 신경이 쓰이더라고요."

2주가 넘게 지났지만 신고가 더 이상 이 세상에 존재하지 않는다는 상실감은 조금도 가시지 않았다.

"실은 얼마 전에 실연당했거든요."

마유가 적당히 둘러대자 미나요의 표정이 흐려졌다.

"제가 괜한 걸 물어봤네요."

"아니에요. 남편분처럼 멋진 상대를 다시 열심히 찾아봐야죠."

"찾기가 쉽지는 않을 거예요."

미나요가 장난스럽게 대꾸했다.

"아무렴요."

마유와 마주 보고 웃던 미나요가 문득 시선을 들어 "여보" 하고 불렀다.

뒤를 돌아보니 나츠메가 이쪽으로 걸어오고 있었다.

"안녕하세요."

마유에게 인사를 건네는 목소리는 평소와 다름없었지만 어딘지 모르게 얼굴에 그늘이 져 보였다. 회사에서 기분 나쁜 일이라도 있었던 걸까.

"나가츠루 선생님 아직 병원에 계신가요?"

나츠메의 물음에 마유는 "네" 하고 고개를 끄덕였다.

"선생님께 좀 여쭤보고 싶은 것이 있습니다만…."

그 말을 듣고 미나요가 자리에서 일어났다.

"에미 일이라면 나도 같이 가."

"그런 건 아니고 회사 일로 여쭤보려는 거야."

회사 일로 의사한테 물어보고 싶다는 게 뭘까. 나츠메의 직업은 공무원이라고 알고 있었다.

마유는 나츠메와 함께 병실을 나와 나가츠루의 진료실로 향했다. 진료실 앞에 도착해 마유가 문을 똑똑 두드렸다.

"나가츠루 선생님, 안에 계신가요?"

"네, 들어오세요."

나가미네가 대답하는 소리를 듣고 마유가 문을 열었다.

"에미 환자 아버님이 선생님께 여쭤볼 게 있다고 하셔서
요."

마유의 안내에 따라 나츠메가 진료실로 들어갔다.

"바쁘신데 죄송합니다. 선생님께 한 가지 여쭤보고 싶은
게 있습니다만… 내용은 비밀로 해 주셨으면 합니다."

마유는 복도로 나와 문을 닫았다. 발걸음을 돌리려는데
문 너머로 "혹시 무슨 사건이라도…" 하고 말을 꺼내는 나
가츠루의 목소리가 들렸다.

사건이라니 대체 무슨 일일까.

"얼마 전 재택 요양 중이던 소년이 죽었습니다."

나츠메가 말을 꺼내자 나가츠루의 표정이 진지해졌다.

"3년 전 사고로 머리를 다친 이후 계속 누워 지냈다고
합니다. 의식은 있지만 자기 힘으로 몸을 움직이거나 밥을
먹는 것은 불가능하고 말도 하지 못하는 상태였습니다. 자
가 호흡이 어려워서 인공호흡기를 사용하고 있었고요."

"사망 원인은 무엇이었습니까?"

"급성호흡부전입니다. 어머니가 잠시 외출한 사이에 인공
호흡기 튜브가 빠져버렸다고 합니다."

나가츠루가 다소 의아하다는 표정을 지었다.

"그런 환자라면 깊은 진정 상태를 유지하고 있었을 텐데요. 그런데 튜브가 빠졌다고요?"

"네. 환자가 사망한 후 담당 의사가 확인한 바에 따르면 주입 펌프의 진정제 투여량이 아주 낮은 수준으로 떨어져 있었다고 합니다."

나가츠루가 이해했다는 듯 고개를 끄덕였다.

"그래서 타살 가능성이 있다고 보고 수사를 하시는 거군요?"

"어디까지나 가능성의 문제이긴 합니다만…. 튜브에는 환자의 지문이 묻어 있었습니다. 저는 모종의 이유로 진정제 투여량이 줄어드는 바람에 고통을 느낀 환자가 스스로 튜브를 잡아 뺀 것이라고 생각했습니다만, 담당 의사 말로는 환자가 깨더라도 자력으로 튜브를 빼는 건 불가능했을 거랍니다."

"그런데도 튜브에 환자의 지문이 묻어 있었다는 건 누군가 고의로 그렇게 보이도록 만들어 놓았다는 말이고요."

"그럴 가능성도 있습니다. 솔직히 말씀드리자면 그쪽 의견이 다수입니다. 하지만 수사에서는 다양한 가능성을 검토해 봐야 하니까요."

진정제 투여량이 줄어든 것은 사실이다. 하지만 실수로 조작을 잘못해서 죽게 만드는 것과 고의로 살해한 다음 실수로 위장하는 것은 전혀 차원이 다른 문제이다.

나츠메는 전자이기를 간절히 바랐다.

야스코가 주입 펌프 조작을 잘못해서 준이 죽은 거라고. 결코 살의를 가지고 아들을 죽인 후 사고로 위장한 것은 아니라고.

"이런 경우, 환자가 직접 튜브를 잡아 뺐을 가능성은 전혀 없다고 봐야 할까요?"

나츠메의 질문에 나가츠루는 고개를 숙인 채 한참을 생각하더니 천천히 고개를 들었다.

"그 환자를 실제로 본 적이 없기 때문에 의견을 말하기가 상당히 조심스럽지만 저 개인적으로는 인체나 의술과 관련된 문제에서 100%나 0%는 있을 수 없다고 생각합니다."

"가능성이 전혀 없다고는 할 수 없다는 말씀이신가요?"

"네, 어디까지나 저 개인의 의견입니다만…, 에미 같은 경우도 그렇다고 볼 수 있지 않을까요?"

"에미가요?"

"10년 동안 혼수상태였는데 의식을 회복하지 않았습니까. 의사 입장에서 보면 믿기 어려운 일입니다. 믿기 어렵지만 그런 일이 실제로 일어난 거죠. 인체에 관해서는 아직 밝혀지지 않은 부분이 많습니다."

준이 스스로 튜브를 뺐을 가능성이 전혀 없지는 않다.

나츠메는 그제야 마음이 조금 편해졌다. 하지만 동시에 만약 준이 자기 손으로 튜브를 잡아 뺀 것이라면 그건 그 것대로 가슴 아픈 일이었다.

준은 자신의 행동이 어떤 결과를 불러올지 예측했을까. 단순히 고통을 참지 못하고 반사적으로 한 행동일까 아니면….

"감사합니다. 오늘 저와 한 얘기는 비밀로 해 주실 수 있을까요?"

"알겠습니다."

나츠메는 나가츠루 의사에게 인사한 후 의자에서 일어났다. 진료실을 나와 에미의 병실로 가는 길목에 마유가 서 있었다.

가볍게 목례만 하고 지나가려는데 마유가 나츠메를 불러 세웠다.

"저, 잠깐 시간 괜찮으신가요?"

"무슨 일이시죠?"

나츠메가 웃으며 대답했지만 마유는 무언가를 망설이는 눈치였다.

혹시 누가 들을까봐 신경이 쓰이는 모양이었다.

"로비로 갈까요?"

아까 지나오면서 봤을 때 로비에는 차례를 기다리는 환

자도 접수데스크 직원도 없었다.

마유가 고개를 끄덕이는 것을 보고 나츠메는 엘리베이터 쪽으로 걸어갔다. 엘리베이터를 타고 1층으로 내려갔다. 로비는 텅 비어 있었다. 로비 의자에서 가운데 한 자리를 띄우고 마유와 나란히 앉았다.

"무슨 이야기인데 그러시죠?"

나츠메가 물었지만 마유는 정면을 향한 채 아무 말도 하지 않았다. 더 재촉하지 않고 묵묵히 기다리고 있으려니 잠시 후 마유가 "나츠메 씨는 경찰이셨군요" 하고 혼잣말처럼 중얼거렸다.

"죄송해요. 나가츠루 선생님과 하시는 얘기를 몰래 엿들었어요. 사건이라는 단어가 들려서…."

"그러셨군요. 경찰한테 상담하고 싶은 일이 있으신 건가요? 저라도 괜찮으시다면 말씀해 주시겠습니까?"

그제야 마유가 나츠메를 쳐다보았다.

"제 남자친구 일인데요…."

거기까지 말하고 더는 말을 잇지 못했다.

"무슨 일이 있었던 거죠?"

"2주 전에 죽었습니다."

나츠메는 마유를 보며 고개를 갸웃거렸다.

"5년 전 오토바이 사고를 당해서 계속 입원해 있었거든요. 아까 나츠메 형사님이 나가츠루 선생님께 의견을 구한 환자와 비슷한 상황이었어요. 몸을 움직이거나 의사소통을 하는 건 불가능하고, 자가 호흡도 어려워서 인공호흡기를 달고 있었습니다. 죽기 1시간 전까지 제가 옆에 있었고요. 그런데….'

마유가 입술을 깨물었다.

거기까지 들으니 마유가 하고 싶은 말이 무엇인지 대충 짐작이 갔다.

"죽은 원인을 납득할 수 없다는 거군요."

마유가 고개를 끄덕였다.

"남자친구 가족들은 뭐라던가요?"

"의사한테 환자 상태가 갑자기 나빠졌다는 말만 들었지 자세히는 모르는 것 같더라고요. 하지만 저는 전혀 그런 낌새를 느끼지 못했어요. 제가 의사는 아니지만 환자의 죽음은 지금까지 수도 없이 겪어 왔어요. 그런데… 도저히….'

"남자친구는 어느 병원에 입원해 있었나요?"

"긴시 병원이요."

병원 이름을 듣고 나츠메의 어깨가 움찔했다.

접수데스크 직원의 안내에 따라 나츠메와 혼조는 응접실로 들어섰다.

"요네쿠라 선생님은 곧 오실 겁니다. 여기서 잠시만 기다려 주세요."

나츠메가 고개를 끄덕이자 직원은 목례를 하고 방에서 나갔다. 문이 닫히고, 나츠메와 혼조는 소파에 나란히 앉았다.

"뭘 더 물어보려는 거죠?" 혼조가 나츠메를 보며 물었다.

"깜빡하고 빠트린 게 있어서요…."

오늘은 야스코와 히노의 관계를 좀 더 자세히 알아보라는 칸다의 지시를 받고 서를 나섰지만, 그 전에 긴시 병원에 볼일이 있다고 혼조를 설득해 함께 들른 참이었다.

혼조에게는 어젯밤 마유에게 들은 니시노 신고의 이야기를 전하지 않았다. 말해 봤자 이번 사건과는 관계없지 않냐고 쏘아붙일 게 뻔했다.

같은 병원 환자라는 점을 제외하면 준과 신고 사이에는 아무런 접점이 없었다. 하지만 야스코와 마유의 이야기를 듣고 나니 보이지 않는 무언가가 마음에 걸렸다.

게다가 이번 사건과 니시노 신고의 죽음이 정말로 무관하다 하더라도 나츠메는 그가 죽은 이유를 마유에게 제대로 설명해 주고 싶었다. 의사소통조차 불가능한 연인의 곁을 5년 동안 지켜온 마유의 심정을 충분히 이해할 수 있었다. 납득할 만한 이유를 들으면 그녀도 남자친구의 죽음을 받아들이고 새로운 한 발을 내디딜 수 있을 것 같았다.

노크 소리에 나츠메는 소파에서 일어났다. 문이 열리고 요네쿠라가 들어왔다.

"바쁘신데 자꾸 찾아와서 죄송합니다."

"아닙니다. 다만 오늘은 학회가 있어서 곧 나가 봐야 합니다만…."

요네쿠라가 나츠메의 인사에 대답하며 맞은편 소파에 앉았다.

"알겠습니다. 최대한 빨리 끝내도록 하겠습니다."

"오늘은 다카무라 준 환자에 대해 어떤…."

"아니요, 오늘은 준이 아니라 다른 환자에 대해 여쭤볼 것이 있어 찾아왔습니다."

요네쿠라가 고개를 갸웃거렸다. 옆에서 나츠메를 응시하는 혼조의 시선이 느껴졌다.

"얼마 전 이 병원에서 사망한 니시노 신고라는 25세 남자 환자입니다."

요네쿠라의 표정이 변했다.

"준과 마찬가지로 뇌타박상을 입고 5년 동안 입원해 있었다고 들었는데 그렇다면 뇌신경외과인 요네쿠라 선생님이 담당하시지 않았을까 싶어서요."

"그 환자의 뭐가 궁금하신 거죠?"

요네쿠라의 시선이 불안정하게 떨렸다. 뭔가 있는 듯했다.

"사망에 이르게 된 경위를 알고 싶습니다. 진료 기록도 함께 보여 주실 수 있을까요?"

뭐가 나올지 모르겠지만 일단 강하게 나가 봐야겠다고 판단했다.

"왜 경찰에서 그 환자 일을…?"

요네쿠라가 당황한 목소리로 물었다.

"수사와 관련해서 자세한 내용은 설명드리기 어렵습니다. 죄송합니다."

"알겠습니다…. 잠시만 기다리십시오."

요네쿠라가 어두운 표정으로 자리에서 일어났다.

요네쿠라가 문을 닫고 나가자 옆에 앉은 혼조가 "지금 대체 무슨 얘기를 하고 있는 거죠?" 하고 따졌다.

나츠메는 어제 마유가 한 이야기를 혼조에게 들려주었다.

"이번 사건과 직접적인 관련은 없을 것 같지만 같은 병원에서 치료를 받던 환자가 2주 간격으로 잇따라 사망했다는 점이 걸려서요."

"그러고 보니 나츠메 형사님은 단독 행동을 좋아하신다는 걸 깜빡했네요."

혼조가 그렇게 말하고는 고개를 돌렸다.

미리 말하지 않아서 화가 난 듯했다.

불편한 침묵이 흐르는 가운데 노크 소리가 들렸다. 요네쿠라와 백의를 입은 남자가 함께 들어왔다. 나이가 꽤 들어 보였다.

"긴시 경찰서에서 나온 나츠메 형사입니다."

나츠메가 자리에서 일어나 인사했다.

"원장인 모리모토입니다."

나이가 지긋한 남자는 그렇게 자신을 소개한 후 나츠메 맞은편에 요네쿠라와 나란히 앉았다. 병원에서 가장 높은 사람이 나왔다는 사실에 심상치 않은 무언가를 느끼며 나츠메와 혼조도 소파에 앉았다.

"그럼 바로 니시노 신고 환자에 대해 설명해 주시겠습니까?"

나츠메가 상반신을 앞으로 숙이며 말을 꺼내자 요네쿠라가 옆을 살폈다. 모리모토가 고개를 끄덕이는 것을 확인한 후 다시 앞을 보며 입을 열었다.

"사망 경위에 앞서 환자와 관련된 전반적인 내용부터 우선 설명드리겠습니다. 그 편이 이해하시기 쉬울 겁니다."

"알겠습니다."

나츠메가 동의하자 요네쿠라는 손에 든 서류를 내려다보며 말하기 시작했다.

"신고 환자는 2012년 4월 3일 밤에 오토바이 사고를 당해 저희 병원으로 실려 왔습니다. 뇌와 폐에 타박상을 입고 갈비뼈와 다리도 부러진 상태여서 중환자실에 입원해 치료를 받았습니다. 5일 후 의식은 돌아왔지만 뇌타박상으로 인한 중증의 의식 장애가 남았고요. 스스로 몸을 움직이거나 말을 하는 건 거의 불가능한 상태였습니다. 다카무라 준 환자와 거의 비슷한 케이스였다고 할 수 있습니다."

"말을 걸면 반응은 하던가요?"

"어느 정도 알아듣기는 하는 것 같았습니다. 눈을 깜빡인다든지 아주 약간이지만 왼손을 움직일 수 있었거든요."

"인공호흡기는요?"

"사용했습니다. 모드를 바꿔가며 사용했는데 3개월 정도 전부터 자가 호흡이 어려워졌고, 이후에는 계속 강제 환기 모드였습니다."

"거의 내내 진정 상태였다는 말이군요."

요네쿠라가 고개를 끄덕였다.

"신고 환자가 사망한 시각은 4월 17일 오후 2시 8분입니다. 1시 30분경 간호사실 알람이 울렸고, 자리로 돌아온 간호사가 모니터를 보고 신고 환자의 심박과 호흡에 이상이 생겼다는 사실을 발견했습니다."

"처음 알람이 울렸을 때 간호사실에는 아무도 없었던 건가요?"

나츠메가 묻자 요네쿠라가 어두운 표정으로 고개를 끄덕였다.

"원칙적으로는 반드시 누군가 남아 있어야 하지만 점심 시간이라서 간호사들 대부분이 병실을 돌고 있었고, 혼자 남은 간호사가 화장실에 가는 바람에 20분 정도 비어 있었다고 합니다."

"화장실 다녀오는 데 20분이나 걸렸다고요?"

"속이 안 좋았던 모양입니다. 간호사실로 돌아온 간호사가 서둘러 병실로 달려가 보니 신고 환자의 인공호흡기 튜브가 빠져 있었고, 환자는 호흡 정지 상태였습니다."

나츠메는 저도 모르게 혼조를 쳐다보았다. 준 때와 상황이 매우 흡사했다.

"저도 연락을 받고 바로 달려와서 심장 마사지 등 제가 할 수 있는 모든 처치를 시도했지만 안타깝게도…."

요네쿠라가 말을 맺지 못하고 고개를 떨구었다.

"튜브가 왜 빠져 있었을까요?"

"주입 펌프를 확인해 보니 진정제 투여량이 줄어들어 있었습니다. 그 바람에 눈을 뜬 환자가 잘못해서 잡아 뺀 것이 아닌가 싶습니다."

신고의 경우, 아주 약간이지만 왼손을 움직일 수 있었다고 했다.

"마지막으로 주입 펌프를 확인한 간호사 말로는 진정제 투여량은 평소와 똑같았다고 합니다만…"

"그 후에 누군가 건드린 사람이 있다는 건가요?"

요네쿠라는 대답하지 않았다.

"어느 쪽이든…"

옆에 앉은 모리모토가 침통한 표정으로 입을 열었다.

"저희 병원 측 과실이었다는 건 부인할 수 없는 사실입니다. 마지막으로 주입 펌프를 확인한 간호사는 문제가 없었다고 말하고 있지만, 다른 사람이 고의로 건드렸다고는 생각하기 어려우니까요."

"어떻게 그렇게 단언하시죠?"

나츠메가 지적하자 모리모토가 당황한 듯 머뭇거렸다.

"왜 그렇게 생각하시죠?"

나츠메가 강한 어조로 재차 물었다.

"딱히 근거는 없습니다. 그냥 제가 그렇게 믿고 싶은 거겠죠. 이 병원 안에… 환자나 환자 가족들을 포함해서 누군가 악의를 가지고 그런 짓을 할 사람은 없다고…"

"그래서 경찰에도 신고하지 않으신 건가요?"

모리모토와 요네쿠라가 고개를 푹 숙였다.

"의료 과실을 은폐하기 위해서?"

그 말을 듣고 모리모토가 고개를 번쩍 들었다.

"그건 아닙니다. 환자 부모님의 요청이 있었습니다."

"신고 환자 부모님이요?"

나츠메가 묻자 모리모토가 고개를 끄덕였다.

"환자 부모님께는 사건 경위를 솔직하게 다 말씀드렸습니다. 진정제 투여량이 평소와 다르다는 사실을 눈치채지 못했다는 점, 간호사실을 비워서 이상을 감지하기까지 시간이 걸렸다는 점도 포함해서요. 병원 책임을 물으시면 성심성의껏 대응하겠다고 말씀드렸습니다. 하지만 두 분께서 그럴 필요 없다고 하시더군요. 아들이 죽은 건 슬프지만 병원 책임은 더 따지지 않고 조용히 아들의 명복을 빌고 싶다고 하셨습니다."

"어째서…"

병원 측의 과실을 그냥 넘어가기로 했다는 건가.

"글쎄요, 저희도 두 분이 왜 그렇게 하기로 하셨는지는 모르겠습니다. 다만 돌아가시는 길에 '지금까지 정말 감사했습니다'라고 하신 걸 보면 아마도 저희 병원과 직원들을 배려해서 그런 결정을 내리신 게 아닌가 싶습니다."

차에 올라탄 나츠메는 곧바로 스마트폰을 꺼내 칸다에게 전화를 걸었다.

"무슨 일인가?"

칸다가 전화를 받았다.

"나츠메입니다. 수사 과정에서 새로 알게 된 사실이 있어 연락드립니다. 실은 지금 긴시 병원에서 나오는 길입니다만, 지난 4월 17일에 다카무라 준 환자와 비슷한 상황에서 죽은 환자가 한 명 더 있다고 합니다."

"그게 무슨 말이지?"

병원에서 들은 니시노 신고의 사망 경위에 대해 설명하자 칸다가 수화기 너머에서 끙 하고 앓는 소리를 냈다.

"단순한 우연일 수도 있지만, 이번 사건과 전혀 관련이 없다고 단언하기도 어려운 것 같습니다."

"좋아, 오오가키와 세키구치에게는 내가 연락해서 병원 관계자들 이야기를 더 들어 보라고 하지."

"신고 환자가 사용하던 튜브와 주입 펌프는 병원에서 보관 중이라고 하니 감식반을 보내 주시겠습니까? 병원장 허가는 받아 놨습니다."

"알겠네."

나츠메는 전화를 끊고 차에 시동을 걸었다.

"환자 부모님은 왜 병원을 상대로 소송을 걸지 않았을까요?"

조수석에 앉은 혼조가 나츠메에게 물었다.

"그건 직접 물어보는 게 빠를 것 같네요."

초인종을 누르자 문 안쪽에서 "네" 하고 여자가 대답했다.

"긴시 경찰서에서 나왔습니다. 잠깐 시간 좀 내 주실 수 있을까요?"

인터폰 너머로 나츠메가 신원을 밝히자 "잠시만 기다리세요" 하고 대답하는 목소리가 딱딱해졌다.

현관문이 열리고 중년의 여성이 나왔다. 나츠메와 혼조는 대문을 열고 정원으로 들어갔다.

"갑자기 방문드려 죄송합니다. 긴시 경찰서 나츠메 형사입니다."

"조금 전 긴시 병원 요네쿠라 선생님께 전화 받았습니다. 신고 일로 확인하고 싶은 게 있으시다고요."

나츠메가 고개를 끄덕이자 "들어오세요" 하고 여자가 두 사람을 안으로 안내했다.

거실로 들어간 나츠메와 혼조는 소파에 나란히 앉았다.

신고의 어머니는 두 사람에게 잠깐 기다리라고 하고 부엌으로 사라졌다. 소파에 앉아 거실을 둘러보니 여기저기 놓인 액자가 눈에 띄었다. 젊은 남자의 사진이었다. 마유와 함께 찍은 사진도 있는 것을 보면 이 남자가 신고인 듯했다.

신고 어머니가 찻잔을 담은 쟁반을 들고 들어와 두 사람 앞에 찻잔을 내려놓은 후 긴장한 표정으로 맞은편에 앉았다.

"감사합니다. 잘 마시겠습니다."

나츠메는 일단 상대의 긴장을 풀어 주기 위해 찻잔에 손을 뻗었다. 한 모금 마신 다음 입을 열었다.

"요네쿠라 선생님은 뭐라고 하시던가요?"

"경찰이 병원으로 찾아와서 신고가 죽었을 당시 상황을 물어보길래 솔직하게 대답했다고요. 아마 조만간 저희 집에도 찾아올 거라고."

"실은 그저께 재택 요양 중이던 환자가 사망하는 사건이 발생했습니다. 그 환자도 긴시 병원에서 치료를 받았는데 이 사건을 조사하는 과정에서 우연히 아드님 일을 알게 되었습니다."

"신고와 그 환자가 무슨 관계가 있나요?"

"처음에는 저희도 관계가 있을 거라고는 생각하지 못했습니다. 다만 같은 병원에서 증상이 비슷한 환자 두 명이 2주 사이에 잇따라 사망했다는 점이 걸려서요."

"증상이 비슷했다고요?"

"그 환자도 3년 전 사고로 식물인간 상태에 놓여 있었습니다. 뇌타박상으로 인해 중증의 의식 장애를 겪게 되었고, 자가 호흡이 불가능해서 인공호흡기를 사용하고 있었습니다."

"몇 살이었나요?"

"열여섯이었습니다."

"아…."

신고 어머니가 안타까운 표정으로 한숨을 내쉬었다.

"요네쿠라 선생님께 아드님 사망 당시 정황을 들어 보니 이번 사건과 유사한 점이 많다고 판단되어 함께 조사하게 되었습니다."

"무슨 말씀이신지…."

"그 환자의 경우, 어머니가 잠시 집을 비운 사이에 인공 호흡기 튜브가 빠져 급성호흡부전으로 사망했습니다. 어머니는 만진 적이 없다고 하는데 인공호흡기의 진정제 투여량이 현저히 줄어들어 있었습니다."

"저희 아들 때와 비슷한 상황이네요."

"왜 경찰에 신고하지 않으셨죠?"

빨리 본론으로 들어가자는 듯 혼조가 끼어들었다.

"왜냐고 물으셔도…."

신고 어머니가 혼조를 보며 뭐라고 대답해야 할지 모르겠다는 듯 말끝을 흐렸다.

"병원 측 설명을 들어 보면 의료 과실이 확실한 것 같은데요. 보통 이런 경우에는 병원을 상대로 소송을 걸지 않나요?"

"보통은…."

신고 어머니가 천천히 중얼거리며 잠시 고개를 숙였다가

"그럴지도 모르겠네요" 하고 고개를 들었다.

"하지만 저희 아들은 평범한 케이스가 아니었어요. 5년 동안 신고는 병원 침대에 누워만 있었으니까요. 말하지도 움직이지도 못하고 혼자 밥을 먹는 것도 불가능했어요. 의식이 돌아왔을 때 요네쿠라 선생님은 '정말 잘됐다'라고 하셨죠. 저도 남편도 기쁨의 눈물을 흘렸습니다. 하지만 이후 5년 동안은 이게 정말 신고에게 잘된 일일까 고민하는 날들의 연속이었어요. 신고는 의식이 있는 상태였습니다. 얼굴을 가까이 가져가면 저나 남편이나 여자친구를 알아본다는 걸 왼손과 눈꺼풀의 아주 미세한 움직임으로 알 수 있었죠. 하지만 신고가 할 수 있는 건 그게 전부였습니다. 운동을 좋아하고 사람들과 어울리는 걸 좋아하던 그 아이가 지금 자신이 처한 상황에 얼마나 절망하고 있을지 생각하면… 신고가 죽고 요네쿠라 선생님께 당시 상황을 전해 들었을 때, 저와 남편은 이 죽음의 원인을 제대로 밝히는 것이 좋을지 망설였습니다."

"어째서죠?"

나츠메가 묻자 신고 어머니의 눈빛이 어두워졌다.

"신고의 진심을 알게 되는 것이 무서웠거든요."

"아드님이 자살하려고 자기 손으로 직접 튜브를 뽑았을지도 모르니까요?"

신고 어머니가 침통한 표정으로 고개를 끄덕였다.

"그럴 가능성도 없지는 않으니까요…. 진정제 투여량이 줄어든 거나 간호사실이 비어 있었던 건 병원 측 과실이 분명하지만 사망의 직접적인 원인이 자살이라면… 저도 남편도 신고의 여자친구도 견디기 어려울 거예요."

"그래서 병원 측 책임을 묻지 않기로 하신 건가요?"

혼조가 묻자 신고 어머니가 "그리고…" 하고 입을 열었다가 이내 다시 다물었다.

"그리고 뭐죠?"

혼조가 다시 물었다.

"아무것도 아닙니다."

"야마모토 마유 씨가 의심받는 걸 피하고 싶으셨던 건가요?"

나츠메의 말에 신고 어머니가 깜짝 놀라 이쪽을 쳐다보았다.

"마유 씨는 환자 상태가 갑자기 나빠지기 전까지 병실에 같이 있었으니까요."

신고 어머니는 나츠메가 어떻게 마유를 알고 있는지 궁금해하는 눈치였다.

"아드님 일을 제게 알려 준 사람이 바로 마유 씨입니다. 마유 씨가 근무하는 병원에 제 딸이 입원 중인데 제가 경찰이라는 걸 알고 물어보더군요. 자신이 병실에 있었을 때는 아무렇지도 않았는데 뭔가 이상하다고요."

"그랬군요."

신고 어머니가 작게 한숨을 내쉬었다.

"저도 남편도 마유를 의심한 적은 없지만 신고가 죽고 마유가 너무 충격을 많이 받은 것 같아서… 더 신경 쓰게 만들고 싶지 않았거든요."

"마유 씨가 의심받을 이유가 있나요?" 혼조가 물었다.

"다른 사람들이 보기에는 신고에게 발목을 잡힌 것처럼 보였을 테니까요."

"그게 무슨 말이죠?"

이해가 가지 않는다는 듯 혼조가 고개를 갸웃거렸다.

"사고가 났을 때, 마유가 신고에게 '지금 당장 만나고 싶다'고 했던 모양이더라고요. 친구들한테도 신고가 이렇게 된 건 다 자기 탓이라고 했다고…. 네 잘못이 아니라고 아무리 얘기를 해도 듣지 않고 혼자 죄책감에 시달리며 지금까지 5년 동안 신고 옆을 지켜온 거예요."

"죄책감 때문이었을까요?" 나츠메가 말했다.

"그건 때문만은 아닌 것 같습니다만…."

누구보다도 소중한 사람이기 때문에 옆에 있고 싶었다—어젯밤 애틋한 표정으로 신고와의 추억을 이야기하는 마유를 보며 나츠메는 그렇게 느꼈다.

"오래 기다리셨습니다. 캐러멜 바닐라 카푸치노 나왔습니다."

마유는 점원에게서 컵을 받아 적당한 자리에 앉았다.

한 모금 마신 후 카운터 쪽을 쳐다보았다. 아르바이트 직원들이 주문을 받고 음료를 만들며 바쁘게 움직이고 있었다.

마유가 일하던 때와는 유니폼 디자인이 달랐다. 이 프랜차이즈 카페는 최근 몇 년간 이용한 적이 없었다. 긴시초점을 방문하는 것은 일을 그만둔 이후 처음이니 무려 6년 만이었다.

신고가 죽고, 이제 휴일에 무엇을 하면 좋을지 알 수가 없었다. 예전 같았으면 신고가 좋아하는 잡지나 CD를 이것저것 사들고 병원에 갔을 것이다. 문병을 마치고 돌아와서는 그날 본 신고의 모습을 찬찬히 되짚어 보다가 잠이 들었다.

하지만 이제 그런 날은 두 번 다시 돌아오지 않을 것이다. 병원 기숙사에 있으면 계속 쓸데없는 생각만 할 것 같아서 일단 밖으로 나왔다. 정신을 차려 보니 여기 와 있었다.

자꾸만 계산대 쪽에 시선이 갔다. 신고와 처음 만난 장소였다.

그날 신고는 친구 케이스케를 보러 온 것이었다. 케이스케는 마유와 비슷한 시기에 아르바이트를 시작한 동료였다.

음료가 나오기를 기다리는 동안 케이스케에게 장난을 치는 신고를 보며 마유는 쾌활한 사람이구나, 하고 생각했다. 첫인상은 대충 그런 느낌이었다. 얼마 후 케이스케가 마유에게 함께 불꽃놀이를 보러 가자고 제안했다. 자기 친구들은 다 남자이니 마유의 친구들도 불러서 같이 놀자고 했다.

그때까지 케이스케와 둘이서 대화를 나눈 적은 거의 없었기 때문에 조금 놀랐다. 케이스케는 가기 싫으면 거절해도 된다고 했지만 마유는 고3 마지막 여름방학을 즐기고 싶다는 생각에 친구들을 불러 모았다.

불꽃놀이 장소에 모인 무리 중에 신고가 있었다. 어쩌다 보니 자연스럽게 남녀가 짝을 지어 어울리게 되었고, 마유는 신고와 함께 불꽃놀이를 감상했다.

처음에는 다소 어색한 분위기였지만 마유가 즐겨 듣는 밴드를 신고도 좋아한다는 사실을 알게 되면서부터 두 사람 사이는 빠르게 가까워졌다. 불꽃놀이 후에도 연락을 주고받으며 함께 영화를 보고 데이트를 즐겼다. 그렇게 시간이 흐르면서 신고는 마유에게 특별한 사람이 되었다.

"마유?"

누군가 자기를 부르는 소리에 마유는 퍼뜩 정신을 차리고 고개를 들었다.

눈앞에 카페 유니폼을 입은 남자가 서 있었다. 점장이었다.

"마유 맞구나. 오랜만이네."

점장이 웃으며 말했다.

"그동안 안녕하셨어요?"

"나야 뭐 잘 지냈지. 건강해 보여서 다행이네. 지금은 무슨 일 하나?"

"메이세이 병원에서 간호사로 일하고 있어요."

마유의 대답을 듣고 점장이 깜짝 놀랐다.

"간호사가 됐다고? 외국어 대학교에 들어가지 않았었나?"

기억하고 있었던 모양이다. 어려서부터 영어와 책을 좋아했던 마유의 장래희망은 번역가였다. 하지만 신고의 사고를 계기로 외대를 그만두고 간호대에 다시 들어갔다.

"외대에 들어갔던 건 맞는데 적성에 안 맞아서 진로를 변경했어요."

"지금 하는 일은 재미있고?"

신고가 죽은 후로는 이 일을 하는 의미도 알 수 없어졌지만 마유는 일단 고개를 끄덕였다.

"그러고 보니 그 녀석은 지금 뭐 하고 있으려나. 왜 마유 네가 일하던 시기에 고등학생 한 명 더 있었잖아."

"케이스케요?"

"그래, 야지마 케이스케."

"케이스케라면 긴시 병원에서 물리 치료사로 일하고 있어요."

"그래? 말도 없고 비리비리한 인상이었는데 괜찮으려나."

마유 기억에도 여기서 일하던 당시의 케이스케는 존재감이 없었다.

"실력이 좋다고 환자들이 얼마나 좋아하는데요."

"그렇다면 다행이고. 요즘도 연락하고 지내면 가끔 카페에도 얼굴 좀 비치라고 전해 주렴. 그럼 다음에 또 보자."

점장은 그렇게 말하고 카운터 안으로 사라졌다.

점장과 아르바이트 직원들을 보고 있으려니 예전에 케이스케와 함께 일하던 때가 생각났다.

지금 이미지가 강해서 당시 기억은 거의 남아 있지 않지만 딱 하나 지금도 선명하게 기억하는 것이 있었다.

졸업 후 진로에 관한 이야기를 나눴을 때였다. 케이스케는 고등학교를 졸업하면 물리 치료사를 양성하는 학교에 들어갈 계획이라고 했다. 부모님이 학비를 다 대주기는 어렵기 때문에 입학금을 마련하기 위해 아르바이트를 하게 되었다는 이야기였다.

왜 물리 치료사가 되려 하느냐고 물었더니 어릴 때부터 할아버지가 자기를 많이 예뻐해 주셨는데 지금은 거동이 어려워져서 요양 시설에 입원하셨다고, 자기 힘으로 할아버지가 다시 걸어 다닐 수 있게 해드리고 싶어서라고 했다.

케이스케는 평소 말이 없고 존재감도 희미했지만, 그 말을 들은 마유는 케이스케가 정말로 상냥하고 심지가 곧은 사람이라고 느꼈다.

아르바이트를 그만둔 후에는 만날 일이 없었는데, 2년 전 생각지도 못한 장소에서 재회했다.

신고 문병을 간 긴시 병원에서 우연히 케이스케와 마주친 것이다. 케이스케는 현재 물리 치료사 자격증을 따서 다른 병원에서 근무하고 있으며, 그날은 긴시 병원에서 열리는 세미나에 참석하러 왔다고 했다.

마유에게도 병원에는 무슨 일로 왔느냐고 묻길래 사정을 설명했다.

신고의 사고에 대해 전혀 몰랐던 케이스케는 놀라서 눈이 휘둥그레졌다. 마유와 함께 병실에 가서 신고의 상태를 확인하고는 동요하는 기색을 감추지 못했다.

두 달 후, 케이스케는 다니던 병원을 그만두고 긴시 병원으로 옮겨왔다.

신고에게 조금이라도 도움이 되고 싶다는 이유에서였다.

졸업 후에는 서로 바쁘게 지내다 보니 연락이 뜸해졌지만, 신고와 케이스케는 고등학교 3년 동안 쭉 같은 반이었고 둘도 없는 단짝이었다고 했다.

자신의 할아버지는 2년 전에 돌아가셨지만, 거동이 어려워진 사람을 돕고 싶다는 일념하에 쌓아온 지식과 기술을 앞으로는 친구인 신고를 위해 사용하고 싶다고 했다.

그때부터는 신고의 문병을 갈 때마다 케이스케를 볼 수 있었다. 물리 치료사로서 신고뿐만 아니라 다른 환자들도 열심히 돌보는 케이스케를 마유는 선망과 존경의 눈으로 바라보았다.

전혀 회복될 기미가 보이지 않는 신고 때문에 마유가 우울해하고 있을 때면 케이스케는 항상 "걱정 마, 신고는 반드시 좋아질 거야"라며 기운을 북돋아 주었다.

문득 얼마 전 만났을 때 케이스케가 눈물을 보였던 것이 기억났다.

어쩌면 케이스케도 마유 못지 않은 상실감을 느끼고 있을지도 모르겠다는 생각이 들었다.

나츠메는 인터폰을 누르는 오오가키의 손가락을 긴장된 시선으로 응시했다.

벨소리가 울리고 얼마 지나지 않아 안에서 "누구세요?"
하는 여자 목소리가 들렸다.

"긴시 경찰서에서 나왔습니다. 잠깐 시간 좀 내 주실 수
있을까요?"

오오가키가 짧게 대답하자 아무 말 없이 인터폰이 끊겼
다. 곧이어 현관문이 열리고 중년 여성이 얼굴을 내밀었다.
아마도 야지마 케이스케의 어머니일 터였다. 현관문 앞에
여러 명이 서 있는 것을 보고 무척 당황한 눈치였다.

"야지마 케이스케 씨 안에 계신가요?"

오오가키가 묻자 케이스케의 어머니는 "네, 그런데요"라
고 대답하며 현관 안쪽을 힐끗 돌아보았다가 다시 이쪽으
로 고개를 돌렸다.

"아들은 무슨 일로…."

목소리가 긴장한 듯 떨렸다.

"아드님을 좀 불러 주시겠습니까?"

오오가키의 다소 강압적인 요청에 어머니가 안쪽 방으
로 향했다. 얼마 지나지 않아 머리를 갈색으로 염색한 청
년이 방에서 나왔다.

"야지마 케이스케 씨 되시나요?"

오오가키가 묻자 눈앞의 청년이 고개를 끄덕였다.

"당신을 주거침입 혐의로 체포합니다."

오오가키가 영장을 보여주며 말하자 케이스케 옆에 서 있던 어머니가 "그게 무슨 말씀이시죠?" 하고 날카롭게 소리쳤다.

어쩔 줄 몰라 하는 어머니와는 대조적으로 케이스케는 무표정한 얼굴로 묵묵히 신발을 신고 아파트 현관을 나섰다. 세키구치가 케이스케에게 수갑을 채웠다.

"그럼 지금부터 압수 수색을 시작하겠습니다."

어머니에게 수색 영장을 보여주며 오오가키가 신발을 벗고 집 안으로 들어갔다. 나츠메도 뒤를 따랐다.

유치장 직원을 따라 케이스케가 조사실로 들어왔다. 케이스케는 고개를 숙인 채 수갑과 포승줄이 풀리기를 기다렸다가 나츠메 맞은편 의자에 앉았다.

"그럼 조사를 시작하겠습니다. 진술 내용은 모두 녹음됩니다. 질문에 정직하게 대답해 주시기 바랍니다. 당신의 이름은 무엇입니까?"

"야지마 케이스케입니다."

케이스케가 바닥을 보며 대답했다.

"나이는 몇 살입니까?"

"스물여섯입니다."

"직업은?"

"물리 치료사로 긴시 병원에서 일하고 있습니다."

"사는 곳은 어디입니까?"

케이스케가 담담한 말투로 주소를 말하는 것을 들으며 나츠메는 눈앞에 놓인 자료를 내려다보았다.

"다음으로 체포 혐의에 대해 설명하겠습니다. 지금부터 말하는 범죄사실이 맞는지 틀리는지 본인의 의견을 말씀해 주시기 바랍니다."

케이스케가 아무 반응도 보이지 않는 것을 보고 나츠메는 말을 이어 나갔다.

"피의자는 2017년 5월 2일 오후 3시 40분경, 도쿄 스미다구 요코카와 2번지 아이랜드 아파트 301호 다카무라 야스코 씨의 자택에 미리 복제해둔 열쇠를 사용해 침입했다."

주변 탐문수사를 벌인 결과, 맞은편 아파트에 사는 주민이 그 시간대에 야스코의 집에 들어가는 젊은 남자를 목격했다고 증언했다. 또 그 일대 열쇠집을 샅샅이 뒤진 끝에 오카치마치에 위치한 가게에서 사건 발생 3일 전 야스코의 집 열쇠와 동일한 타입의 열쇠를 복제해 간 손님이 있다는 사실이 확인되었다. 이들 증언을 바탕으로 긴시 병원에서 일하는 물리 치료사의 존재가 수사 선상에 올랐고, 케이스케의 사진을 본 증언자들이 이 사람이 틀림없다고 단언함에 따라 체포 영장이 발부되었다.

"어떤가요?"

나츠메가 묻자 케이스케가 고개를 숙인 채 작은 목소리로 "아니…" 하고 중얼거렸다.

"부인하는 건가요?"

케이스케는 아무 말도 하지 않았다.

"그럼 5월 2일 오후 3시 반부터 4시 반 사이에 당신은 어디 있었습니까? 그날은 근무일이 아니었던데요."

"기억이 나지 않습니다…."

"그 시간대에 다카무라 씨 집에 들어가는 당신의 모습을 목격한 사람이 있습니다. 또 오카치마치에 있는 열쇠집에서 당신이 그 집 열쇠를 복제했다는 사실도 확인되었고요. 당신은 그날 물리치료 일정도 없는데 몰래 그 집에 들어갔던 것 아닙니까?"

"잘 모르겠습니다…."

케이스케가 힘없이 고개를 저었다.

"준에게 무슨 짓을 한 겁니까?"

나츠메가 날카로운 어조로 질문을 던지자 케이스케가 화들짝 놀라 고개를 들었다. 동요하는 기색이 역력했다.

"무슨 말을 하시는 건지 전혀 모르겠습니다."

케이스케는 그렇게 말하고는 다시 고개를 푹 숙였다.

형사과에 들어가 곧장 칸다 자리로 향했다. 나츠메를 보고 오오가키와 세키구치가 자리에서 일어나 가까이 다가왔다.

"어떤가?"

칸다가 물었다. 나츠메는 굳은 표정으로 고개를 저었다.

"묵비권을 행사하고 있습니다."

"자택에서 압수한 컴퓨터의 사용 기록을 확인해 본 바에 따르면 피의자는 신고 환자가 사망하기 열흘쯤 전에 온라인으로 소형 카메라 한 대를 구입했어."

오오가키가 칸다의 책상 위에 종이 한 장을 내려놓으며 말했다.

카메라 사용 설명서를 복사한 것이었다. 카메라의 크기는 손가락 하나 정도 되고, 와이파이를 사용해 스마트폰에서 영상을 확인할 수 있다고 적혀 있었다.

"신고 환자 병실에서 나올 때 복도에 아무도 없는지 확인하기 위해 미리 설치해둔 게 아닐까?"

오오가키의 추론에 나츠메는 고개를 끄덕였다.

신고가 입원한 병실은 간호사실 정면 복도 쪽에 있었다. 간호사실 안쪽에 카메라를 설치해두었다면 간호사실 내부 움직임이나 병실 앞 상황을 실시간으로 확인할 수 있었을 것이다.

"게다가 긴시 병원 관계자들에게 확인한 결과, 당일 오후 1시부터 신고 환자의 상태가 갑자기 나빠진 1시 30분까지 약 30분 동안 병원 안에서 피의자를 본 사람이 아무도 없습니다. 화장실에 갔던 간호사를 제외한 병원 직원 및 환자들에게는 대부분 알리바이가 있습니다. 알리바이를 확인하지 못한 환자는 증상이 너무 심각해서 혼자 돌아다닐 수 없는 상태였고요."

세키구치의 보고를 듣고 칸다가 떫은 표정으로 입을 열었다.

"신고 환자의 죽음도 피의자의 범행일 가능성이 높다는 건가. 병원에서 일하는 피의자라면 사람들 눈을 피해 간호사실에 카메라를 설치하거나 몰래 병실에 들어가서 주입 펌프를 조작하는 일 정도는 얼마든지 가능했겠지."

감식 결과, 주입 펌프에서는 간호사 이외의 지문은 검출되지 않았다. 하지만 신고가 사용하던 튜브에는 간호사의 지문과 함께 신고 본인의 지문이 묻어 있었다.

지금까지 모인 증거와 정황들을 종합해 보면 케이스케는 준과 신고가 스스로 튜브를 잡아 뺀 것처럼 위장해 두 사람을 살해했을 가능성이 높았다.

대체 왜 그런 짓을 한 걸까.

"주거침입에서 살인으로 혐의가 바뀌면 주변 사람들이

꽤나 충격을 받겠는데요…"

세키구치가 혼잣말처럼 중얼거렸다.

"피의자에 대해 물어봤을 때 병원 직원들도 그렇고 환자
나 환자 가족들도 그렇고 다들 아주 성실하고 친절한 물
리 치료사라고 입을 모아 칭찬했거든요."

아까 조사실에서 본 케이스케의 눈빛이 떠올랐다. 불안
하고 겁에 질린 듯한 눈빛이었다.

"사이토 씨, 힘내서 한 입만 더 먹어 볼까요?"

마유는 숟가락으로 죽을 떠서 환자의 입으로 가져갔다.
그때 TV에서 흘러나오는 소리를 듣고 저도 모르게 화면을
쳐다보았다.

화면 하단에 뜬 자막을 확인한 순간 머리가 멍해졌다.

'주거침입 혐의로 체포'라는 자막 아래로 '용의자: 야지마
케이스케(26, 긴시 병원 근무)'라는 글씨가 눈에 들어왔다.

이게 대체 무슨 소리일까.

"…용의자는 긴시 병원 소속 물리 치료사로, 평소 환자
를 치료하기 위해 정기적으로 이 집에 드나들었다고 합니
다. 당시 용의자가 침입한 시간대에 집에서 재택 요양 중이
던 환자의 상태가 급격히 나빠져 끝내 사망한 것으로 알려
졌으며, 경찰은 이 둘이 관계가 있다고 보고 신중하게 조

사를 진행하고 있습니다."

한참 동안 TV에서 눈을 떼지 못하는 마유의 어깨를 누군가가 두드렸다. 화들짝 놀라 고개를 돌리니 사이토 환자가 자기 앞에 놓인 식판을 내려다보고 있었다. 조금 전 마유가 환자 입으로 가져가려고 했던 숟가락이 테이블 위에 떨어져 있었다.

"간호사님, 무슨 일 있어요?"

환자가 걱정스러운 표정으로 물었다.

"아, 아닙니다. 새 숟가락으로 바꿔 올게요."

마유는 숟가락을 손에 들고 벌떡 일어났다.

"배불러서 이제 그만 먹어도 될 것 같은데…"

마유는 못 들은 척 그대로 병실을 나왔다. 복도를 걸어가는데 심장이 세차게 뛰었다.

도대체 뭐가 어떻게 된 걸까.

아까 뉴스에 나온 아파트가 설마 카츠에가 말했던 그 열여섯 살짜리 환자의 집일까.

그저께 신고 어머니인 카츠에에게서 전화가 왔다. 카츠에는 얼마 전 나츠메라는 형사가 집에 다녀갔다면서 마유에게 신고가 죽었을 당시 상황을 자세히 설명해 주었다. 지금까지는 마유가 충격을 받을까봐 사실을 숨기고 있었는데 나츠메 형사를 만난 후 역시 마유에게도 솔직하게 말해 주는 편이 낫겠다고 생각하게 되었다고 했다.

신고의 사인은 급성호흡부전이었다. 발견 당시 인공호흡기 튜브가 빠져 있었고, 간호사 실수로 진정제 투여량이 줄어드는 바람에 눈을 뜬 신고가 튜브를 잡아 뺐을 가능성이 있다고 했다.

신고의 부모님은 아들이 자살했을 가능성이 있다고 보고 병원 측 책임을 따지지 않고 마유에게도 비밀로 했다는 말이었다. 하지만 마유로서는 신고가 스스로 목숨을 끊으려 했다는 말이 도저히 믿기지가 않았다.

카츠에에게도 신고가 그럴 리가 없다고 강하게 반박했다. 그러자 카츠에도 사실은 자기도 그렇게 생각한다며 마유의 의견에 동의했다.

그날 마유가 문병을 갔을 때, 신고의 상태는 평소와 똑같았다. 깊은 진정 상태에 빠져 평온한 표정으로 자고 있었다. 그리고 카츠에 말에 따르면 마유가 문병을 마치고 돌아간 후 신고의 상태가 나빠질 때까지 병실에 들어간 간호사는 없다고 했다.

간호사가 신고의 상태를 알아차린 것은 마유가 돌아간 지 약 1시간 후였다. 그 사이에 누군가가 신고의 인공호흡기 주입 펌프를 조작했다고밖에 생각할 수 없었다.

마유가 타살이 의심된다는 뉘앙스를 풍기자 카츠에는

나츠메 형사에게 들은 이야기를 전해 주었다. 긴시 병원에 입원했다가 퇴원 후 재택치료 중이던 열여섯 살짜리 환자가 며칠 전 신고와 비슷한 이유로 사망했다는 이야기였다.

뉴스에서는 케이스케가 침입한 시간대에 환자의 상태가 갑자기 나빠져서 결국 사망에 이르렀다고 했다.

설마 케이스케가….

그럴 리가 없었다.

긴시 경찰서가 시야에 들어오니 발걸음이 무거워졌다.

무서웠다. 케이스케가 신고를 죽였을지도 모른다는 사실을 확인한다는 건 역시 불가능했다.

마유는 발걸음을 돌려 오던 길을 되돌아가다가 다시 멈춰 섰다.

이대로 돌아갈 수는 없었다.

케이스케를 누구보다 잘 알고 있는 사람은 마유였다. 케이스케가 그런 짓을 할 사람이 아니라는 사실을 모두에게 알려줘야 했다.

주거침입을 했다는 아파트에는 평소에도 물리치료 때문에 정기적으로 들렀다고 하니 케이스케도 여분의 열쇠를 가지고 있었을 가능성이 있다. 놓고 온 물건을 찾으러 갔는데 집에 아무도 없어서 불가피하게 문을 열고 들어간 것인지도 모른다.

갑자기 마가 씌어서 집 안에 있던 금품을 훔쳤고, 나중에 신고가 들어와 경찰에 체포된 것이다.

이 정도면 그렇게 비현실적인 상상은 아니었다. 하지만 케이스케가 고의로 사람을 죽였다는 건 도저히 생각조차 할 수 없었다.

무엇보다 그런 짓을 할 이유가 없었다. 두 사람을 죽여서 케이스케가 얻을 것이 무엇이란 말인가.

게다가 신고는 케이스케의 가장 친한 친구였다. 케이스케는 신고를 위해 병원까지 옮겨가며 조금이라도 신고의 상태가 좋아질 수 있도록 최선을 다해 노력해왔다.

그 점을 사람들에게 알려야만 했다.

마유는 용기를 내 다시 경찰서로 향했다. 자동문을 통과해 건물 안으로 들어가 접수데스크 쪽으로 갔다.

"무슨 일로 오셨나요?" 직원이 물었다.

"나츠메 형사님을 만나러 왔습니다. 저는 야마모토 마유라고 합니다."

"잠시만 기다리세요."

직원이 수화기를 들고 어딘가로 전화를 걸었다. 나츠메 형사에게 손님이 왔다는 말을 전하고 수화기를 내려놓았다.

"금방 올 겁니다. 저쪽에서 기다려 주세요."

마유는 직원이 가리키는 소파 쪽으로 걸어가서 그 앞에서 있었다. 잠시 후 나츠메가 나타났다.

"무슨 일이시죠?"

나츠메가 전혀 예상하지 못했다는 표정을 지으며 가까이 다가왔다.

"오늘 뉴스에 나온 사건에 대해 말씀드리고 싶은 것이 있어서요."

"주거침입 사건 말인가요?"

마유가 고개를 끄덕였다.

"체포된 피의자는 제가 아는 사람이에요."

마유의 말에 나츠메가 깜짝 놀랐다는 듯 눈을 크게 떴다.

"형사님이 신고 어머니를 만나셨다는 이야기는 들었어요. 며칠 전에 신고와 비슷한 이유로 죽은 환자라는 게 뉴스에 나온 바로 그 집인가요?"

"죄송하지만 수사와 관련된 사항은 말씀드릴 수 없습니다."

나츠메는 그렇게 말했지만 표정을 보니 맞는 듯했다.

"뉴스에서는 주거침입 후 환자 상태가 나빠져서 사망한 건과도 연관 지어 수사를 진행할 예정이라고 하던데…."

"그 부분에 대해서도 말씀드리기 어렵습니다. 죄송합니다."

"케이스케가 그런 짓을 할 리 없어요."

마유는 나츠메의 말이 채 끝나기도 전에 강한 어조로

단언했다.

"친한 사이이신가요?"

"신고만큼은 아니지만요."

"니시노 신고 씨 말인가요?"

나츠메가 고개를 갸웃거렸다.

"케이스케는 신고와 고등학교 때부터 친했어요."

나츠메가 화들짝 놀라더니 갑자기 표정이 심각해졌다.

"고등학교 3년간 쭉 같은 반이었다고 들었어요. 신고가 사고로 입원한 걸 알고 케이스케는 직장까지 옮겨가며 신고에게 도움이 되고자 했고요. 그러니 뉴스에서 말하는 그런 일은 결코 있을 수 없다고 생각합니다."

나츠메는 아무 말도 하지 않았다. 그저 마유를 쳐다보며 무언가를 곰곰이 생각하는 듯했다.

케이스케를 옹호하는 마유의 주장을 나츠메가 어떻게 받아들였는지는 알 수 없었다.

"당신이 신고 씨와 준의 주입 펌프를 조작한 거 아닙니까?"

나츠메가 물었지만 케이스케는 고개를 숙이고 시선을 피했다.

"이건 왜 필요했던 겁니까?"

나츠메는 주머니에서 소형 카메라를 꺼내 책상 위에 내려놓았다. 케이스케는 미동조차 하지 않았다.

"이건 당신 카메라는 아니지만 인터넷에서 이것과 동일한 물건을 구입한 적 있으시죠? 압수한 스마트폰을 분석해 본 결과 이 카메라와 연결하는 앱을 삭제한 기록이 남아 있었습니다. 당신이 구입해서 사용한 카메라는 아직 발견되지 않았고요. 신고 씨가 사망한 후 어딘가에 버린 겁니까?"

케이스케는 여전히 고개를 숙인 채였지만 숨소리가 조금씩 거칠어지기 시작했다.

"이제 더 버텨 봐야 소용없습니다. 당신은 간호사실에 카메라를 설치한 후 아무도 없을 때를 노려 신고 씨의 병실에 들어가 주입 펌프를 조작했습니다. 제 말이 틀립니까?"

나츠메는 케이스케가 신고와 준의 죽음에 관여했을 것이라고 확신했다. 다만 동기를 알 수가 없었다. 왜 이런 짓을 한 것인지 도무지 이해가 가지 않았다.

"대체 왜 친구를 죽인 겁니까?"

필사적으로 감정을 억누르며 질문을 던지자 케이스케의 어깨가 꿈틀했다.

"옆에서 지켜보기가 너무 괴로웠어요."

속삭이듯 중얼거리는 목소리와 함께 책상 위에 눈물이 한 방울 뚝 하고 떨어졌다.

"범행 사실을 인정하는 겁니까?"

케이스케가 고개를 들었다. 눈에 눈물이 가득했다.

"두 사람의 주입 펌프를 조작해서 진정제 투여량을 줄인 사실은 인정합니다."

케이스케가 오열을 삼키며 대답했다.

"튜브를 뺀 것은요?"

케이스케가 힘없이 고개를 가로저었다.

"그럼 두 환자가 자기 손으로 직접 튜브를 잡아 뺐다는 겁니까?"

"그걸… 제가 옆에서 계속 지켜보고 있었을 리 없지 않습니까. 저도 모릅니다. 하지만 빠져 있었다면… 자기가 뺀 거겠죠."

"왜 그런 짓을 한 겁니까?"

"고통에서… 해방시켜 주고 싶었어요."

케이스케의 대답을 듣고 나츠메의 미간에 주름이 잡혔다.

"저는 긴시 병원에서 일하기 시작한 후 지금까지 2년 동안 두 사람의 치료를 담당해 왔습니다. 물리 치료 중에는 끊임없이 말을 걸면서 조금이라도 상태가 좋아지기만을 간절히 바랐습니다. 하지만 제가 아무리 노력해도 두 사람의 신체 반응을 보면 고통이 점점 더 심해지고 있다는 사실을 알 수 있었습니다."

"그래서 대신 죽여 줘야겠다고 생각한 겁니까?"

케이스케가 천천히 고개를 저었다.

"제게 다른 사람의 생사를 결정한 권리는 없습니다. 하지만 환자가 정말로 원하는 것이 무엇인지 알아듣고 그 소원을 이룰 수 있도록 돕는 것은 가능합니다."

"돕는다고요?"

"석 달쯤 전에 제가 두 사람에게 질문한 적이 있습니다. 아직 어느 정도 의식이 있었을 때의 이야기입니다. 직접 대화하는 것은 불가능했지만 두 사람 모두 제 질문을 이해하고 반응을 보였습니다."

"무슨 질문을 했는데요?"

"신고는 '네'라고 대답하고 싶을 때는 눈을 두 번 깜빡입니다. '아니오'라고 대답하고 싶을 때는 한 번 깜빡이고요. 그때 전 신고에게 몇 가지 질문을 연달아 던졌습니다. 내가 몸을 만지는 게 싫어? …깜빡깜빡. 고등학교 때에 비하면 나 좀 멋있어진 것 같지 않냐? …깜빡. 지금 뭐 하고 싶은 거 있어? …깜빡. 어디 아픈 데 있어? …깜빡깜빡. …괴로워? …깜빡깜빡…."

흐느낌 때문에 케이스케의 목소리가 잘 들리지 않았다.

"내가 도움이 되고 있어? …잠시 가만히 있다가 깜빡. 내가 해 줄 수 있는 게 있을까? …깜빡깜빡. 하지만 여기서 제가 뭘 하면 되냐고 물어도 신고는 대답할 수가 없습니다. 대신 저는 이대로 계속 살고 싶냐고… 그렇게 물었습니다. 신고는 잠시 저를 가만히 바라보다가 이윽고 한 번 눈을 깜빡였습니다. 더 이상 살아 있고 싶지 않다고… 제게 전한 겁니다."

케이스케가 눈을 감았다.

"그래서 죽을 수 있도록 도와줬다고요?"

나츠메가 묻자 케이스케가 다시 눈을 뜨고 이쪽을 쳐다보았다.

"바로 결정한 건 아닙니다. 어떻게 하면 좋을지 계속 고민했습니다."

"마유 씨한테는 말했나요?"

나츠메의 입에서 마유의 이름이 나왔다는 사실에 케이스케는 적잖이 놀란 눈치였다.

"당신과 신고 씨가 친구 사이라고 제게 가르쳐 준 사람이 바로 마유 씨입니다."

"그랬군요…. 그런 얘길 마유에게 할 수 있을 리 없죠. 마유는 신고가 다시 일어나기만을 진심으로 바라고 있었으니까요. 게다가 자기 때문에 신고가 사고를 당했다는 죄책감에 시달리고 있었고요. 그런 사람한테 신고가 죽고 싶어 한다는 말을 할 수 있을 리가…."

"하지만 신고 씨는 그 후 깊은 진정 상태에 빠져서 고통을 느끼지 않게 되었을 텐데요. 그런데 왜…."

"단지 고통을 느끼지 않는다고 해서 정말로 신고가 그 상태로 계속 살기를 원했을까요? 저는 그렇게 생각하지 않습니다. 제게 이런 말을 할 자격이 없다는 건 알고 있지만… 신고가 살아 있는 건 단지 옆에서 신고를 지켜보는 모두의 이기적인 욕심 때문이 아닌가 싶었습니다. 저는 신고 본인의 의사를 존중해야 한다고 생각했을 뿐입니다."

케이스케의 항변이 나츠메의 가슴을 파고 들었다.

나츠메와 미나요 역시 지난 10년간 에미가 다시 깨어나기만을 바라며 혼수상태에 빠진 딸의 곁을 지켜왔다.

그게 부모의 이기적인 욕심이었다는 건가.

"그날 저는 신고의 진심을 확인하기 위해 병실에 들어갔습니다."

"당시 간호사실에 아무도 없었던 것은 우연이었습니까?"

케이스케가 힘없이 고개를 가로저었다.

"그날 점심시간에 누가 간호사실에 남을 예정인지는 알고 있었기 때문에 틈을 봐서 그 간호사의 물컵에 설사약을 탔습니다. 만약 신고가 죽기를 원한다면… 튜브를 잡아빼기만 하면 바로 죽겠지만 그래도 만약을 위해 조금이라도 발견이 늦어지기를 바랐습니다. 너무 일찍 발견되어서 제대로 죽지 못하고 어중간한 상태로 살아남게 된다면 더 괴로울 테니까요."

"주입 펌프에서는 당신의 지문이 검출되지 않았습니다만."

"지문이 묻지 않도록 손수건을 대고 조작했습니다."

"병실에 들어간 것은 몇 시쯤이었죠?"

"12시 조금 지나서였습니다."

"12시라고요?"

나츠메가 반사적으로 되물었다.

"네, 무슨 문제라도?"

"신고 씨의 이변을 눈치챈 간호사가 병실로 달려온 것은 오후 1시 반 경이라고 들었습니다. 당신은 1시간 반이나 병실에 있었던 겁니까? 게다가 12시 반 정도까지는 마유 씨가 병실에 있었을 텐데요."

"제가 착각했나 보네요. 12시가 아니라 1시였나 봅니다. 병실에 들어가 보니 신고는 평온한 얼굴로 자고 있었습니다. 저는 주입 펌프의 진정제 투여량을 줄였습니다. 신고가 살고 싶다고 하면 곧바로 되돌릴 생각이었습니다. 잠시 후 신고가 눈을 떴습니다. '이대로 계속 살고 싶어?'라고 묻자 신고는 눈을 한 차례 깜빡였습니다. 저는 신고의 귓가에 대고 '튜브를 잡아 빼면 편해질 거야. 하지만 나는 도저히 그런 짓을 할 수 없으니 하고 싶으면 직접 해'라고 말했습니다. 제 말을 들은 신고가 눈을 두 번 깜빡이는 것을 확인한 후 병실을 나왔습니다."

"아무리 친구가 원했다고는 해도 망설임은 없었습니까?" 나츠메가 물었다.

"당연히 망설였습니다. 친구의 부탁을 들어주고 싶은 마음만큼 친구를 잃고 싶지 않은 마음도 컸으니까요. 신고는 담요를 덮고 있었습니다. 신고의 소원을 이뤄주기 위해서라면 조금이라도 움직일 수 있는 왼손을 담요 밖으로 꺼내놓는 편이 좋았겠지만 저는 그렇게 하지 않았습니다. 마음속 한구석에서는 신고가 튜브를 빼지 못한 채 무사히 간호사에게 발견되기를 바랐기 때문입니다. 제가 친구의 자살을 도운 것은 사실입니다. 하지만 맹세컨대 주입 펌프 외에는 아무것도 손대지 않았습니다."

"준의 경우도 같은 이유에서입니까?"

"네…. 그 집에는 준이 좋아하는 러브레터즈라는 아이돌 그룹의 포스터가 걸려 있는데 준은 그걸 이용해서 '네'라고 대답하고 싶을 때는 엔도 사리나를 쳐다보고, '아니오'라고 대답하고 싶을 때는 센도 미즈호를 쳐다봤습니다. 어느 날, 제가 '이대로 계속 살고 싶어?'라고 물으니 준은 왼쪽 끝에 있는 센도 미즈호를 쳐다봤습니다. 슬픈 표정으로요…"

"자살방조죄는 중범죄입니다. 잡히지 않을 거라고 생각했습니까?"

케이스케가 대답 대신 입꼬리를 살짝 들어올렸다. 쓸쓸한 미소였다.

"스스로의 안위를 생각했다면 애초에 이런 일은 시작하지도 않았을 겁니다."

케이스케는 작은 목소리로 중얼거리더니 다시 고개를 숙였다.

케이스케는 고개를 숙인 채 유치장 직원을 따라 나갔다.

문이 닫히자 나츠메는 무거운 한숨을 내쉬며 자리에서 일어났다. 문 옆에 앉아 있던 혼조와 눈이 마주쳤지만 아무 말도 하고 싶지 않았다. 둘이 함께 조사실을 나왔다.

한 마디도 하지 않고 묵묵히 복도를 통과해 형사과로 들어갔다. 나츠메와 혼조가 들어오는 것을 보고 칸다와 오오가키, 세키구치가 이쪽을 돌아보았다.

"어땠나?" 칸다가 물었다.

"주입 펌프를 조작한 사실은 인정했습니다."

나츠메의 대답에 세 사람의 얼굴에 긴장감이 감돌았다.

"동기는?"

"두 사건 모두 환자 본인이 죽기를 희망했다고…, 자신은 그것을 도왔을 뿐이라고 합니다."

"자살방조라는 건가."

"피의자 말로는 그렇습니다"

나츠메는 짧게 대답하고 자기 자리로 가서 앉았다.

혼조가 칸다에게 조서를 건넸다. 칸다는 조서를 간단히 훑어보고 오오가키에게 넘겼다. 세키구치가 다 읽고 고개를 들자 칸다가 모두를 둘러보며 입을 열었다.

"혼조와 나츠메는 준 환자네 집에 가서 피의자가 진술한 내용이 사실인지 확인해 보도록 해. 오오가키와 세키구치는 신고 환자 부모님과 긴시 병원 측 이야기를 들어 보고."

"알겠습니다."

네 사람이 동시에 자리에서 일어났다.

"칸다 계장님, 피의자의 부모님을 만나 봐도 되겠습니까?"

나츠메가 말하자 칸다가 고개를 끄덕였다.

몇 번인가 초인종을 눌러도 집 안에서는 아무런 대답이 없었다.

"집에 안 계신 것 같네요. 마트 일은 끝났을 시간인데."
혼조가 말했다.

"주변을 좀 찾아볼까요?"

나츠메가 그렇게 말하며 엘리베이터로 향했다. 엘리베이터 안에서 스마트폰으로 타이헤이 공원을 검색한 후 아파트에서 나와 곧바로 공원 쪽으로 걸어갔다.

아이들이 뛰어노는 소리를 들으며 공원으로 들어가니 벤치에 앉아 있는 야스코의 모습이 눈에 들어왔다. 야스코는 멍하니 앉아서 아이들이 놀고 있는 정글짐 쪽을 쳐다보고 있었다.

가까이 다가가자 야스코가 두 사람 쪽으로 고개를 돌렸다.

나츠메가 야스코에게 꾸벅 인사했다. 혼조가 나츠메에게 벤치에 앉으라고 손짓으로 권했다. 세 명이 앉기는 좁아서 나츠메에게 양보한 듯했다.

"잠깐 앉아도 될까요?"

나츠메가 야스코의 양해를 구한 후 옆에 앉았다.

야스코는 안 좋은 예감이 들었는지 며칠 전 만났을 때보다 표정이 굳어 보였다. 나츠메와 눈을 마주치려 하지 않고 시선은 계속 아이들을 향하고 있었다.

"조금 전 피의자인 야지마 케이스케 씨가 자백했습니다."

나츠메의 말을 듣고 야스코가 화들짝 놀라 이쪽을 쳐다보았다.

"댁에 침입해서 주입 펌프를 조작했다고요."

"다른 환자에 대해서는요?"

"마찬가지로 인정했습니다."

"튜브는요?"

야스코가 매달리는 듯한 눈빛으로 나츠메에게 물었다.

"피의자는 자신이 건드리지 않았다고 주장하고 있습니다."

야스코의 표정이 어두워졌다.

"불편했던 걸까요? 그래서…."

야스코가 침통한 목소리로 중얼거리며 시선을 떨구었다.

고개 숙인 야스코를 보며 나츠메는 입술을 깨물었다. 차마 입이 떨어지지 않았다. 하지만 말해야만 했다.

"그날 아파트에 침입한 피의자가 준에게 '이대로 계속 살고 싶어?'라고 물으니 준은 포스터 속 센도 미즈호를 쳐다봤다고 합니다. 그래서…."

야스코의 몸이 부들부들 떨렸다. 한동안 아무 말도 하지 않았다.

긴 침묵이 흐른 뒤 야스코가 무거운 한숨을 내쉬며 천천히 고개를 들었다.

"제가 똑같이 물었어도 그 아이는 센도 미즈호를 쳐다봤을까요?"

야스코가 슬픈 어조로 중얼거렸다.

"아직 피의자의 진술이 사실이라고 밝혀진 것은 아닙니다."

"하지만 뭐 하러 그런 거짓말을 하겠어요? 사이코패스가 아닌 다음에야 물리 치료사 선생님이 준을 죽일 이유가 없잖아요."

"피의자 말을 믿으시는 건가요?"

나츠메의 질문에 야스코는 바로 대답하지 못했다. 근처에서 노는 아이들을 잠시 쳐다보다가 이윽고 마음을 정한 듯 다시 입을 열었다.

"솔직히 제 아들이 스스로 죽음을 선택했다고는 믿고 싶지 않아요. 하지만 2년 동안 물리 치료사 선생님이 준을 치료하는 모습을 보면서 정말 착하고 성실한 분이라고 느꼈어요. 그분은 항상 어떻게 하면 준이 조금이라도 좋아질 수 있을지 함께 고민해 주셨어요. 실력도 좋으셨고요."

정성껏 보살펴온 자식이 사실은 이대로 죽어버리고 싶다는 생각을 하고 있었다. 이 사실을 받아들여야 하는 부모의 심정은 얼마나 괴로울까.

"다른 물리 치료사가 방문하는 경우도 있었나요?"

나츠메가 묻자 야스코가 고개를 끄덕였다.

"작년 11월쯤 물리 치료사 선생님 오른손 뼈가 부러지는 바람에 한 달 정도 재활 치료가 불가능했던 적이 있어요. 그래서 그동안은 다른 분이 오셨는데 그 와중에도 준이 잘 지내는지 궁금하다고 가끔 찾아오셨었어요."

"그랬군요…"

더 무슨 말을 해야 할지 감이 오지 않았다.

"나츠메 형사님."

나츠메는 옆에 서 있던 혼조를 올려다보았다. 혼조가 슬슬 출발하자는 신호를 보내왔다.

아직 가야 할 곳들이 남아 있었다.

"그럼 저희는 이만 가 보겠습니다."

나츠메가 일어서자 야스코도 따라 일어나 고개 숙여 인사했다.

"뭔가 보고드릴 만한 일이 생기면 다시 찾아뵙겠습니다."

나츠메와 혼조가 발걸음을 옮기려는데 야스코가 등 뒤에서 "나츠메 형사님" 하고 불러 세웠다. 나츠메가 걸음을 멈추고 뒤를 돌아보았지만, 야스코는 "물리 치료사 선생님께…"라고 말하고는 좀처럼 뒷말을 잇지 못했다.

"뭔가 하실 말씀이라도 있으신가요?"

"물리 치료사 선생님께 좀 전해 주시겠어요? 앞으로 어떤 힘든 일이 있더라도 절대로 자살할 생각은 하지 말라고요. 부모님이 슬퍼하실 거라고…"

나츠메는 고개를 끄덕였다. 그대로 혼조와 함께 공원 출구 쪽으로 향했다.

"나츠메 형사님은 피의자의 진술이 사실이 아니라고 생

각하시나요?"

나츠메는 혼조에게 고개를 끄덕여 보였다.

"왜 그렇게 생각하시죠?"

"이유는 없습니다. 그냥 제가 납득이 안 갈 뿐입니다."

나츠메가 단호한 말투로 대답했다.

문이 열리고 케이스케의 어머니가 나왔다. 이쪽을 경계하는 눈빛이었다.

"갑자기 방문드려 죄송합니다. 아드님 일로 보고드릴 것이 있습니다만 잠시 시간 괜찮으십니까?"

나츠메가 말하자 케이스케의 어머니가 고개를 끄덕였다.

"안 그래도 저도 몇 가지 여쭤보고 싶었는데 잘됐네요. 들어오시죠."

나츠메와 혼조는 거실로 들어가 나란히 앉았다. 케이스케의 어머니는 맞은편에 앉기가 무섭게 두 사람을 향해 날카롭게 따졌다.

"대체 언제가 되어야 면회를 할 수 있는 건가요? 주거침입 혐의로 체포한다고 사람을 데려가놓고 경찰에서는 뭐하나 제대로 알려주는 게 없으니…. 케이스케는 원래 환자 물리치료 때문에 그 집에 드나들었다고 하잖아요. 환자 상태가 걱정돼서 잠깐 들렀던 거 아닌가요? 아니면 그 집에서 뭐 없어진 물건이라도 있다던가요?"

"당분간 면회는 어려울 겁니다."

나츠메의 말에 케이스케 어머니의 얼굴이 분노로 새빨갛게 달아올랐다.

"왜죠?"

"아드님은 주거침입 외에 다른 혐의로도 수사를 받게 되었습니다. 자살방조 혐의로 빠르면 오늘 중에 구속 영장을 청구할 예정입니다."

"자살방조요?"

케이스케의 어머니는 무슨 뜻인지 이해하지 못한 눈치였다.

"아드님은 자신이 주거침입해 들어간 집에 있던 환자와 긴시 병원에 입원 중이던 환자의 주입 펌프를 고의로 조작한 혐의를 받고 있습니다."

"주입 펌프라니요?"

"인공호흡기를 사용하는 환자의 경우, 인공호흡기로 인한 통증을 완화시키기 위해 주입 펌프라는 기구를 통해 진정제를 투여합니다. 방금 말씀드린 두 명의 환자도 진정제를 사용해 깊은 진정 상태에 놓여 있었습니다. 그런데 아드님이 주입 펌프를 조작하는 바람에 환자들은 잠에서 깨어나 인공호흡기의 튜브를 잡아 뺐고, 그 결과 사망에 이르게 된 것입니다. 아드님은 튜브를 뺀 것은 자신이 아니라고 주

장하고 있습니다만, 어느 쪽이든 아드님이 두 사람을 죽게
만들었다는 사실에는 변함이 없습니다."

케이스케 어머니의 안색이 새파랗게 질렸다.

"자, 잠시만요. 우리 케이스케가 대체 왜 그런 짓을…."

"아드님 진술에 따르면 그 환자들이 죽기를 원했기 때문
이라고 합니다. 사망한 두 사람 중 병원에서 사망한 니시
노 신고 환자는 아드님의 고등학교 동창입니다."

신고의 이름을 들어도 케이스케의 어머니는 별다른 반
응을 보이지 않았다.

"아드님과 친한 사이였다던데 모르시나요?"

케이스케의 어머니는 고개를 끄덕였다.

"케이스케는 학교에서 있었던 일을 잘 말하지 않는 편이
었거든요. 고등학교 동창을 상대로 왜 그런 짓을 한 거죠?
자기가 그랬다고, 케이스케가 정말 자기 입으로 그렇게 말
하던가요?"

나츠메가 고개를 끄덕이자 케이스케의 어머니가 고개를
세차게 가로저었다.

"믿을 수 없어요. 제 아들이 자살에 가담하다니요. 케이
스케가 얼마나 착한 아이인데요. 물리 치료사가 되겠다고
결심한 것도 할아버지가 거동이 어려워져서 시설에 들어
갔기 때문이었어요. 자기가 물리 치료사가 되어서 할아버

지를 낮게 해드리겠다고, 그래서 다시 함께 살 수 있도록
하겠다고요. 저희가 경제적으로 지원해 줄 수 있는 형편이
아니다 보니 물리 치료사 양성 학교도 자기가 고등학교 다
니면서 아르바이트해서 모은 돈으로 갔고요. 온갖 고생 다
해가며 힘들게 물리 치료사가 되었는데 그런 짓을 하다니
말도 안 돼요."

케이스케의 어머니가 흥분해서 이성을 잃은 듯 횡설수
설했다.

"부모로서 그렇게 믿고 싶어 하시는 심정은 이해합니다
만, 아드님이 직접 자백한 내용입니다."

나츠메는 케이스케 어머니의 눈을 똑바로 들여다보며 말
했다.

케이스케의 어머니는 도저히 현실을 받아들이기 어려운
듯 입을 뻐끔거리다가 어깨를 축 늘어뜨렸다.

"아드님께 긴시 병원에 자기 친구가 입원해 있다는 말을
들으신 적은 없나요?"

나츠메의 질문을 듣고 한참을 아무 말 없이 앉아 있던
케이스케의 어머니는 문득 정신을 차린 듯 고개를 가로저
으며 중얼거렸다.

"말한 적이 있을지도 모르겠지만 기억이 안 나네요."

"일하면서 느끼는 고민 같은 걸 털어놓은 적은요?"

"없었어요. 예전 병원에서는 아직 일이 익숙하지 않아서 인지 종종 힘들다는 말을 하기도 했었는데 긴시 병원으로 옮기고부터는 매일매일이 즐겁고 보람차다고 했어요. 그런 데 대체 왜…."

아들이 저지른 죄의 무게가 새삼 무겁게 다가왔는지 결국 케이스케 어머니의 입에서 오열이 터져 나왔다.

"어째서 다른 사람을 위해서 그런… 자기 미래를 포기해 가면서까지… 그냥 내버려두면 될 것을…."

케이스케의 어머니가 어깨를 들썩이며 흐느껴 울었다.

형사과에 들어가자 칸다의 자리에 오오가키와 세키구치 가 모여 있었다.

나츠메와 혼조는 세 사람 쪽으로 다가갔다.

"다녀왔습니다. 그쪽은 어땠나요?"

나츠메가 인사를 건네자 세 사람이 이쪽을 쳐다보았다.

"니시노 신고의 부모님은 자기 아들 죽음에 피의자가 관 여했다는 말을 듣고 큰 충격을 받은 것 같았어. 옆에서 보 고 있기 힘들 정도로. 지금까지 아들의 상태가 조금이라도 좋아질 수 있도록 그렇게 열심히 도와줬는데 대체 왜 그런 짓을 한 거냐고…."

"피의자 진술과 모순되는 내용은 없던가요?"

"없었어. 부모님도 생전에 신고가 '예'라고 대답하고 싶을 때는 눈을 두 번 깜빡이고, '아니오'라고 대답하고 싶을 때는 한 번 깜빡였다고 증언했어."

"그렇군요…."

"그쪽은?"

오오가키가 물었다.

"이쪽도 피의자 진술과 모순되는 내용은 없었습니다."

나츠메는 대답하면서 칸다의 책상을 내려다보았다. 공책 몇 권이 쌓여 있었다. 맨 위에 놓인 공책 표지에 '2015년 4월 16일 ~ 8월 3일'이라고 적힌 라벨지가 붙어 있었다.

"피의자가 쓴 일기야."

나츠메의 시선을 눈치챘는지 칸다가 가르쳐 주었다.

"정확히 말하자면 일기보다는 업무 일지에 가까운 느낌이지만요. 긴시 병원에서 피의자가 사용하던 사물함에 들어 있었습니다."

세키구치의 설명을 들으며 나츠메는 공책을 한 권 집어 들어 휘리릭 넘겨 보았다. 자기가 담당하는 환자들의 상태 및 각각 어떤 치료를 했는지가 상세하게 적혀 있었다.

공책 사이에 사진 한 장이 끼워져 있었다. 침대에 누워 있는 신고와 그 옆에 선 마유의 사진이었다. 마유는 카메라를 바라보며 옅은 미소를 짓고 있고, 신고도 의식이 있는 듯 눈을 가늘게 뜨고 왼손을 살짝 들어올리고 있었다.

"조금 전 자살방조 혐의로 피의자를 다시 체포했다. 내일 검찰 송치할 예정이고. 뒷맛이 씁쓸한 사건이었지만 이것으로 일단 수사는 종결한다. 내일부터는 각자 맡고 있던 사건으로 돌아가도록 해."

나츠메는 계속해서 사진을 들여다보며 칸다의 설명을 들었다.

"긴시 병원 지금 난리도 아니던데."

"내 말이. 진짜 큰일인 것 같지?"

갑자기 들려온 목소리에 단추를 채우던 손이 떨렸다.

고개를 돌리니 조금 떨어진 사물함 앞에서 동료인 미카와 에리가 잡담을 나누고 있었다.

마유는 셔츠 단추를 마저 채운 다음 마음을 단단히 먹고 두 사람 쪽으로 다가갔다.

"긴시 병원이 왜?"

마유가 묻자 두 사람이 호들갑스럽게 고개를 끄덕였다.

"아까 병실 TV에서 봤는데 긴시 병원 직원이 자살방조 혐의로 체포됐대."

하마터면 심장이 멈출 뻔했다.

"자살방조라니…."

"재택 요양 중이던 환자 집에 숨어들어서 환자가 직접 인공호흡기 튜브를 뺄 수 있도록 도왔다나 뭐라나."

설마 케이스케 일일까.

"직원 이름이 뭐였는데?"

"이름까진 모르겠네. 일하던 중에 잠깐 본 거라서."

미카가 대답했다.

"그래?"

마유는 쿵쾅대는 심장을 필사적으로 억누르며 자기 사물함으로 돌아왔다. 가방에서 스마트폰을 꺼내 인터넷에 접속했다.

인터넷 뉴스 맨 윗줄에 '환자 자살방조 혐의로 병원 직원 체포'라는 기사 제목이 보였다.

떨리는 손가락으로 화면을 눌렀다.

케이스케의 얼굴 사진이 화면에 뜬 것을 보고 깜짝 놀랐다. 심장 박동이 빨라졌다. 화면을 스크롤하며 기사 내용을 확인했다.

케이스케는 무단복제한 열쇠를 사용해서 자신이 담당하는 환자의 집에 침입한 후 주입 펌프를 고의로 조작함으로써 환자의 자살을 도운 혐의로 체포된 것이었다. 케이스케 본인도 혐의를 인정하고 있다고 했다.

경찰은 여죄에 대해서도 조사를 진행 중이라고 적혀 있

었으나 더 자세한 내용은 알 수 없었다.

"먼저 갈게."

마유는 깜짝 놀라 뒤를 돌아보았다.

옷을 다 갈아입은 미카와 에리가 탈의실 문 앞에서 손을 흔들었다.

아무렇지 않은 척 마유도 손을 마주 흔들었지만 두 사람이 나가고 문이 닫힌 순간 온몸이 걷잡을 수 없이 떨리기 시작했다.

대체 왜…, 대체 왜 케이스케가 그런 짓을….

자동문이 열리는 소리에 마유는 입구 쪽을 쳐다보았다.

메이세이 병원 접수데스크 쪽으로 다가오는 나츠메를 보고 의자에서 일어났다.

나츠메가 마유를 발견하고 그 자리에 멈춰 섰다. 잠시 망설이는 듯싶더니 천천히 이쪽으로 걸어왔다.

"마유 씨, 혹시 저를 기다리고 계셨나요?"

마유가 고개를 끄덕였다.

"케이스케 일로 여쭤보고 싶은 것이 있어서요."

"죄송하지만 현재로서는 말씀드릴 수 있는 것이 아무것도 없습니다."

나츠메가 어두운 표정으로 대답하고는 엘리베이터 쪽으

로 향했다.

"신고의 주입 펌프도 케이스케가 조작한 건가요?"

마유가 나츠메의 앞을 막아서며 묻자 나츠메가 걸음을 멈추었다.

"제게는 알 권리가 있다고 생각합니다."

나츠메의 눈을 똑바로 쳐다보며 말하자 나츠메가 긴 한숨을 내쉬었다.

"때가 되면 자연스럽게 알게 될 겁니다."

"지금 바로 알아야겠어요. 안 그러면… 도저히….'

도저히 견딜 수 없을 것만 같았다.

"피의자는 자신이 신고 씨의 주입 펌프를 조작했다고 진술했습니다. 하지만 그 외에는 아무것도 건드리지 않았다고 하더군요."

"그럼 신고가 자기 손으로 튜브를 잡아 뺐다는 건가요?"

나츠메가 고개를 끄덕이는 것을 보고 마유는 숨이 탁 막혔다.

"신고 씨는 평소에 눈 깜빡임으로 자신의 의사를 전달했다고 들었습니다. '예'라고 대답하고 싶을 때는 두 번 깜빡이고, '아니오'라고 대답하고 싶을 때는 한 번 깜빡였다고요."

마유는 굳은 표정으로 고개를 끄덕였다.

"아직 의식이 있던 신고 씨에게 피해자가 '이대로 계속 살고 싶어?'라고 물었다고 합니다. 그 말을 들은 신고 씨는 눈을 한 번 깜빡였다고…."

죽고 싶다고, 신고가 정말 그렇게 생각하고 있었단 말인가.

온몸이 부들부들 떨리고 목구멍이 꽉 막혀왔다.

마유는 그렇게 느낀 적이 단 한 번도 없었다. 물론 신고 입장에서는 많이 힘들었을 것이다. 하지만 힘들긴 해도 현재 상황에서 조금씩 더 나아지기를 바라고 있다고, 계속해서 살아가기를 원한다고 믿어 의심치 않았다.

그렇게 믿었기 때문에 마유 역시 앞으로 어떤 일이 있더라도 신고 옆을 지키겠다고 다짐했던 것이다.

"자신은 무엇보다 신고 씨 본인의 의사를 존중했을 뿐이라고, 피의자는 그렇게 말했습니다."

만약 나였다면 어떻게 했을까.

만약 신고가 정말로 그렇게 원했다면 자신은 케이스케와 똑같이 행동했을까. 정말로 상대를 사랑한다면 그렇게 해 주어야 하는 걸까. 알 수 없었다.

"만약…."

마유는 말을 꺼냈다가 곧바로 다시 입을 다물었다.

에미가 진심으로 죽기를 바란다면 부모로서 딸의 의사를 존중하실 건가요?

"아닙니다. 아무것도 아니에요."

그런 잔인한 질문을 할 수 있을 리 없었다.

나츠메는 고개를 살짝 끄덕이고는 마유의 옆을 지나 엘리베이터로 향했다.

엘리베이터에서 내린 나츠메는 306호실로 향했다.

나츠메의 말을 듣고 마유는 큰 충격을 받은 것 같았다. 역시 말하지 말걸 그랬다고 뒤늦게 후회가 밀려왔다.

마유가 마지막에 무슨 말을 하려고 했는지는 짐작이 갔다.

만약 에미가 스스로 죽기를 원한다면 어떻게 하겠느냐고 묻고 싶었을 것이다.

생전에 신고가 죽고 싶다는 말을 했다면 마유도 케이스케처럼 행동해야 했을지 고민했을 것이다.

답은 하나뿐이었다.

자신에게 정말로 소중한 사람이라면 처음부터 그런 생각이 들지 않도록 노력하는 수밖에 없었다. 앞으로도 계속해서 살아갈 희망을 가질 수 있도록 최선을 다해 도울 따름이었다.

병실에 도착해 창가 쪽 침대로 향했다. 에미는 침대에서 자고 있었다. 접이식 의자에 앉은 채 침대에 엎드려 자고 있는 미나요를 보고 나츠메는 저도 모르게 미소를 지었다.

바닥에 가방을 내려놓고 선반에서 담요를 꺼내 미나요에

게 덮어 주었다. 미나요 옆에 앉아 가방에서 공책을 꺼내 들었다. 표지에는 '2016년 10월 23일~'이라고 적혀 있었다. 마지막 권이었다.

나츠메는 공책을 펼쳐 읽기 시작했다. 역시 가장 많은 비중을 차지하는 것은 신고에 관한 내용이었다.

신고는 오늘도 힘들어하는 것 같다. 어떻게 하면 편하게 해 줄 수 있을까…

같은 자세로 오래 있어서인지 신고의 오른쪽 허벅지 근육이 경직되었다. 간호사에게 체위 변경 횟수를 늘려달라고 요청했다…

오늘은 출근하면서 사루에온시 공원에 들러 사진을 찍어 왔다. 고등학교 2학년 봄에 둘이서 처음으로 담배를 피웠던 곳이다. 신고에게 사진을 보여 주며 기억하느냐고 물으니 눈을 두 번 깜빡였다…

어제는 일기를 쓰지 못했다. 밤에도 거의 잠을 자지 못했다. 신고가 그런 생각을 하고 있었다니 충격이다. 어떻게 해야 할지 모르겠다. 처음부터 그런 질문을 하는 게 아니었다…

올해 2월 13일에 쓴 일기였다.

신고는 계속 자고 있다. 간호사에게 물으니 호흡이 약해서 강제 환기를 하고 있다고 한다. 신고는 이대로 계속 잠만 자게 되는 걸까…

나츠메는 글자가 적혀 있는 마지막 페이지를 읽어 보았다.

4월 17일. 오늘은 쓸 내용이 아무것도 없다. 아니, 쓸 필요가 없다. 오늘 일은 앞으로 평생 잊지 못할 테니까…

신고가 죽은 날의 일기를 잠시 쳐다보다가 나츠메는 노트를 덮었다.

나츠메는 형사과에 들어가자마자 곧바로 칸다의 자리로 향했다.

"일찍 왔네."

칸다가 나츠메를 보고 말했다.

힐끗 둘러보니 혼조도 오오가키도 세키구치도 아직 오지 않은 듯했다.

"긴히 상의드릴 일이 있습니다만."

나츠메가 입을 열자 칸다가 노골적으로 싫은 표정을 지었다.

"케이스케의 수사를 계속하고 싶습니다."

"이유는?"

"케이스케의 진술이 거짓일 가능성이 있기 때문입니다."

"그러니까 그렇게 생각하는 이유가 뭔가?"

"아직은 제 감이라고밖에 말씀드릴 수 없습니다."

"자네 심정은 나도 모르는 바가 아니야. 설령 평생 누워만 지내야 하는 환자라 하더라도 자살을 원할 리가 없다고 생각하고 싶은 거잖나. 자네 딸을 포함해서."

"그렇습니다."

"솔직하군."

칸다가 피식 웃었다.

"하지만 당장 처리해야 하는 사건이 산더미라고. 수사를 계속하더라도 살인의 고의를 입증하기 어려운 사건에 시간을 쏟기는 현실적으로 어려워."

밀실에서 이루어진 범행이고, 살의를 입증할 수 있는 증거는 아무것도 없었다. 주입 펌프는 케이스케 자신이 조작했다고 인정했으니 지금까지 나오지 않은 물증을 찾아야 했다.

쉽지 않겠지만 나츠메에게는 확신이 있었다.

"저 혼자만이라도 수사를 계속하도록 허락해 주시면 안 될까요?"

나츠메가 고개를 숙이자 칸다가 끙 하고 앓는 소리를 냈다.

"이틀이야."

칸다의 말에 나츠메가 고개를 들었다.

"이틀 안에 찾도록 해. 케이스케의 진술을 뒤집을 수 있는 구멍을."

"알겠습니다."

눈앞에 컵이 놓였다. 나츠메는 고개를 들었다.

"바쁘신데 이렇게 계속 찾아와서 죄송합니다."

"아니에요."

신고의 어머니가 부어오른 눈을 감추며 맞은편에 앉았다.

"형사님들이 찾아오시는 건 괜찮은데 제가 오늘은 좀 꼴이 이래서…."

어제 찾아왔던 오오가키와 세키구치에게 케이스케의 진술 내용을 전해 듣고 눈물을 쏟은 모양이었다.

언젠가 반드시 다시 일어날 것이라고 믿었던 아들이 자기 의지로 목숨을 끊었다는 이야기를 들었으니 그럴 만도 했다.

"지난번에 제가 방문드렸을 때 아드님이 직접 튜브를 잡아 뺐을 가능성에 대해 언급하셨죠? 어쩌면 자살할 생각이었는지도 모르겠다고."

"네."

"아드님이 그랬을 거라고 생각하신 구체적인 이유가 있나요?"

"아니요, 딱히 그런 건 없지만…."

"현재 자신이 놓인 처지에 절망하고 있을 거라고 생각하신 건가요?"

신고의 어머니가 고개를 끄덕였다.

"부모 입장에서는 어떤 상황일지라도 자기 자식은 소중

한 법이니까요. 아주 조금이라도 회복될 가능성이 있다면… 아니, 지금보다 더 좋아질 가능성이 전혀 없더라도 살아만 있어 준다면 그걸로 충분했어요."

나츠메는 그 말에 깊이 공감했다.

"아이에게 희망을 주지 못했다는 게 후회될 따름이에요."

붉게 충혈된 눈에 다시금 눈물이 차올랐다.

"아드님과 케이스케 씨는 고등학교 때부터 친한 사이였나요?"

"네, 고등학교 때 몇 번인가 저희 집에 놀러온 적이 있어요. 케이스케 말고도 친한 애들 몇 명이서 같이 어울려 다녔어요."

"혹시 졸업 앨범 아직 갖고 계신가요?"

신고의 어머니가 자리에서 일어나 거실에서 나갔다가 잠시 후 앨범을 가지고 돌아왔다.

"제가 좀 봐도 될까요?"

나츠메가 묻자 신고의 어머니가 졸업 앨범을 테이블 위에 내려놓았다.

나츠메는 앨범을 넘겨 보았다. C반에서 신고와 케이스케의 이름을 발견했다. 사진 속 신고는 환하게 웃고 있는 반면 안경을 쓴 케이스케는 조용하고 음침한 인상이었다.

몇 장 더 넘겨 보니 스냅 사진 여기저기에 신고와 케이스케의 모습이 실려 있었다. 교실에서 남학생 네 명이 빗자루와 쓰레받기를 들고 장난치는 사진도 있었는데, 이 사진에서도 케이스케는 다른 세 명과 달리 어딘지 모르게 표정이 어두웠다.

"이 네 명이 그룹이었던 것 같아요. 제 아들이랑 케이스케, 타모츠, 타케시."

신고 어머니의 설명을 들으며 나츠메는 앨범 맨 뒤에 실린 주소록을 확인했다.

C반 마키노 타모츠와 센다 타케시의 주소를 수첩에 옮겨 적었다.

"타모츠나 타케시랑은 고등학교 때까지만 친했던 것 같지만요."

"그런가요?"

"대학이 갈리다 보니 자연스럽게 사이가 멀어진 것 같더라고요. 신고가 연락하고 지내던 사람들에게는 사고 및 입원 소식을 전했지만 고등학교 친구 중 문병 온 사람은 거의 없었어요."

"그러고 보니 케이스케 씨도 처음에는 사고에 대해 전혀 몰랐다고 했죠?"

예전에 마유에게 들은 기억이 났다.

"네, 신고랑은 대학도 다르고 서로 바빠서 한동안 연락이 끊겼던 모양이에요. 우연히 긴시 병원에서 열리는 세미나에 왔다가 신고가 사고를 당해 입원 중이라는 걸 알게 되었다고 했어요."

신고 어머니의 말을 들으며 나츠메는 어렴풋한 위화감을 느꼈다.

고등학교 졸업 후 자연스럽게 멀어졌다면 그렇게 친한 사이도 아니었던 것 같은데 어째서 케이스케는 병원을 옮기면서까지 신고 옆에 있어 줘야겠다고 생각한 걸까.

"고등학교 친구 중 신고의 장례식에 와 준 사람은 케이스케뿐이었어요."

신고 어머니가 계속해서 말했다.

"지금 생각하면… 무슨 생각으로 장례식에 왔던 건지 모르겠네요. 2년 동안 그 아이는 저희 아들을 정말로 열심히 돌봐줬어요. 쉬는 날도 문병을 왔고, 매번 신고가 좋아할 만한 CD나 DVD를 선물로 챙겨왔죠. 둘 사이가 얼마나 가까웠는지는 모르겠지만 단순히 친하다고 해서 아무나 할 수 있는 일은 아니었다고 생각해요. 그런 만큼… 친구로서 올바른 판단을 했더라면 좋았을 텐데…."

신고의 어머니가 씁쓸한 표정으로 고개를 저었다.

신코이와역에 내린 나츠메는 스마트폰으로 지도를 확인

하며 마키노 타모츠의 집을 찾아갔다.

역에서 10분 정도 걷자 중고층 아파트가 나왔다. 공동현관 입구에 설치된 우편함을 확인해 보니 1105호에 '마키노'라고 적혀 있었다. 인터폰으로 1105호를 연결해서 호출 버튼을 누르니 "네?" 하고 여자가 대답했다.

"갑자기 방문드려 죄송합니다. 긴시 경찰서에서 나온 나츠메 형사라고 합니다만, 잠깐 시간 좀 내 주시겠습니까?"

"경찰이요?"

상대는 나츠메의 말을 믿지 못하는 눈치였다.

나츠메가 인터폰에 달린 카메라를 향해 경찰 신분증을 보여 주자 잠시 후 문이 열렸다. 엘리베이터를 타고 11층으로 올라갔다.

1105호 앞에서 벨을 누르자 쉰 정도 되어 보이는 여자가 나왔다. 마키노 타모츠의 어머니인 듯했다.

"경찰이 무슨 일로…."

여자가 경계하는 눈초리로 나츠메를 훑어보았다.

"여기가 마키노 타모츠 씨 댁 맞습니까?"

"타모츠한테 무슨 일이 생겼나요?"

여자가 화들짝 놀라며 다급하게 물었다.

"아니요, 그런 건 아닙니다. 실은 타모츠 씨의 고등학교 동창이 어떤 사건에 연루되어서 그와 관련해 좀 여쭤보고 싶은 것이 있어서요. 타모츠 씨는 사건과 전혀 관계가 없습니다만."

"아, 네."

여자가 안심한 듯 표정을 누그러뜨렸다.

"죄송하지만 타모츠는 지금 후쿠오카에 가 있어요."

"후쿠오카요?"

"네, 취직해서 후쿠오카 지사로 발령이 났거든요."

"연락처를 알 수 있을까요?"

센다 타케시와도 만나지 못할 경우에는 전화로라도 이야기를 들어 볼 생각이었다.

여자가 고개를 끄덕이고는 집 안으로 들어갔다가 5분 정도 후에 다시 나와서 나츠메에게 메모지 한 장을 건넸다.

"후쿠오카 주소랑 전화번호예요. 정말로 타모츠와는 아무 상관도 없는 거죠?"

"전혀 상관없으니 안심하셔도 됩니다. 감사합니다."

나츠메는 메모지를 주머니에 넣고 여자에게 인사한 뒤 엘리베이터로 향했다.

엘리베이터에 올라탄 다음 수첩을 꺼내 센다 타케시의 주소를 확인했다.

주택가 한가운데에서 '센다'라는 문패가 달린 단독주택을 찾을 수 있었다.

나츠메는 고풍스러운 일본 전통 가옥의 외부를 찬찬히 둘러보았다. 현관 반대쪽에 소바집 간판이 걸려 있었다. 1층 일부를 가게로 사용하고, 나머지 일부와 2층을 주거 공간으로 사용하는 모양이었다.

현관에서 초인종을 아무리 눌러도 대답이 없었다. 어쩔 수 없이 빙 돌아서 반대편에 있는 가게 입구 쪽으로 가 보았다. 아직 영업 전인 듯했지만 "실례합니다" 하고 미닫이문을 드르륵 열고 들어갔다.

"죄송합니다. 아직 영업 준비 중이라서요."

가게 안쪽에서 남자 목소리가 들렸다.

주방에서 남자 둘이 분주하게 움직이고 있었다.

"바쁘신데 죄송합니다. 긴시 경찰서에서 나왔습니다."

나츠메가 인사하자 안쪽에서 흰색 조리복을 입은 중년의 남성이 나왔다.

"센다 타케시 씨께 여쭤볼 것이 있습니다만, 지금 어디 계신지 알 수 있을까요?"

경찰 신분증을 제시하며 나츠메가 묻자 남자가 긴장된 표정으로 주방 쪽을 살폈다.

"센다 타케시 씨 본인한테 무슨 문제가 있는 건 결코 아닙니다. 고등학교 동창 일로 몇 가지 확인할 게 있어서요."

"타케시!"

남자가 부르자 가게 안쪽에서 흰색 조리복을 입은 젊은 남자가 모습을 드러냈다.

"경찰이 너한테 물어볼 게 있단다."

"경찰이요?"

타케시가 깜짝 놀라 나츠메를 쳐다보았다.

"바쁜 시간에 찾아와서 정말 죄송합니다만, 타케시 씨의 고등학교 동창과 관련해서 몇 가지 좀 여쭤봐도 될까요?"

타케시는 대답 대신 중년 남자를 돌아보았다. 남자가 고개를 끄덕하더니 나츠메에게 테이블에 앉으라고 손짓해 보이고는 주방으로 다시 들어가버렸다.

나츠메는 타케시와 마주 보고 앉았다.

"제 고등학교 동창 누구요?"

"니시노 신고 씨와 야지마 케이스케 씨에 대해 여쭙고자 합니다."

기억이 안 나는지 타케시가 고개를 갸웃거렸다.

"고등학교 때 같은 C반이었고, 마키노 타모츠 씨까지 해서 네 분이 친했다고 들었습니다."

거기까지 설명하자 그제야 기억이 난 듯 타케시가 "아아" 하고 고개를 끄덕였다.

"두 사람한테 무슨 일이 생겼나요?"

이미 뉴스에서도 보도된 내용이니 말해도 문제는 없을

터였다.

"얼마 전 야지마 케이스케 씨가 자살방조 혐의로 체포되었습니다."

"자살방조요?"

타케시의 눈이 휘둥그레졌다.

"그 상대가 니시노 신고 씨이고요."

"그게 무슨 뜻이죠?"

타케시는 나츠메의 말을 이해하지 못한 듯했다.

"신고 씨는 5년 전 오토바이 사고를 당해 전신마비 상태로 입원 중이었습니다."

"진짜요?"

타케시가 깜짝 놀랐다.

"네. 신고 씨는 인공호흡기로 생명을 유지하고 있는 상태였는데 같은 병원에서 물리 치료사로 일하던 케이스케 씨가 주입 펌프라는 장치를 조작해서 신고 씨 스스로 목숨을 끊을 수 있도록 도운 겁니다."

"케이스케가요? 왜 그런 짓을…."

"친한 친구의 부탁을 들어주고 싶었다더군요."

"그 둘이 친했다고요?"

"아닌가요?"

나츠메가 되묻자 타케시가 팔짱을 끼고 잠시 고민하는

표정을 지었다.

"고등학교 졸업한 후에 둘 사이가 어땠는지는 모르니까요. 어쩌면 졸업 후에 친해졌을 수도… 아니, 그래도 역시…."

타케시가 자문자답하며 고개를 갸웃거렸다.

"고등학교 때 넷이서 어울려 다녔던 것 아닌가요?"

"넷이 함께 다닌 건 맞아요. 하지만 저랑 타모츠랑 신고는 친구였고, 케이스케는 졸개 같은 거였어요."

"그게 무슨 소리죠?"

나츠메가 몸을 앞으로 내밀었다.

"글자 그대로의 의미예요. 폭력을 휘두르거나 돈을 뺏지는 않았지만 신고에게 있어서 케이스케는 졸개랄까 하인 같은 느낌이었어요. 저나 타모츠랑은 고등학교 3학년 때 처음 같은 반이 된 거였지만 그 둘은 1학년 때부터 주종 관계였다고 들었어요."

이게 대체 어떻게 된 일일까. 나츠메는 턱을 괴고 생각에 잠겼다.

초인종이 울리는 소리를 듣고 마유는 벽에 붙은 인터폰으로 가서 수화기를 집어 들었다.

"긴시 경찰서 나츠메 형사입니다."

갑자기 무슨 일일까.

"네, 잠시만 기다리세요."

마유는 수화기를 내려놓고 현관으로 향했다. 현관문을 열자 문 앞에 서 있던 나츠메가 고개를 숙였다.

"이렇게 불쑥 병원 기숙사까지 찾아와서 죄송합니다. 연락처를 몰라서 병원 쪽에 문의하니 여기 산다고 알려주더군요."

"무슨 일인가요?"

"급하게 확인해야 할 게 생겨서요. 잠깐 시간 괜찮으신가요?"

"네, 오늘은 이브닝 근무라서 3시 반에는 나가 봐야 하지만요."

그 정도면 충분하다는 말에 마유는 나츠메를 안으로 들였다. 테이블 앞에 쿠션을 내려놓고 나츠메에게 앉으라고 권했다.

현관 옆에 딸린 부엌에서 홍차를 끓여 방으로 가지고 들어가자 테이블을 내려다보던 나츠메가 고개를 들었다.

"신고 씨의 유품인가요?"

테이블 위에 놓인 커플 손목시계를 보고 있었던 모양이었다.

"네, 사귄 지 3년 된 기념으로 산 거예요. 서로 취향이 너무 달라서 고르는 데 애먹었어요. 최종적으로 이걸로 결정하기까지 몇 번을 싸웠는지…."

싸웠던 기억도 이제는 다 그리운 추억으로 남았다.

마유는 나츠메 앞에 찻잔을 내려놓고 맞은편에 앉았다. 나츠메가 컵을 들어 한 모금 마신 후 마유를 쳐다보았다.

"괜찮으신가요?"

나츠메가 걱정스러운 말투로 물었지만 마유는 뭐라고 대답하면 좋을지 알 수가 없었다.

"아내도 걱정하고 있습니다."

"솔직히 실감이 안 나요."

"신고 씨가 죽었다는 사실이 말인가요?"

"그게 아니라… 지금 제가 여기 있다는 실감이요. 아침에 일어나서 밥을 먹고 출근하고… 시간은 분명 흐르고 있는데 지금 이 순간 살아 있다는 실감이 나지 않는달까…."

나츠메는 평온한 눈빛으로 마유를 쳐다보며 조용히 고개를 끄덕였다.

"어떻게든 해야겠다는 생각은 하는데…."

"무리할 필요는 없지 않을까요? 저도 에미가 사고를 당한 직후 얼마 동안은 지금의 마유 씨 같은 상태였습니다. 도무지 일이 손에 잡히지 않고, 살아 있다는 실감이 나지 않았죠. 아내도 마찬가지였을 겁니다. 에미는 저희에게 그만큼 소중한 존재였으니까요."

마유가 고개를 끄덕였다.

"감사합니다. 걱정돼서 일부러 와 주신 건가요?"

"그것도 있고, 신고 씨와 케이스케 씨에 대해 몇 가지 더 확인하고 싶은 게 있어서요."

"뭔데요?"

"두 사람이 고등학교 때 둘도 없는 단짝이었다고 했죠?"

"네."

"그 얘긴 누구한테 들었나요?"

"케이스케한테요."

"신고 씨가 아니라요?"

나츠메의 질문에 마유는 다시 한번 찬찬히 기억을 되짚어 보았다.

불꽃놀이 때도 그렇고 마유와 둘이서 만나기 시작했을 때도 그렇고 신고는 케이스케에 대해 자주 같이 노는 사이라고 했다. 하지만 이후 신고의 입에서 케이스케의 이름이 나오는 일은 없었다.

"신고 입으로 단짝이라고 말한 적은 없는 것 같아요."

마유가 고개를 가로저었다.

"저랑 사귀기 시작했을 무렵 들은 기억으로는 둘이 자주 같이 노는 사이라고만…"

"신고 씨와는 언제부터 사귀기 시작하셨나요?"

"고등학교 3학년 가을부터요."

"케이스케 씨와도 고등학교 때부터 알고 지낸 사이인가요?"

마유는 고개를 끄덕였다.

"케이스케는 고등학교 3학년 여름방학 때 아르바이트로 일하기 시작한 카페에서 만났어요. 신고는 카페에 케이스케를 만나러 왔다가 저랑도 알게 된 거였고요."

"그렇게 만나서 사귀게 된 거군요."

"그때는 가볍게 인사만 한 정도였고, 그 후에 케이스케가 저한테 자기 친구들이랑 같이 불꽃놀이를 보러 가자고 했어요. 그 전까지는 케이스케랑 사적인 대화를 나눈 적이 거의 없었기 때문에 의외였죠. 아무튼 저는 제 친구들을 데리고 나갔고, 그때 모인 사람들 중에 신고도 있었어요. 그렇게 해서 사귀게 된 거예요."

"그랬군요…"

마유는 손목시계를 내려다보았다. 수많은 추억들이 꼬리에 꼬리를 물고 떠올랐다.

"지난 8년 동안 신고와 많은 시간을 함께했지만 정말로 함께라고 느낀 적은 별로 없었던 것 같기도 해요. 사고를 당하기 전에는 크고 작은 다툼이 끊이지 않았고, 사고를 당한 후에는… 최후의 순간까지 신고의 진심을 눈치채지 못했죠. 저는 신고가 살아 있어 주기만을 바랐는데, 본인은 죽고 싶어 했다는 거잖아요."

"신고 씨는 정말로 죽고 싶었던 걸까요?"

마유가 나츠메를 쳐다보았다.

"오랜 시간 가장 가까운 곳에서 신고 씨를 지켜봐온 마유 씨의 의견을 듣고 싶습니다. 신고 씨는 진심으로 죽기를 바랐을까요?"

신고의 진심은 알 수 없었다. 그저….

"잘 모르겠어요. 다만 저는 신고가 죽지 않기를 바랐어요. 계속 살아 있어 주기를 바랐어요."

이것만은 분명하게 말할 수 있었다.

문득 테이블 위에 놓인 손목시계를 보니 바늘이 2시 30분을 가리키고 있었다.

"죄송합니다. 이제 슬슬 나가 봐야 할 것 같네요."

마유가 말하자 나츠메가 손목시계를 보더니 "아직 2시 30분밖에 안 됐는데요" 하고 고개를 갸우뚱했다.

"일부러 1시간 늦춰둔 거예요."

"왜죠?"

나츠메가 궁금한 듯 물었다.

"사고 이후 끊임없이 고민했어요. 신고를 사랑해서 옆에 있고 싶었지만, 동시에 옆에 있기가 너무 힘들었거든요. 신고와 저는 각자 살아가고 있는 시간이 완전히 다르니까요. 하지만 신고가 죽은 그날 낮에 문병을 갔을 때, 저는 앞으

로는 신고와 같은 시간을 살아가기로 결심하고 이 손목시
계를 신고의 왼쪽 손목에 채워 주었어요. 언젠가 다시 깨
어났을 때 신고가 언제 이렇게 시간이 지나버렸느냐고 당
황할지도 모르잖아요. 당황하는 신고에게 흘러간 시간은
인생 전체에서 보면 고작 1시간 정도 뒤처진 것에 불과하
다고, 그렇게 말해 줄 생각이었어요…"

손목시계를 바라보는 마유의 눈가에 눈물이 고였다.

"하지만 신고는 결국 죽음을 선택했죠…"

"아닙니다."

나츠메의 말에 마유가 움찔했다. 소매로 눈물을 닦고 고
개를 들자 나츠메가 마유를 응시하고 있었다.

"신고 씨는 살고자 했습니다."

발소리가 들렸다.

발소리가 멈추고, 찰칵찰칵 금속 부딪히는 소리가 났다.
의자를 끄는 소리. 그리고 문이 닫혔다.

한 차례 숨을 크게 내쉰 다음 나츠메는 천천히 눈을 떴
다. 맞은편에 앉은 케이스케가 시야에 들어왔다. 케이스케
의 시선을 따라가 보니 책상 위에 놓인 공책을 보고 있었다.

"전부 다 읽어 봤습니다. 지금까지 당신이 고민하고 괴로
워한 내용이 담겨 있더군요."

나츠메가 말하자 케이스케가 공책에서 시선을 거두었다. 하지만 이쪽을 보려고 하지도 않았다.

"사건 당시 상황을 다시 한번 자세히 설명해 주시겠습니까? 우선 니시노 신고 씨부터 시작할까요? 처음 병실에 들어갔을 때부터요."

케이스케가 고개를 끄덕이며 입을 열었다.

"제가 병실에 들어갔을 때, 신고는 침대에서 자고 있었습니다. 깊은 진정 상태에 빠져 평온한 얼굴로…."

"그때 신고 씨는 어떤 상태였습니까? 예전에 물었을 때는 담요를 덮고 있었다고 했죠?"

"맞습니다. 얼굴만 담요 밖으로 나와 있는 상태였어요."

마유가 문병을 마치고 돌아올 때와 같은 상태였다. 하지만 이변을 눈치챈 간호사가 병실로 달려왔을 때, 신고의 왼손은 담요 밖으로 나와 있었다.

"틀림없습니까?"

나츠메가 거듭 확인하자 케이스케가 "네…" 하고 고개를 끄덕였다.

나츠메는 슬쩍 뒤를 돌아보았다. 문 옆에 앉은 혼조가 조서를 작성하고 있었다.

"그리고요?"

나츠메는 다시 케이스케를 향해 물었다.

"주입 펌프를 조작했습니다."

"어느 쪽 손으로요?"

"정확하게 기억나지는 않지만 저는 오른손잡이니까 아마도 오른손이었을 겁니다."

"진정제 투여량을 줄이자 신고 씨가 깨어났다고 했죠? 주입 펌프를 조작한 후 얼마나 지나서였습니까?"

"글쎄요, 한 20분 정도….."

"그 사이에 의사나 간호사가 들어오면 어떻게 할 생각이었습니까?"

케이스케가 고개를 저었다.

"거기까지는 생각하지 않았습니다. 신고는 처음에는 좀 멍해 보였지만 얼마 지나지 않아 저를 알아본 듯했습니다. 저는 신고의 귓가에 대고 '이대로 계속 살고 싶어?'라고 물었습니다. 신고는 눈을 한 번 깜빡였습니다. 저는 이어서 '튜브를 잡아 빼면 편해질 거야. 하지만 나는 도저히 그런 짓을 할 수 없으니 하고 싶으면 직접 해'라고 말했습니다. 신고가 눈을 두 번 깜빡이는 것을 확인한 후 스마트폰으로 복도 상황을 살피며 병실에서 나왔습니다."

"그게 끝입니까?"

케이스케가 고개를 끄덕였다.

"마지막으로 악수를 한다든지 안아 준다든지 하지는 않

았습니까?"

"악수라…."

케이스케가 한숨을 내쉬었다.

"그런 짓을 하면 결심이 흔들릴지도 모르니까요. 병실을 나오기 직전에 "지금까지 고마웠어"라고 마지막 인사를 하기는 했지만 울먹이며 말해서 신고가 들었을지는 모르겠습니다."

"그렇습니까."

나츠메는 눈앞에 놓인 공책을 집어 들어 페이지를 넘겼다.

"4월 17일. 오늘은 쓸 내용이 아무것도 없다. 아니, 쓸 필요가 없다. 오늘 일은 앞으로 평생 잊지 못할 테니까…. 당신이 지금까지 말한 내용이 이날의 진상이라는 겁니까?"

"네…."

"다른 날들은 환자 상태 같은 걸 조금 지나치다 싶을 정도로 자세히 적었는데 유독 이날만 내용이 거의 없네요."

"가장 친한 친구가 자살하는 걸 도왔습니다. 그런 걸 일기에 구체적으로 적을 수 있을 리가 없지 않습니까."

"한 가지 궁금한 점이 있습니다. 당신은 긴시 병원으로 옮겨온 후 2년 동안 매일 일기를 썼더군요. 아주 달필로요."

케이스케가 고개를 갸웃거렸다. 그게 뭐가 이상하냐고 묻는 표정이었다.

"작년 11월에 오른손 뼈가 부러져서 한 달 동안 깁스를 하고 있었는데도 말이지요."

나츠메의 지적에 케이스케의 뺨이 미세하게 떨렸다.

"깁스를 한 동안은 컴퓨터에 적어두었다가 나중에 공책에 다시 옮겨 적었습니다."

"그런 모양이더군요. 당신은 원래 컴퓨터로 일기를 썼죠? 압수한 컴퓨터를 복원하니 삭제한 파일들이 나왔습니다. 내용은 이 공책에 적힌 것과 거의 동일했고요. 신고 씨에 관한 부분을 제외하면 말입니다."

케이스케의 눈빛이 날카로워졌다.

"컴퓨터로 쓴 일기에는 신고 씨 이름이 단 한 번도 등장하지 않더군요."

나츠메는 공책 더미를 탕 하고 내려쳤다.

"여기 적힌 신고 씨 관련 내용은 당신이 지어낸 것 아닙니까? 애초에 당신과 신고 씨는 친구도 아니었을 텐데요."

케이스케의 얼굴이 약간 일그러졌다.

"고등학교 동창들에게 들었습니다. 당신은 신고 씨의 졸개, 아니 하인 같은 존재였다고요. 체격이 좋은 신고 씨에게 1학년 때부터 온갖 싫은 일들을 강요당했던 것 아닙니까?"

센다 타케시와 마유를 만나고 돌아온 다음 날, 나츠메는 케이스케의 고등학교 동창을 몇 명 더 만나 보았다.

"자기 인생을 망가뜨릴지도 모르는 위험을 감수해가면서까지 원수를 고통에서 해방시켜 주려고 했다는 겁니까?"

케이스케는 아무 말도 하지 않았다.

"사실은 신고 씨를 죽이려고 한 것 아닙니까?"

"아닙니다!"

"진정제 투여량을 줄인 다음 담요를 걸고 신고 씨의 손을 튜브에 가져가서 스스로 뺀 것처럼 보이게 위장한 것 아닙니까?"

"그런 적 없습니다! 아까도 말씀드렸듯이 저는 손가락 하나 건드리지 않았습니다!"

나츠메는 재킷 주머니에서 꺼낸 물건을 케이스케의 눈앞에 내려놓았다.

비닐봉지에 들어 있는 신고의 손목시계였다.

"이 시계 본 적 있습니까?"

케이스케가 시계를 보더니 무표정한 얼굴로 "아니요" 하고 고개를 저었다.

"과거 신고 씨와 마유 씨가 커플 아이템으로 구입한 시계입니다. 오토바이 사고가 났을 때 망가졌던 것을 마유 씨가 수리해서 그날 당신이 오기 전에 신고 씨 왼쪽 손목에 다시 채워 주었습니다."

시계를 보는 케이스케의 시선이 조금씩 험악해졌다.

"앞으로 어떤 일이 있더라도 신고 씨와 함께 살아가겠다는 맹세를 담아 마유 씨는 시곗바늘을 1시간 늦춰두었다고 합니다."

케이스케가 헉 하고 숨을 삼켰다. 그러고는 아차 싶었는지 이내 아무렇지 않은 척 얼버무렸다.

"지난 번 조사 때 당신은 12시쯤 신고 씨의 병실에 들어갔다고 말했습니다. 실제로는 13시였는데 1시간 더 느리게 알고 있었던 거죠. 이 시계로 시간을 확인했기 때문에 그렇게 대답했던 것 아닙니까?"

"잠시 착각했을 뿐입니다. 그런 게 살인의 증거가 되나요?"

"물론 안 됩니다."

나츠메가 고개를 저었다.

"그런데 무슨 근거로 제가 죽였다고 하는 겁니까?"

"시계에서 당신 지문이 검출되었습니다."

케이스케가 움찔했다.

"이 시계는 당신이 병실에 몰래 들어가기 직전에 마유 씨가 신고 씨 손목에 채워 준 겁니다. 지금까지 당신이 말한 내용이 전부 사실이라면 시계에 당신 지문이 묻어 있을 리가 없지요. 지문이 묻어 있다는 건 곧 당신이 신고 씨 왼쪽 손목을 잡았다는 말입니다."

케이스케가 핏발 선 눈을 부릅뜨고 나츠메를 노려보았다.

"당신은 별로 힘들이지 않고 신고 씨의 팔을 들어 올려 튜브를 잡아 뺄 수 있으리라고 생각했을 겁니다. 고등학교 때는 당하기만 했지만 지금의 신고 씨는 갓난아이만큼이나 허약한 존재라고 얕잡아 봤을 테니까요. 하지만 실제로는 상당한 힘이 필요했던 것 아닙니까?"

살짝 거들기만 하면 튜브를 뺄 수 있을 거라는 예상과는 달리 신고가 거세게 저항하는 바람에 신고의 손목을 꽉 잡을 수밖에 없었던 것이리라.

흥분한 신고의 심박이나 호흡이 빨라지면 간호사실과 병실 내에 설치된 기기의 알람이 울릴 터였다. 스마트폰으로 바깥 상황을 살피며 허둥지둥 일을 끝마친 케이스케는 시계에 지문이 묻었을 가능성을 따질 여유도 없이 서둘러 병실에서 나갔을 것이다.

"당시 의식이 있던 신고 씨가 마유 씨와의 추억이 담긴 시계를 보고 죽지 않기 위해 필사적으로 저항한 것 아닙니까?"

보통 신고 같은 상황에 놓인 환자에게는 물리적으로 저항할 힘이 남아 있을 리 없다고 생각한다. 그러니 나츠메의 주장은 허무맹랑한 가설에 지나지 않는다고. 하지만 일전에 만난 나가츠루 의사는 인체에 관해서는 아직 밝혀지지 않은 부분이 많다고 했다. 나츠메 역시 그 말에 동의했다.

살고 싶어, 앞으로도 계속 마유와 함께—

마지막까지 포기하지 않았던 신고의 집념, 그리고 신고와 함께 살아가겠다는 맹세를 담아 마유가 채워 준 손목시계 덕분에 증거를 남길 수 있었던 것이라고 나츠메는 생각했다.

갑자기 들려온 웃음소리에 나츠메는 손목시계에서 시선을 들어 케이스케를 쳐다보았다.

"이런이런…, 확실히 그건 증거가 되겠네요. 제대로 한 방 먹었는데요."

케이스케가 머리를 긁적이며 말했다.

"왜 죽인 겁니까?"

나츠메가 날카로운 어조로 물었지만 케이스케는 제대로 대답할 생각이 없는 듯 실실 웃기만 했다.

"마유 씨를 빼앗겼기 때문입니까?"

케이스케의 웃음이 멈췄다.

정곡을 찔린 표정이었다.

"다니던 직장을 그만두고 긴시 병원으로 옮겨온 것은 신고 씨가 아니라 마유 씨 옆에 있기 위해서였던 겁니까?"

"당연하지 않습니까. 신고는 재수 없는 녀석이었습니다. 고등학교 때 그 녀석이 저를 옆에 둔 건 오로지 자기가 돈 보이기 위해서였어요. 공부, 운동, 외모, 집안 환경 다 자기가 저보다 훨씬 낫다고 생각했을 테니까요. 다른 친구가 있는 것도 아니라서 어쩔 수 없이 그 녀석들과 어울리기는 했지만 신고에게 저는 어디까지나 들러리에 지나지 않았습니다. 그런 지긋지긋한 관계에서 벗어나기 위해 아르바이트를 시작했는데 신고는 거기까지 쳐들어와서 제게 소중한 존재였던 마유 씨를 빼앗아갔습니다. 그래서 이번에는 제가 그 녀석을 들러리로 만들었을 뿐입니다."

"착각하지 마십시오. 당신은 신고 씨를 들러리로 만든 게 아니라 죽인 겁니다. 신고 씨가 죽으면 마유 씨가 당신한테 갈 거라고 생각했던 겁니까?"

"네. 그런 남자의 옆을 지키고 있는 건 시간 낭비일 뿐인데 마유는 죄책감 때문에라도 떠날 수 없었겠죠. 그래서 제가 해방시켜 준 겁니다."

"그럼 준은 왜 죽인 겁니까?"

"글쎄요…."

신고의 죽음이 부자연스럽다고 느낀 마유는 신고의 부모님에게 사망 원인을 확실히 알아보라고 할 생각이었고, 케이스케에게도 그렇게 말했다. 경우에 따라서는 경찰에 신고하는 방안도 고려하고 있다고. 그 말을 들은 케이스케는 경찰에서 신고의 죽음을 제대로 조사하기 시작하면 소

형 카메라 구입 기록 등을 바탕으로 자신이 의심받을 가
능성이 높다고 생각했을 것이다.

"죽은 사람이 신고 씨뿐이면 개인적인 원한 관계를 의심
받을 거라고 생각했기 때문입니까? 아무 관계도 없는 사
람한테까지 똑같은 짓을 하면 '자살방조'라는 대의명분을
내세우기 쉬워지니까?"

"그렇다면 어쩔 겁니까."

냉소적인 말투로 내뱉는 케이스케에게 격한 분노가 치밀
어 올랐다.

"저도 좀 물어봅시다. 언제부터 저를 의심하기 시작한 겁
니까?"

케이스케가 깍지 낀 손을 책상에 올리고 몸을 쑥 내밀었다.

"처음부터입니다."

케이스케는 나츠메의 말이 이해가 되지 않는다는 듯 고
개를 갸웃거렸다.

"신고 씨와 준에게는 그들을 사랑하고 힘이 되어 주는
사람들이 곁에 있었습니다. 준에게는 어머니가, 신고 씨에
게는 부모님과 마유 씨가 있었죠. 헌신적으로 보살펴 주는
사람이 있는데 왜 스스로 목숨을 끊으려 했겠습니까?"

"헌신적으로 보살펴 주는 사람이라…."

케이스케가 코웃음을 쳤다.

"반대로 말하면 그런 사람이 없으면 신고도 준도 목숨을 부지하기 어렵다는 말이잖아요. 가족들을 고생시키고 불행하게 만들고 주변에 폐만 끼치는 사람들. 그런 아무짝에도 쓸모없는 인간을 죽인 게 무슨 큰 죄라도 되는 것처럼…"

순간 눈앞이 캄캄해졌다.

"아무짝에도 쓸모없다고요?"

"그렇잖아요. 말도 못하고 움직이지도 못하고. 혼자서는 식사도 배설도 불가능하죠. 이런 사람들한테 대체 무슨 가치가 있다는 겁니까?"

"가치가 없는 건 그들이 아니라 당신입니다."

"뭐라고요!"

케이스케가 증오에 찬 눈으로 나츠메를 노려보았다.

"신고 씨와 준은 아무도 불행하게 만들지 않았습니다."

나츠메는 강한 눈빛으로 케이스케의 시선을 맞받아치며 단언했다.

"그들 곁에 있던 사람들은 결코 불행하지 않았습니다!"

케이스케가 나츠메의 기세에 압도당해 저도 모르게 몸을 뒤로 뺐다.

"두 사람은 아무리 힘들어도 소중한 사람들을 위해 온 힘을 다해 살고자 했습니다. 마유 씨가 신고 씨 곁을 지켰던 건 죄책감 때문이 아닙니다. 살고자 노력하는 신고 씨를 진심으로 사랑했기 때문입니다."

케이스케가 두 손으로 책상을 탕 치면서 벌떡 일어섰다. 뒤로 넘어간 의자는 거들떠보지도 않고 곧장 문 쪽으로 향했다.

나츠메도 뒤따라 일어나 케이스케의 손목을 붙잡았다. 손에 힘을 꽉 주고 당겨서 이쪽을 보게 했다.

"당신은 무엇과도 바꿀 수 없는 두 사람의 목숨을 빼앗았습니다. 그 대가로 신고 씨와 준이 느꼈던 고통을 당신도 똑같이 맛보게 될 겁니다."

케이스케가 무슨 말이냐는 듯한 눈초리로 쏘아보았다.

"살의를 가지고 사람을 두 명이나 죽였으니 당신은 사형 선고를 받을 가능성이 높습니다. 이제부터 자유롭게 움직일 수 없는 감옥에 갇혀 언제 죽을지 모르는 상태로 기나긴 시간을 보내게 될 겁니다."

케이스케의 얼굴에서 핏기가 가셨다.

"나츠메 형사님, 그만하시죠!"

고개를 돌리자 바로 옆에 와 있던 혼조가 움찔하며 뒤로 물러서더니 그대로 황급히 방에서 나가버렸다.

문이 닫히는 소리를 들으며 나츠메는 다시 케이스케와 마주 보았다.

참을 수 없는 분노가 치밀어 올라 온몸이 부들부들 떨리는데도 눈앞에 있는 남자가 죽기를 바라는 마음은 들지 않았다.

"그 안에서 매일 매 순간… 살아간다는 것의 의미에 대해 진지하게 생각해 보십시오. 그러다 보면 언젠가는 당신이 빼앗은, 무엇과도 바꿀 수 없는 목숨의 가치를 깨닫는 날이 올 겁니다."

어디까지고 살아서, 살아 있는 동안, 사람으로서의 마음을 되찾기를 바랐다.

"준의 어머님이 이렇게 전해 달라고 하더군요. 앞으로 어떤 힘든 일이 있더라도 절대로 자살할 생각은 하지 말라고요. 부모님이 슬퍼하실 거라고."

케이스케가 하얗게 질린 얼굴로 와들와들 떨며 바닥에 털썩 주저앉았다.

잠시 후 문이 열리고 혼조와 함께 유치장 직원이 들어왔다.

유치장 직원은 케이스케에게 다가가 팔을 잡고 일으켜 세우더니 수갑을 채웠다.

직원에게 이끌려 케이스케가 고개를 숙인 채 방에서 나갔다. 문이 닫혔다.

곧이어 문밖에서 절규가 들려 왔다.

공원에 들어서자 벤치에 앉은 야스코의 모습이 눈에 들어왔다. 근처에서 뛰어노는 아이들을 바라보고 있었다.

인기척을 느꼈는지 야스코가 이쪽으로 고개를 돌렸다.

"안녕하세요. 잠깐 시간 괜찮으십니까?"

나츠메가 인사하자 야스코가 고개를 끄덕였다. 나츠메는 야스코 옆으로 가서 앉았다.

무슨 말부터 꺼내야 할지 감이 오지 않아 한동안 말없이 앞만 쳐다보았다. 아이들은 정글짐에 오르고, 줄넘기를 하고, 편을 갈라 피구도 했다.

"다들 기운이 넘치네요."

"그렇죠? 준도 사고를 당하기 전까지는 저 아이들처럼 여기서 온종일 뛰어놀았어요."

나츠메는 옆에 앉은 야스코를 돌아보았다. 얼굴은 아이들을 향하고 있지만 시선은 어딘가 먼 곳을 보는 듯했다.

"건강하지 않아도 좋으니 살아만 있어 준다면 그걸로 충분했어요."

나츠메는 가만히 고개를 끄덕였다.

"조금 전 물리 치료사 야지마 케이스케 씨를 살인 혐의로 다시 체포했습니다."

야스코가 화들짝 놀라 나츠메의 얼굴을 뚫어져라 쳐다보았다.

"준은 스스로 목숨을 끊은 게 아닙니다."

"왜… 물리 치료사 선생님이 대체 왜 준을…."

"지극히 이기적이고 말도 안 되는 이유 때문입니다."

나츠메의 대답을 듣고 야스코가 어깨를 축 늘어뜨렸다. 입술을 꽉 깨물고 고개를 숙였다.

소중한 아들이 죽었다는 사실은 변함이 없었다. 자살이 아니라 타살이라고 해서 마음이 편해질 리도 없었다. 아니, 오히려 더 괴로울지도 모르겠다는 생각이 들었다.

"감사합니다…."

야스코가 고개를 들고 떨리는 목소리로 말했다. 두 눈에 눈물이 그렁그렁했다.

"정말 감사합니다."

야스코가 나츠메를 마주 보며 한 번 더 말하더니 다시 고개를 숙이고 흐느껴 울기 시작했다.

잠시 동안 옆에서 그 모습을 바라보던 나츠메는 야스코의 어깨를 살짝 짚으며 "이만 가 보겠습니다" 하고 인사했다.

야스코가 울면서 고개를 끄덕이는 것을 확인한 후 나츠메는 자리에서 일어나 공원 출구 쪽으로 향했다.

신고네 집에 가서 똑같은 설명을 해야 했다. 그런 다음에는 병원으로 가서 마유에게도.

그 일이 다 끝나면 나머지는 내일로 미루고 오늘은 집에 일찍 들어갈 생각이었다.

에미와 미나요가 기다리는 306호실로.

옮긴이 남소현

연세대학교와 이화여자대학교 통역번역대학원에서 공부하였고, 일본 문학 번역가로 활동하고 있다. 번역작으로 《형사의 약속》, 《여섯 명의 거짓말쟁이 대학생》, 《설원》, 《기묘한 괴담 하우스》 등이 있다.

초판 2022년 11월 2일 1쇄
저자 야쿠마루 가쿠
옮긴이 남소현
ISBN 979-11-90157-81-0　03830

출판사 도서출판 북플라자
주소 서울시 강남구 논현동 118-13 5층
홈페이지 www.bookplaza.co.kr